Sauerlandkrimi & mehr

2008 by Kathrin Heinrichs
Alle Rechte vorbehalten
Umschlaggestaltung: Birgit Beißel, Aachen
Umschlagfoto: Adelheid Prünte
Satz: Noch &' Noch, Balve
Druck: cpi books – Clausen &' Bosse, Leck
Zweite Auflage 2008

ISBN 978-3-934327-10-8

Ein Buch vom
Blatt-Verlag
Im Tiefen Winkel 22
DE-58706 Menden
kontakt@blattverlag.de

Kathrin Heinrichs

Druckerschwärze

Sauerlandkrimi & mehr

Blatt-Verlag
Menden

Für Herbert

Ähnlichkeiten zu realen Orten sind gewollt.
Personen und Handlung des Romans dagegen
sind frei erfunden. Bezüge zu realen Menschen
wird man daher vergeblich suchen.

1

Heike atmete durch. Die letzte Zeile geschrieben. Auch noch mal auf Fehler durchgeschaut, die Seite konnte endlich in Druck gehen. Das Druckhaus meldete sich nach dem zweiten Klingeln. Höllinghaus. Man kannte sich.

„Unsere Seite 4 ist freigegeben", gab Heike durch. „Das war die letzte. Schönen Abend noch!"

Toller Spruch. Heike wusste, dass für die Leute im Druckhaus die Arbeit jetzt erst richtig begann.

„Moment, Moment!", stoppte Höllinghaus sie. „Wo bleibt die Seite 6?"

„Die 6? Keine Ahnung. Sie wissen doch, die 5 und die 6 kommen aus Lentrop. Fragen Sie mal Vorhoff oder – ", Heike fiel es schwer, den Namen auszusprechen, „– Hillebrandt."

„Immer alles auf den letzten Drücker", schimpfte Höllinghaus. „Wir haben gleich viertel nach zehn! Verflixte Hacke!"

„Rufen Sie mal in Lentrop durch! Bis morgen dann!"

Nochmal Gebrummel. Dann legte Höllinghaus auf.

Heike starrte einen Moment lang vor sich hin. Sie wusste genau: die Seite 6 machte Thorsten. Die 6 machte immer Thorsten und Vorhoff die 5. Nur wenn Vorhoff im Urlaub war, sah das anders aus.

Gedankenverloren packte Heike ihre Sachen zusammen, dann wählte sie am Computer den Zeitungsserver an. Hier konnte sie nachschauen, welche Seiten noch nicht freigeschaltet waren. Die 6 aus Lentrop war immer noch nicht da. Heike beendete das Programm. Dann zog sie ihre Jacke an und knipste das Licht aus. Sie würde nicht abwarten, ob und wann die 6 hereinkam. Sie würde gar nicht mehr warten. Nie mehr.

2

„Es ist jemand gestorben", sagte Alexa mit bebender Stimme. Ihre Miene war ernst. „Hör zu. Ich lese dir die Todesanzeige vor:

Edgar

ist von uns gegangen"

Alexa schluckte, bevor sie weiterlesen konnte.

> *"Unser Freund, Partner und Familienmitglied*
> *hat bereits am 13. Januar 2008 diese Erde verlassen.*
> *Wir bitten, uns auf den Verlust*
> *unseres Katers nicht mehr anzusprechen.*
> *Die Wunden wollen sonst nicht heilen.*
> *Da kommt keiner mehr – und das ist so schlimm."*

Einen Moment lang schien Alexa zwischen Lachen und Weinen zu schwanken. Dann war klar, sie hatte sich für das Erste entschieden. Sie platzte los.

„Das ist nicht ernst, oder?" Alexa liefen die Lachtränen über die Wange. „Sag, dass das nicht ernst gemeint ist!"

Ich lachte mit und spürte in der aufkommenden Ausgelassenheit, wie sich etwas in mir löste.

Endlich fiel der ganze Krampf dieses beschissenen Freitags von mir ab. Die sieben Stunden Unterricht. Die Lehrerkonferenz. Der Streit über die Kopfnoten. Aber nun, da ich mit Alexa im Bett lag und sie von Herzen lachen sah, war das alles nicht mehr wichtig.

Schon beim Abendessen war ich so müde gewesen, dass meine Frau einen Zeitungsabend vorgeschlagen hatte. Ich liebte diese Abende ohne Verabredung und Fernsehprogramm. Für Alexa und mich gab es dann nichts Schöneres als im Bett zu liegen, so zu tun, als hätten wir keine Kinder, und Zeitung zu lesen.

„Wunderbar!", hörte ich meine Frau jetzt aus den Tiefen der Druckerschwärze sprechen. „Hör dir das an! Eine Geburtstagsanzeige:

> *"Unser Jürgen kriegt 'nen Riesenschreck,*
> *auf einmal ist die 4 vorn weg.*
> *Wir wünschen ihm noch viele Jahre,*
> *bevor er selbst liegt auf der Bahre."*

Ich selbst war gerade mit einer meiner Lieblingsseiten beschäftigt, auf der Neuvermählte und Neugeborene mit immer denselben Sätzen vorgestellt wurden.

„Marco und Evelyne Kruscak haben in ihrer Wohnung in der Damaschkestraße die Wiege aufgestellt", war unter einem Foto zu lesen, auf dem eine abgekämpfte Mutter mit ihrem Baby abgebildet war. *„Ab jetzt wird der kleine Yves ihren Tagesablauf bestimmen."*

„Ach, so ein kleiner Yves", schwärmte ich, schob die Zeitung beiseite und tastete nach meiner Frau. „Weißt du eigentlich, dass man in meiner rheinischen Heimat statt Yves „Üwwes" sagen würde? Und fändest du es nicht auch wunderbar, noch einen kleinen Üwwes zu bekommen?" Zärtlich streichelte ich Alexas Bein. Meine Müdigkeit war aus ungeklärten Gründen beinah verschwunden.

„Ich möchte nicht mit einem Foto in der Zeitung erscheinen, auf dem ich aussehe, als hätte ich sechs Wochen Magen-Darm-Grippe hinter mir." Alexas Schnodderton sowie die Tatsache, dass sie immer noch in ihre Zeitung vertieft war, zeigten, dass sie von meinen Streicheleinheiten bislang völlig unbeeindruckt war.

„Auch nicht für Üwwes?", umschmeichelte ich sie. Einen Moment überlegte ich, kurzerhand das Licht auszuschalten, um Alexa jede Weiterlesemöglichkeit zu nehmen. Stattdessen strich ich vorsichtig an ihrem Oberschenkel hoch. Ich hatte gerade einen Punkt erreicht, der selbst eine Frau wie Alexa nicht ganz unberührt lassen konnte, als das Telefon klingelte.

Alexa und ich schreckten gleichzeitig hoch.

„Nicht drangehen!", murmelte ich wütend.

„Dann sind die Kinder gleich wach."

„Es ist halb elf!", schimpfte ich. „Welcher Idiot kommt auf die Idee, um diese Zeit – " Noch während ich sprach, hatte ich mich in Richtung Telefon gerobbt.

„Jakobs", knurrte ich in den Hörer, in unfroher Erwartung, einige meiner Schüler am anderen Ende der Leitung kichern zu hören.

„Wer – wer ist da? Sind Sie das, Herr Jakobs?" Die Stimme barg Panik. Mir war sofort klar, dass es sich um einen Notruf handelte.

„Wer spricht dort?"

„Simone. Simone Reinold."

„Simone, was ist los?"

„Es ist … ich wollte …", die Stimme zitterte, brach ein. Ich hörte ein Schluchzen.

„Simone, wo sind Sie?"

„In der Redaktion. Ich musste noch … ich sollte … wegen so einer Geschichte … aber hier im Büro …" Wieder brach die Stimme ab. Ich warf einen unsicheren Blick zu Alexa hinüber.

„Simone, versuchen Sie sich zu sammeln. Was ist los bei Ihnen im Büro?"

„Hier liegt …", erneut endloses Schluchzen, „hier liegt Thorsten. Und er ist … er ist … tot."

„Tot", wiederholte ich tonlos. Tausend Bilder schossen mir durch den Kopf. Ich lebte seit zehn Jahren im Sauerland. Seitdem hatte ich einige Tote gesehen.

„Jemand hat ihn erschossen", brachte Simone jetzt hysterisch heraus. „Jemand hat Thorsten erschossen!"

„Erschossen?" Ich erstarrte – auch wenn ich nur vage ahnte, wer Thorsten war. „Hören Sie zu, Simone! Sie dürfen nichts anfassen! Lassen Sie alles so, wie es ist. Wir müssen als Erstes die Polizei anrufen."

„Die Polizei?"

„Natürlich. Die Polizei muss kommen."

„Die Polizei … die Polizei ist doch …" Simone bekam kaum ganze Worte heraus. Offenbar stand sie völlig unter Schock.

„Sie haben die Polizei schon verständigt?"

„Meine Mutter! Sie – sie –" Der Rest ging in lautem Weinen unter.

„Ihre Mutter hat die Polizei verständigt – in Ordnung. Dann werde ich mich jetzt –"

„Nein, nein!", hörte ich Simone plötzlich aufschreien.

Dann ein Klicken in der Leitung.

„Simone?" Ich bekam Panik. „Simone?"

Simone antwortete nicht. Ich rief noch zweimal, bevor ich realisiert hatte, dass sie wirklich aufgelegt hatte.

Als ich den Telefonhörer sinken ließ, bemerkte ich, dass Alexa mich mit großen Augen ansah.

„Simone Reinold", stieß ich hervor, „sie hat aus der Redaktion angerufen. Ich muss – es ist – "

„Langsam!", Alexa nahm meine Hände. „Beruhige dich erst mal!"

Ich atmete tief durch. „Vielleicht erinnerst du dich. Simone! Eine Schülerin aus der 11. Ich betreue sie im Praktikum. Sie ist beim *Sauerländer Anzeiger*. Gestern, als ich herumgefahren bin, da habe ich auch sie aufgesucht – in der Redaktion in Lentrop."

In abgehackten Sätzen gab ich wieder, was Simone mir erzählt hatte.

„Am Ende", stotterte ich, „da hat sie besonders heftig geschluchzt. „Nein!", hat sie geschrien. „Nein, nein!"

„Du musst sofort hinfahren!", sagte Alexa mit Nachdruck.

Ich nickte mechanisch. „Klar, ich fahre hin!"

Ich murmelte es noch, als ich schon auf dem Weg zum Auto war: „Klar, ich fahre hin!"

3

Der Anblick, der sich mir im Redaktionsbüro bot, übertraf alles, was ich bislang an Schrecklichem gesehen hatte. Der Mann lag in seinem Bürostuhl, den Oberkörper weit nach hinten überstreckt, die Hände hinter der Lehne des Stuhles gefesselt. Das Entsetzlichste aber hatte sich in seinem Gesicht abgespielt. Der Mund dieses Mannes war ein schwarzes Loch! Getränkt von dunklem Blut, war sein verstümmelter Schlund eine einzige entsetzliche Wunde! Es dauerte einen Moment, bis ich realisierte: Dem Mann am Schreibtisch war die Zunge herausgeschnitten worden. Es war unfassbar, aber da lag sie vor ihm, die Zunge, auf der Computertastatur, aufgespießt auf einen messingfarbenen Brieföffner.

Es ist kaum beschreibbar, welches Grauen mich bei dem Anblick all dessen erfasste. Nach einem Moment der völligen Starre überkam mich das Entsetzen auf andere Weise. Ich brüllte. Aus voller Kraft brüllte ich all den Schrecken heraus, den dieses Szenario in mir ausgelöst hatte. Ich brüllte, bis jemand mich anfasste, mich hielt, auf mich einredete.

„Vincent!", hörte ich, musste aber weiterbrüllen, konnte nicht aufhören.

„Vincent! Es ist gut! Vincent!"

Es war Alexas Stimme. Wie war sie hierhergekommen? Jetzt musste auch sie es sehen. Den blutigen Schlund ... die Zunge ...

„Vincent! Wach auf! Es ist nur ein Traum!"

Ein Traum? Ich versuchte, meine Umgebung wahrzunehmen. Ich lag. Tatsächlich, ich lag. Ein weicher Untergrund, mein Bett. Zu warm alles, schweißnass. Ich spürte, dass ich heftig atmete.

„Es ist alles gut." Alexas Stimme, die sanft auf mich einredete. Ihr Arm, der mich von hinten umfasste. Ich hatte geträumt. Ich hatte tatsächlich geträumt. Es gab keine herausgeschnittene Zunge. Keinen blutigen Schlund. Aber – und diese Wahrheit traf mich in diesem Moment ein zweites Mal wie ein Hammer – ein Mord war wirklich passiert. Und – Simone war weg!

Ich fuhr hoch. „Simone! Was ist mit Simone?"

„Die Polizei hat sich noch nicht gemeldet." Alexa zog mich sanft zurück. „Mein Gott, Vincent, was hast du denn geträumt?"

„Er hatte keine Zunge mehr." Ich merkte, wie kryptisch sich der Satz anhören musste. „Thorsten Hillebrandt, der Redakteur. Man hatte ihm die Zunge herausgeschnitten."

„Wie furchtbar!"

„Keine Ahnung, wie ich auf so etwas komme. Ich habe ja die Leiche selber gar nicht gesehen. Man hat mich in einem winzigen Abstellraum befragt. Aber ich fürchte, dieses Blut geht mir nach. Das Blut an der Redaktionstür. Wer weiß, wie es drinnen ausgesehen hat."

Alexa strich mir sanft über den Rücken. Wir lagen eine Weile stumm da. Ich genoss es, meine Frau so nahe zu haben. Mir kam in den Sinn, wie der gestrige Abend begonnen hatte. Und wie sich dann alles gewendet hatte. Unaufhaltsam stiegen die Bilder des vergangenen Abends in mir auf. Die Fahrt nach Lentrop ... die Gruppe von Schaulustigen vor der Polizeiabsperrung ... die Beamten, die nur die Stirn gerunzelt hatten, als ich darauf gedrängt hatte, Simone zu sehen ... und dann drinnen die Nachricht, eine Simone Reinold gäbe es da nicht. Niemand hatte sie gesehen. Tatsächlich hatte es einen Mord gegeben. Thorsten Hillebrandt, einer der Redakteure, war in seinem Büro mit einem Schuss in den Hinterkopf niedergestreckt worden – aber gefunden worden war er von einem Nachbarn. Simone Reinold – wer das überhaupt sei. Dann hatte die Befragung begonnen. Insgesamt hatte ich meine Geschichte viermal erzählt.

„Warum hat Max sich nicht gemeldet?" Ich drehte mich halb zu meiner Frau um. „Jetzt haben wir schon einen Freund bei der Kripo, und er meldet sich nicht. Ich habe ihm direkt nach der Befragung auf die Mailbox gesprochen."

„Vincent", flüsterte Alexa beruhigend, „es ist fünf Uhr in der Früh. Selbst wenn Max deine Nachricht gestern noch gehört hat – er ruft nicht mitten in der Nacht hier an. Entweder er hat Dienst – dann hat er jetzt genug zu tun. Oder er liegt im Bett und schläft. Dann kannst du später mit ihm sprechen. Versuch noch ein bisschen zu schlafen!"

Ich schauderte. „Wenn ich dann noch einmal so fürchterlich träume – nein danke!" Trotzdem rollte ich mich wieder auf die Seite und versuchte mich zu entspannen.

„Eine herausgeschnittene Zunge", hörte ich irgendwann Alexa nachdenklich sagen. „Ein interessanter Traum."

„Ein abscheulicher Traum", widersprach ich. „Die Zunge war auf einen Brieföffner gespießt. Es sah ein bisschen aus wie ein Grillspieß."

„Igitt." Alexa schüttelte sich in meinem Rücken. „Erinnert irgendwie an Diebe, denen die Hand abgehackt wird. Meinst du, dieser Hillebrandt ist umgebracht worden, weil jemand Angst vor einer Enthüllungsstory hatte?"

„Das liegt nahe. Aber eigentlich möchte ich mir das gar nicht näher ausmalen. Simone sagte am Telefon, sie sei „wegen so einer Geschichte" noch einmal in der Redaktion gewesen. Schlimmstenfalls ist sie eine Mitwisserin und damit ein weiteres Opfer." Ich drehte mich ein wenig auf den Rücken. „Alexa, dieses Blut an der Tür, das könnte von ihr stammen. Womöglich war der Mörder noch am Tatort, als sie mich anrief. In einem der anderen Räume. Vielleicht ist sie überrascht worden und – "

„Verdammte Hacke!" Alexa brachte die Dinge immer auf den Punkt. Dann kam ihr offenbar ein anderer Gedanke. „Ist es eigentlich üblich, dass in Zeitungsredaktionen so spät noch gearbeitet wird? Oder waren die beiden außer der Reihe im Büro?"

„Nein, nein, so ein Spätdienst ist ganz normal", erklärte ich. Schließlich hatte ich vor meiner Zeit als Lehrer selbst lange bei einer Zeitung gejobbt. „Aktuelle Artikel werden oft erst zwischen 22 und 23 Uhr übermittelt. Wenn von einer Abendveranstaltung berichtet wird, geht es ja gar nicht anders."

„Und was ist mit dem Ermordeten, diesem Thorsten? Kennst du ihn? Hast du ihn gestern bei deinem Praktikumsbesuch kennengelernt?"

„Er ist an mir vorbeigelaufen. Ein gutaussehender, jungenhafter Lockenkopf. Anfang dreißig, schätze ich. Wir haben uns nur gegrüßt. Gesprochen habe ich mit dem Redaktionsleiter, mit diesem Vorhoff." Diese Begegnung war mir allerdings noch ganz gut im Gedächtnis.

„Was ich auch nicht so richtig verstehe", ich hörte Alexas Stimme an, dass ihr das, was jetzt kam, nicht ganz angenehm war, „dieses Mädchen, Simone, warum hat sie bei dir angerufen? Ich meine, du bist ihr Lehrer. Sie weiß, dass du weit weg wohnst, dass du ihr nicht unmittelbar helfen kannst. Wieso hat sie hier angerufen – und überhaupt", Alexa stützte jetzt ihren Kopf auf ihren Arm, „warum wusste sie eigentlich auswendig deine Nummer?"

„Ich habe keine Ahnung, ob sie sie auswendig wusste", gab ich zurück. Ich merkte selbst, dass meine Stimme Trotz barg. Alexa hatte einen wunden Punkt angesprochen. Eine Frage, die ich mir selbst schon mehrfach gestellt hatte. *Warum hatte Simone ausgerechnet mich angerufen?* Gut, ich kannte sie schon lange. Seit der siebten Klasse unterrichtete ich sie in Deutsch. Ich hatte sie sozusagen aufwachsen sehen – vom aufgeregten Mädchen beim Lesewettbewerb bis hin zur jungen, hübschen Frau, die in Shakespeares Sommernachtstraum mitgespielt hatte.

Simone war schon ein tolles Mädchen. Ein bisschen alternativ. Auf jeden Fall setzte sie sich angenehm ab von den vielen Mädels in ihrem Alter, die nur ihr Aussehen und Jungs im Kopf hatten. Simone war in einem guten Sinne anders – und ganz nebenbei verfügte sie über großes sprachliches Talent – daher auch ihr Wunsch, Journalistin zu werden, daher ihr Wunsch, das Praktikum beim *Sauerländer Anzeiger* zu absolvieren. Simone war eine Schülerin, wie man sie sich wünschte. Allerdings – und das war es, was jetzt in mir bohrte – allerdings hatte Simone eine Zeitlang einen engeren Kontakt zu mir gesucht. So sehr, dass ich das Gefühl gehabt hatte, etwas aufpassen zu müssen. Zu Beginn der Oberstufe war sie nach dem Unterricht zu mir gekommen, um mit mir persönlich etwas zu besprechen. Sie fände es affig, sagte sie mir, dass ich sie plötzlich siezen würde. Ob wir nicht die Abmachung treffen könnten, es in diesem Fall beim Du zu belassen. Ich würde sie schließlich schon aus der Mittelstufe kennen. Ich teilte ihr mit, dass ich das für keine gute Idee hielt, da ich ihre Mitschüler ja ebenfalls siezen müsste.

„Und wenn wir es außerhalb des Unterrichts so halten?", hatte Simone gefragt und mich einen Augenblick zu lange angeschaut.

„Tut mir leid", hatte ich geantwortet. „Ich möchte da keinen Unterschied machen. Nicht zwischen Unterricht und Nicht-Unterricht. Und nicht zwischen dir und anderen Schülern meines Kurses."

Simone hatte die Botschaft verstanden. Zwei, drei Unterrichtsstunden lang war sie etwas beleidigt gewesen. Dann hatte es sich gelegt, und unser Verhältnis war so unkompliziert geworden wie schon zuvor. Zumindest hatte ich das gedacht. Warum sie mich allerdings in einer Notsituation wie der am gestrigen Abend als Ersten angerufen hatte, konnte ich mir auch nicht erklären.

„Ich bin für Simone vielleicht so eine Art erwachsener Vertrauter", sagte ich vage in das Dunkel des Schlafzimmers hinein. „Sie wächst ohne ihren Vater auf."

„Hat sie schon öfter hier angerufen?" Alexas Stimme war plötzlich scharf. Das ärgerte mich.

„Selbstverständlich", erwiderte ich ebenso scharf, „sie ruft immer dann an, wenn du zum Sport bist."

„Tut mir leid", sagte Alexa. Ich konnte mich täuschen, aber ihr Arm auf meiner Hüfte wirkte plötzlich seltsam starr.

4

Wolfgang fuhr seine Forke mit einer solchen Wucht in die Streu, dass er seinen Stoß kaum aufhalten konnte. Er wusste nicht, was er denken sollte. Er wusste nicht, was da vor sich ging. Warum das alles so war. Nur gut, dass Annegret jetzt da war. Er hätte es nicht länger ausgehalten im Haus. Wo er Mutters Weinen anhören musste. Und wo Vaters starr blickenden Augen an diesem Morgen eine Träne entwichen war. Eine Träne, die nur er, Wolfgang, wahrgenommen hatte.

Seitdem dieser Mann da gewesen war, war alles in Aufruhr. Er war gekommen, als Wolfgang gerade zum ersten Kaffee in der Küche gesessen hatte. Mutter hatte ein wenig herumgefuhrwerkt, was ihn eigentlich störte, wenn er seinen ersten Kaffee trank und Zeitung lesen wollte. Dann hatte es plötzlich an der Haustür geklopft. Sie hatten keine Klingel. Immer noch nicht. Obwohl Thorsten mehrfach gesagt hatte, das sei unmöglich. Auch hier in Rixen könne man nicht mehr den ganzen Tag die Tür unverschlossen lassen, so dass jeder hereinspazieren könne. Aber wer spazierte bei ihnen schon herein? Onkel Werner, wenn er vorbeikam ... Klaus, wenn er sich etwas ausleihen wollte ... die Pflegerinnen ... Frau Sauer. Eine Handvoll Leute. Und alles Leute, die man kannte.

Aber Thorsten! Zu allem einen guten Rat. War vielleicht achtmal im Jahr zu Hause und riss dann das Maul auf, als wäre er hier der Boss! Und Mutter ging natürlich voll darauf ein. *Thorsten hier, Thorsten da!* Er, Wolfgang, konnte sagen, was er wollte, und kam damit nicht durch. Thorsten aber, ihr Thorsten, der hatte immer recht. Der Star der Familie. *„Der ist was geworden!"* Wenn Mutter das sagte, konnte Wolfgang sich immer nur mit Mühe zurückhalten. Aus Thorsten war was geworden – und aus ihm? Und Annegret? Wer saß denn hier fest und machte den Hof? Wer hörte sich Mutters Jammereien stundenlang an? Wer fuhr sie zum Arzt? Zum Friseur? In die Stadt? Wer half der Pflegerin, wenn Vater gewendet werden musste? Thorsten nicht. Thorsten hatte ja mit seinem Beruf zu tun. Wie oft er das hören musste. Dass Mutter sagte: „Thorsten hat ja mit seinem Beruf zu tun." Wolfgang hatte auch mit seinem Beruf zu tun. Übrigens 14 Stunden am Tag.

Wenn Thorsten kam, machte Wolfgang sich meistens vom Acker. Das musste er sich nicht antun. Auch noch Thorstens Heldengeschichten mitanhören!

Mutter hatte das längst mitgekriegt, dass er immer verschwand. „Bleib mal hier!", hatte sie letztens zu Wolfgang gesagt. „Dann hörst du auch mal was Neues." Da war er natürlich extra gegangen. Und leider zu früh wieder nach Hause gekommen. In der Regel war Thorsten zum Abendbrot schon weg. Letzten Sonntag aber nicht. Da hatte er noch dagesessen, als Wolfgang zurückkam, und sogar gesagt, das sei aber schön, dass sie sich doch noch mal sähen. Wolfgang hatte gute Miene gemacht, nichts groß gesagt, und Thorsten hatte sich richtig Zeit für ihn genommen. Er hatte sich den Stall zeigen lassen und ihn tausend Sachen gefragt. Ob er nicht schon mal über Bio-Haltung nachgedacht hätte. Das wäre stark im Kommen, ein Markt mit Zukunft. Der Bedarf sei so groß, dass der Handel kaum versorgt werden könne. Er habe ihm da mal ein paar Informationen zusammengestellt – wie man da einsteigen könne und so. Er habe ihm das auf einen USB-Stick geladen.

„Hör mir auf mit Bio!", hatte Wolfgang gesagt. „Was da an Schindluder getrieben wird! Der Dünger, der in Scharfenberg aufgetragen worden ist, der wurde auch als Bio-Dünger verkauft."

„Du meinst den PFT-Fall?", hatte Thorsten gemeint. „Schlechtes Argument. Das war ein kriminelles Delikt. Deswegen ist doch nicht die ganze Bio-Branche schlecht."

Wolfgang hasste es, wenn sein Bruder so sprach. *„Schlechtes Argument!"* Er war doch nicht in der Schule. Diese Sprache hing ihm zum Hals raus. Er war dann nach draußen gegangen, hinten rüber zur Weide, aber Thorsten war ihm gefolgt. Hatte sich neben ihn auf die Bank gesetzt und Wolfgang befragt. Wie Wolfgang sich das weiter vorstellte mit dem Hof und allem Drum und Dran.

Wolfgang war irritiert gewesen. „Was meinst du denn – wie ich mir das vorstelle?"

„Mit Papa, zum Beispiel. Wollt ihr ihn wirklich weiter zu Hause pflegen?"

„Ja, wie denn sonst?", hatte Wolfgang gefragt.

„Und überhaupt – der Hof – glaubst du, dass du das noch lange durchhältst? Wie sind denn die Zahlen? Musst du zuschießen? Das ist auf Dauer nicht gut."

„Wieso – wie meinst du –?"

„Ich meine, das ist ja nicht nur dein Ding", hatte Thorsten ihn unterbrochen. „Du hast den Hof übernommen. Aber du glaubst ja wohl nicht im Ernst, dass das ohne einen Ausgleich möglich ist. Wir sollten uns endlich mal darüber unterhalten, inwieweit du uns auszahlen musst, Annegret und mich."

„Auszahlen?" Wolfgang war aus allen Wolken gefallen. „Davon war doch bislang nie die Rede."

Thorsten hatte ihn angeschaut mit einem Blick, in dem sein Unverständnis über so viel Naivität zum Ausdruck kam.

„Wolfgang, du bekommst ein riesiges Wohnhaus – und dazu Wald- und Ackerflächen ohne Ende. Du wirst bis zu deinem Lebensende niemals Miete bezahlen. Das ist bei Annegret und mir anders. Wir müssen ein Haus kaufen, wenn wir eins haben wollen. Kaufen, verstehst du? Kaufen – für Geld. Es ist überhaupt nicht einzusehen, warum du mit allem versorgt wirst – Beruf, Haus, Land – während wir uns durchschlagen müssen."

Wolfgang war fassungslos gewesen. Ihm war so vieles eingefallen, was man hätte sagen können. Und nichts davon hatte er herausbringen können.

„Damit du mich nicht falsch verstehst, Wolfgang, mir ist durchaus bewusst, was du hier leistest. Aber Annegret und ich haben ja bis auf ein Grundstück noch gar nichts bekommen!"

Wolfgang hatte nicht einmal genickt. Aber das war auch nicht nötig gewesen. Thorsten hatte sofort weitergesprochen. Und jetzt in einem netten, brüderlichen Ton.

„Weißt du, jetzt nach dem Kyrill-Schaden hast du viel Holz verkaufen müssen. Du hast mehr Einnahmen als du normalerweise hättest. Die musst du teuer versteuern, wenn du die Einnahmen verbuchst. Es wäre jetzt ein guter Zeitpunkt, die Auszahlung vorzunehmen."

Wolfgang konnte nicht sprechen. Dabei gab es so viel. Er konnte die höheren Einnahmen über mehrere Jahre versteuern. Das gehörte zum Kyrill-Vertrag, den die Landwirtschaft ausgehandelt hatte. Viel wichtiger aber, er brauchte das Geld. Er brauchte das Geld verdammt dringend. Er würde in den nächsten Jahren kaum Holz schlagen können, weil der Sturm alles niedergemacht hatte. Und er brauchte einen neuen Trecker. Und eine neue Futteranlage, und die Scheune musste neu gedeckt werden, und –

„Denk mal drüber nach!" Thorsten hatte ihm auf die Schulter geklopft. „Denk einfach drüber nach!" Dann war er aufgestanden, hatte sich gestreckt und einen Blick über die Landschaft geworfen. „Mensch, Wolfgang, wie schön es hier ist! Du bist schon ein Glückspilz, dass du so wohnst."

Noch ein freundlicher Blick, dann hatte er sich umgedreht und war zum Haus zurückgegangen.

„Thorsten!" Wolfgang hatte auf einmal das Gefühl gehabt zu wissen, warum Thorsten hinter dem Geld her war.

„Willst du Heike heiraten?"

„Heike?" Thorsten hatte sich umgedreht und Wolfgang angeschaut. Erstaunt. Fast ein bisschen belustigt. „Wie kommst du denn darauf? Nein, nein, Heike und ich, wir sind nicht mal mehr zusammen." Und nach einem kurzen Moment hatte er gegrinst und gesagt: „Du weißt doch, Wolfi, wir beide sind nicht fürs Heiraten gemacht. Wir bleiben allein." Dann war er gegangen.

Wolfgang war über all das nicht hinweggekommen. Dass Thorsten Ansprüche stellte. Er, der nie etwas eingebracht hatte. Dass er die Kyrill-Katastrophe nutzen wollte, um sich sein Teil herauszuschneiden. Aber auch: dass er sich von Heike getrennt hatte. Heike, die die wunderbarste Frau war, die Thorsten jemals mitgebracht hatte. Eine Frau, die er gar nicht verdient hatte – und die er trotzdem hatte laufenlassen.

Wolfgang hatte das alles nicht einordnen können – und das, was jetzt war, noch viel weniger. So oft hatte Wolfgang sich gewünscht, dass es seinen Bruder nicht gab. Aber jetzt ... jetzt ... jetzt war alles schlimm. Mutter weinte. Und selbst Vater hatte geweint. Wolfgang wurde den Gedanken nicht los, dass Vater nicht nur um seinen Jüngsten trauerte, sondern dass er vermutete, dass er, Wolfgang, mit dem Tod zu tun haben könnte. Denn wenn jemand wusste, wie Wolfgang zu seinem Bruder stand, dann war es sein Vater.

Wolfgang hatte noch keine Gelegenheit gehabt, mit seinem Vater allein zu sein, mit ihm in Ruhe zu sprechen. Ihm zu erklären, wie sich das alles verhielt. Erst war dieser Mann da gewesen, Thorstens Chef. Und dann war Annegret gekommen. Es war ein schrecklicher Aufruhr, alles durcheinander. Auch der Arzt war gekommen, weil Mutter einen Herzanfall bekommen hatte, und die Pflegerin war zum Waschen gekommen. Wolfgang war froh gewesen, in den Stall verschwinden zu können. Er war mit der Arbeit längst fertig, aber nichts trieb ihn zurück.

Da, schon wieder ein Auto. Ein fremdes Kennzeichen. Eine Frau stieg aus, und dann, etwas beschwerlich, ein Mann. Das war die Polizei. Wolfgang wusste es sofort. Er atmete durch. Warum musste alles immer noch schlimmer kommen, als es schon war?

5

„Rixen ist ein komischer Name", Ina stieg mit Schwung aus dem Auto. Im Gegensatz zu Max war sie frisch. Sie war erst am Morgen zur Truppe gestoßen. „Hört sich gar nicht sauerländisch an."

„Mhm", zu viel mehr sah sich Max nicht in der Lage, während er sich aus dem Autositz quälte.

„Aber dafür sieht es ziemlich sauerländisch aus", Ina sah sich unternehmungslustig um. „Schöner Hof! Die alten Bäume – das Fachwerk – gefällt mir gut. Aber ulkig, nicht wahr? Mitten im Dorf – so ein großer Hof!"

Zum Glück konnte Ina gut damit leben, wenn man nicht antwortete. Selbstgespräche waren ihr täglich Brot. Zumindest wenn sie mit Max unterwegs war.

„Guten Tag!" Ein Junge ging den Fußweg entlang, an der Hofeinfahrt vorbei.

„Hallo!", grüßte Max freundlich zurück.

Ina sah ihn verdattert an. „Kanntest du den?"

„Nee, wie sollte ich?"

„Warum grüßt er uns dann?"

„Weil das hier auf dem Dorf noch üblich ist, dass man sich grüßt."

Ina stutzte. Wahrscheinlich hatte sie ab jetzt das Gefühl, in Bullerbü gelandet zu sein.

„Ist ja Wahnsinn!", sagte sie schließlich. Dann orientierte sie sich kurz und ging zur Haustür hinüber.

„Warte mal eben!"

Ina sah sich erstaunt um. „Was ist los?"

„Gib mir eine Minute! Ich bin noch nicht richtig wach." Max war im Auto eingedöst. Er fühlte sich wie um zwanzig Jahre gealtert. Und er fühlte sich so, als könne er jetzt unmöglich in dieses Haus hineingehen und einer Bauernfamilie die Todesnachricht ihres Sohnes überbringen. Er ließ seinen Blick über den Hof schweifen. Zwei Autos standen da. Ein alter Kadett und ein neuerer Golf. Beide mit dem Kennzeichen des Hochsauerlandkreises. Dann fiel sein Blick auf eine Wasserpumpe, die über ein altes Becken ragte.

„Moment mal eben!" Max ging die paar Meter. Der Schwengel war schwer beweglich, aber man merkte sofort, dass die Pumpe grundsätzlich funktionierte. Ein kleines Rinnsal begann schon beim ersten Pumpen zu fließen. Beim zweiten kam ein richtiger Schwall. Max bewegte den Schwengel drei-, viermal, fing dann mit beiden Händen das Wasser auf und erfrischte damit das Gesicht. Es war eiskalt und ließ seinen ganzen Körper erschauern.

„Soll ich dir auch noch deine Zahnbürste holen?" Inas Ton war spöttisch.

„Ein Handtuch wäre nett."

Ina verdrehte die Augen.

„Dann muss es eben so gehen." Max rieb sich das Gesicht am Ärmel seiner Jacke ab. Goretex – nicht gerade saugfähig.

„Ich wäre dann so weit."

„Phantastisch!" Ina klopfte ihrem Kollegen auf den Rücken, dann gingen sie zur Haustür hinüber.

„Keine Klingel!" Ina hatte es kaum ausgesprochen, da öffnete sich auch schon die Tür. Eine Frau, Mitte vierzig, etwas unförmige Jeans, Rollkragenpullover. Vor allem aber rotgeweinte Augen. Ina streifte Max mit einem fragenden Blick.

„Kriminalpolizei", sagte sie dann und zückte ihren Ausweis. „Mein Name ist Ina Rüther, das ist mein Kollege Max Schneidt. Dürfen wir einen Augenblick hereinkommen?"

„Natürlich."

Die junge Frau führte die beiden durch eine schlicht eingerichtete Diele in ein Wohnzimmer hinein. Es sah aus, als würde es nur selten genutzt. Max wunderte das nicht. Sicher spielte sich das Leben überwiegend in der Küche ab. Wenn es denn hier überhaupt Leben gab. Bislang wirkte alles öde und leer. Und das biedere Chippendale-Wohnzimmer konnte dem nicht entgegenwirken. Hier hatte sich garantiert seit 30 Jahren nichts mehr verändert. Max erinnerte sich, dass er ein solches Ambiente mal in der Fernsehsendung „Bauer sucht Frau" gesehen hatte. Wenn seine Erinnerung ihn nicht täuschte, hatte die vermittlungswillige Frau ziemlich schnell Reißaus genommen. Max räusperte sich.

„Frau Hillebrandt?", wandte er sich unsicher an die Frau, die sie zum Sitzen aufgefordert und nun selbst auf der äußersten Kante eines Sessels Platz genommen hatte.

„Ich bin eine geborene Hillebrandt", erklärte die Frau. „Jetzt heiße ich Höffelmann. Annegret Höffelmann. Thorsten ist – Thorsten *war* mein Bruder." Die Frau weinte leise in sich hinein.

„Moment, Moment!" Inas Stimme war sehr bestimmt. „Woher wissen Sie überhaupt vom Tod Ihres Bruders?"

Annegret Höffelmann sah erstaunt hoch. „Na, von seinem Chef. Herrn Vorhoff. Er war heute Morgen in aller Frühe hier."

Ina und Max sahen sich stirnrunzelnd an.

Bevor sie sich jedoch äußern konnten, öffnete sich plötzlich die Tür und eine alte Frau erschien im Türrahmen. Auch sie hatte offensichtlich viel geweint, ihr Gesicht sah völlig verquollen aus. „Sind die Herrschaften wirklich von der Polizei?" Ihre Stimme war zittrig.

„Mutter, wir hatten doch abgesprochen –", die Tochter fuhr hoch und ging ihrer Mutter entgegen. „Sie hatte einen Herzanfall, als sie es erfuhr", erklärte sie in Richtung der Gäste.

„Ich möchte hören", die Mutter schluckte hörbar, „ich möchte hören, wer das getan hat."

„Ich glaube nicht, dass die Polizei dazu schon etwas sagen kann", die Tochter drehte sich fragend um, „oder haben Sie den Täter schon gefasst?"

„Nein, nein", beeilte Max sich zu sagen. „Im Gegenteil, wir sind auf Ihre Hilfe angewiesen. Deshalb – wenn Ihre Mutter es sich zutraut – wir wären dankbar, mit Ihnen beiden zu sprechen."

Die Tochter warf einen prüfenden Blick auf ihre Mutter. Die gab ihn halbwegs sicher zurück. „Ich bleibe!", sagte sie. Es dauerte etwas, bis sie sich auf einem Stuhl niedergelassen hatte.

„Zunächst mal", begann Ina, „es tut uns sehr leid, was mit Ihrem Sohn beziehungsweise Ihrem Bruder passiert ist. Ich bin nicht sicher, was Ihnen dieser Vorhoff heute Morgen erzählt hat –" Sie blickte die beiden Frauen fragend an.

„Na, dass er erschossen worden ist. Thorsten." Die Schwester kämpfte mit aufkommenden Tränen. „In seinem Büro."

„Das ist richtig. Hat er noch mehr erzählt?"

Die Schwester brauchte einen Moment, bis sie sicher war, halbwegs sprechen zu können. „Eigentlich nicht sehr viel. Eigentlich hat er mehr gefragt."

Max sah Ina an, was sie dachte. Hillebrandts Chef würde daraus eine Homestory machen. „Die armen Hinterbliebenen". „Die weinende Mutter". Blut und Tränen waren eine gelungene Kombination.

„Nun, für uns ist es wichtig, mehr über Thorstens Lebens- und Arbeitsumfeld zu erfahren. Hatten Sie viel Kontakt?"

„Nein", schoss es aus der Schwester heraus, dann etwas sanfter: „Er kam nicht sehr oft."

„Er musste viel arbeiten", nahm die Mutter ihren Jungen in Schutz. „Aber letzte Woche war er noch da."

„Aha!" Ina hob eine Augenbraue.

„Ja, am Sonntag."

„Er ist relativ kurzfristig gekommen", erklärte die Schwester. „Ich selbst hab ihn kaum gesprochen. Ich wohne ja nicht hier. Ich wohne in Brilon. Aber nachmittags bin ich kurz vorbeigekommen, um nach Papa zu sehen." Sie zeigte nach oben. „Unser Vater ist bettlägerig. Ein Schlaganfall. Pflegestufe III."

Ina nickte. Max fiel auf, dass sie sich nicht abgesprochen hatten, wer mitschrieb. Unwillig kramte er in seiner Jackentasche herum und angelte einen Kuli und ein Notizbuch heraus.

„Jedenfalls kam Thorsten kurz nach Mittag, stimmt doch, Mama, woll?"

Die Mutter nickte. „Es war so schade, dass er nicht zum Essen gekommen ist. Er isst viel zu selten warm. Er ist ja immer unterwegs. Bei uns hätte er endlich mal wieder Braten gekriegt."

„Er kam also am Sonntag, nach Mittag. Ist Ihnen etwas aufgefallen? War er aufgeregt? Hat er von etwas Bestimmtem erzählt?"

„Von etwas Bestimmtem?" Die Mutter wiederholte den Satz monoton. „Er hat erzählt, dass er viel arbeiten muss."

Ina wandte sich an die Tochter. „Hat er sich Ihnen gegenüber genauer geäußert?"

„Er hat mir ein Buchhaltungsprogramm empfohlen", erklärte sie. „Ich mache die Buchhaltung hier für den Hof. Mein Bruder bewirtschaftet ihn. Mein großer Bruder. Wolfgang. Ich helfe ihm, wenn es um den Schriftverkehr geht, bei Abrechnungen und so."

Wolfgang. Endlich hatte Max etwas, was er aufschreiben konnte.

„Er ist irgendwo draußen. Wahrscheinlich im Stall."

„Buchhaltung", griff Ina das Thema wieder auf. „Gab es sonst etwas, was Ihr Bruder erwähnte? Zum Beispiel, woran er für die Zeitung arbeitete?"

„Davon hat er nie viel erzählt." Die Mutter umgriff mit beiden Händen die Armlehnen ihres Stuhls. „Das ist ja eine ganz andere Welt."

„Er hat gar nichts erzählt?"

„Da war schon noch etwas", die Tochter schaute Max und Ina nicht an. Sie schwamm mit ihrem Blick auf dem Teppich herum. „Heike."

Der Kopf der Mutter fuhr herum. Die Tochter wich ihrem Blick aus.

„Das war seine Freundin. Ich hab ihn nach ihr gefragt, und da hat er erzählt – Thorsten – nun, die beiden waren nicht mehr zusammen."

„Das wusste ich ja gar nicht." Die Augen der Mutter blitzten.

„Er hat es dir wahrscheinlich nicht erzählt, weil du – naja, weil du es nicht verstanden hättest. Er wusste ja, dass du dir wünschst, dass er endlich heiratet. Er wollte sich nicht rechtfertigen, weil er wieder Schluss gemacht hat."

„Hat Ihr Bruder häufiger die Beziehungen gewechselt?"

„Nein!", fuhr die Mutter dazwischen. Sie verteidigte ihr Junges tapfer.

„Ganz normal", die Tochter schien objektiver zu sein. Ina versuchte, sie mit Blicken zu ermuntern. „Mit Heike war er über zwei Jahre zusammen. Und diesmal habe ich wirklich gedacht – davor hat er häufiger gewechselt – also, er war kein Frauenheld, wirklich nicht. Aber jemand, der sich schwertat, wenn er sich festlegen sollte."

Max registrierte, dass die alte Frau Hillebrandt zusammengesunken war. Thorsten hatte sich ihr nicht anvertraut. Er hatte wieder seine Freundin verlassen. Und jetzt war er tot. Das verstand sie alles nicht.

„Diese Heike", begann Ina. „Wie hieß sie mit Nachnamen?"

„Jablonski. Heike Jablonski. Eine Kollegin."

„Eine Kollegin?" Ina war überrascht. Sie warf einen Blick zu Max hinüber. „Ich dachte, das wäre so eine Miniredaktion."

„Sie arbeitet in einer anderen Stadt, aber bei derselben Zeitung", erklärte Annegret Höffelmann, „dort war Thorsten auch, bevor er in Lentrop eingesetzt wurde."

„Verstehe."

„Ist es denn tatsächlich möglich, dass Heike unseren Thorsten –" Frau Hillebrandt hatte sich plötzlich aufgesetzt und starrte ihre Tochter mit einer Mischung aus Entsetzen und Wut an.

„Mutter, wie kannst du das denken? Ich habe nur erzählt, dass die beiden sich getrennt haben. Das hat mit Thorstens Tod überhaupt nichts zu tun."

„Ja, aber – "

„Nichts aber!", fuhr die Tochter dazwischen. Einen kurzen Moment schwiegen alle. Dann klingelte plötzlich Inas Handy.

„Entschuldigung", murmelte sie. „Ich bin sofort zurück." Sie ging in den Flur.

„Wieso das denn?", hörte Max sie sagen. Sie hätte auch vom Wohnzimmer aus telefonieren können.

„Ich fürchte, viel mehr können wir Ihnen gar nicht sagen", wandte sich die Tochter plötzlich an Max. „Und diese Sache mit Heike – ich glaube, die sollten Sie nicht überbewerten. Thorsten hat mir ausdrücklich gesagt, Heike und er verstünden sich weiterhin gut. Sie seien schließlich Kollegen und müssten auch in Zukunft zusammenarbeiten."

Max schluckte. Zu diesem Thema sagte er lieber nichts. Er hatte selbst so etwas hinter sich. Eine Beziehung mit seiner Vorgesetzten – die wahrscheinlich genau in diesem Moment im Flur mit Ina telefonierte: „Ja, ich sag's ihm. Aber ich halte das nicht für eine gute Idee. Noch eine andere Sache. Als wir hier ankamen – "

„Ihr Bruder hat Ihnen nicht erzählt, ob er im Moment an einer besonderen Geschichte arbeitete?", hakte Max jetzt zum dritten Mal nach, um vom Telefongespräch im Flur abzulenken. „Irgendetwas, das ihn besonders beschäftigte, das er als besonders brisant dargestellt hätte?"

„Er hat eigentlich gar nicht von seiner Arbeit erzählt", erklärte die Schwester. „Er hat sich nach dem PFT-Fall im Nachbarort erkundigt, das ist alles, was mir einfällt."

„PFT?" Max runzelte die Stirn.

„Vielleicht haben Sie davon gehört", die Schwester zog die Augenbrauen zusammen. „Es hat eine Trinkwasserverunreinigung in der Region Arnsberg gegeben, weil im Nachbarort auf einen Acker falscher Dünger aufgetragen worden ist."

„Falscher Dünger?" Max erinnerte sich dunkel an den Umweltskandal. „Ich kann mir vorstellen, dass Ihnen jetzt nicht danach ist", sagte er deshalb vorsichtig, „aber vielleicht können Sie mir trotzdem ein wenig über die Hintergründe erzählen."

„Dort ist ein Bio-Dünger aufgetragen worden", wiederholte die Hillebrandt-Schwester müde, „von einer Firma aus Borchen. Dieser Dünger war mit PFT belastet. Das ist eine Industriechemikalie, die wohl nicht so gesund ist."

Nicht so gesund. Die Umschreibung war ziemlich originell.

„Jedenfalls hat der Regen den Schadstoff in einen nahen Bach gespült, der trug ihn in die Möhne und in die Ruhr. Von da aus ist er dann auch ins Trinkwasser gelangt. Die Sache ist durch alle Medien gegangen. Unser Nachbardorf ist dadurch eine traurige Berühmtheit geworden."

„Und wonach hat sich Ihr Bruder nun ganz genau erkundigt?"

„Na, wie das damals abgelaufen ist. Ob der Bauer aus Scharfenberg von der PFT-Belastung wusste. Ob er tatsächlich Geld bekommen hat – solche Sachen."

Max überlegte einen Augenblick. „Meinen Sie, Ihr Bruder hatte ein persönliches Interesse, als er Sie zu der Sache befragte? Will er den Fall neu aufrollen? Hat er vielleicht etwas Ähnliches entdeckt?"

„Den Fall neu aufrollen? Darauf wäre ich jetzt nie gekommen. Das war eher ein Zufallsthema. Ich glaube, Wolfgang hat mit ihm darüber gesprochen. Und Thorsten hat es dann bei mir noch mal aufgegriffen."

„Verstehe!" Max machte sich trotzdem eine Notiz. Gleichzeitig hörte er, wie Ina im Flur das Gespräch beendete. Als sie ins Zimmer zurückkkam, hatte er den Eindruck, als ob sie seinem Blick auswiche.

„War noch etwas?", fragte sie fahrig, als sie sich doch an Max wandte. Er antwortete nicht.

Stattdessen wandte er sich noch einmal an die beiden Frauen. „Hatte Thorsten am vergangenen Sonntag seinen Laptop dabei?"

„Seinen Laptop? Nein!" Annegret schüttelte den Kopf. „Ich weiß, dass Thorsten viel damit gearbeitet hat. Ein ganz modernes, dunkelrotes Ding. Bei einem früheren Besuch hatte er das Gerät mal dabei."

„Wir haben gehört, dass Ihr Bruder einen ausgefallenen Laptop besaß", erklärte Max. „Leider haben wir ihn bislang nicht auffinden können."

Thorsten Hillebrandts Schwester schüttelte noch einmal den Kopf. „Keine Ahnung! Am Sonntag hatte er ihn jedenfalls nicht dabei."

„Dann noch etwas", Ina beugte sich vor, „sagt Ihnen der Name Simone Reinold etwas?"

„Simone wie?"

„Reinold."

„Nein, nie gehört." Die Tochter schüttelte den Kopf. „Müssten wir sie kennen?"

„Es wäre möglich. Simone Reinold hat als freie Mitarbeiterin beim *Sauerländer Anzeiger* gearbeitet. Und sie ist seit dem Tod Ihres Bruders verschwunden."

„Was soll das heißen?"

„Noch gar nichts", beeilte sich Max zu sagen. „Sie ist verschwunden. Das kann bedeuten, dass sie sich versteckt hält, weil sie Angst hat. Womöglich hat sie den Täter gesehen. Oder es kann heißen, dass sie verschleppt worden ist ..."

Die dritte Möglichkeit ließ Max bewusst außen vor.

„Das ist ja alles ganz schrecklich." Die alte Frau Hillebrandt begann wieder zu weinen. Ihre Tochter ging zu ihr, setzte sich auf die Armlehne und streichelte ihr den Rücken.

„Für uns ist das alles so unfassbar", sagte sie dabei, und ihre eigene Stimme war auch von Tränen erstickt. „Thorsten ist – war – so ein Sonnenschein. Er ist hier im Hause das Nesthäkchen gewesen, zehn Jahre jünger als ich, zwölf Jahre jünger als Wolfgang. Meine Eltern hatten die Hoffnung auf weitere Kinder längst aufgegeben. Aber dann kam noch Thorsten. Sie können sich vorstellen, dass er sehr verwöhnt worden ist."

Ina nickte. Max schrieb die Zahlen auf. Sie waren an sich nicht wirklich interessant. Aber was dahinter stand, das war interessant. Max wollte unbedingt noch den großen Bruder kennenlernen. Thorsten war der Sonnenschein. Aber wenn Thorsten die Sonne war, was war dann der Bruder?

6

„Die Polizei hat mich gestern Abend auch schon angerufen", Manuelas Stimme klang verschreckt, „denen konnte ich auch nichts sagen. Ich weiß nicht, wo Simone ist. Sie hat sich bei mir nicht gemeldet."

In mir machte sich Enttäuschung breit. Mir war klar: Wenn jemand etwas hätte wissen können, dann am ehesten Manuela, Simones beste Freundin. Eine aus der Borketal-Clique, die sich jeden Morgen mit dem Zug zum Elisabeth-Gymnasium aufmachte. Die Lentroper und Hesperder Zugfahrer waren eine eingeschworene Truppe.

„Sie haben doch sicher ihre Handynummer?", fragte ich weiter.

„Ja, auch die habe ich der Polizei überlassen. Und ich hab natürlich auch selbst versucht sie zu erreichen, weil ich dachte – ", Simones Schulkameradin zögerte, „na, weil ich halt dachte, mit mir spricht sie eher als mit der Polizei."

„Und?"

„Es läuft die Mailbox. Ich habe sie gebeten, sich unbedingt bei mir zu melden. Aber das hat sie bislang nicht getan."

„Gibt es andere Freundinnen, an die sie sich gewandt haben könnte?"

„Natürlich, aber wir stehen in ständigem Kontakt, und sie hat sich bislang nirgendwo gemeldet. Ich bin mit der Polizei alle Namen durchgegangen, die mir eingefallen sind. Einige hatte sie auch schon – von Ihnen, habe ich mir sagen lassen."

„Ja, das stimmt, ich habe gestern Abend angegeben, mit wem Simone in der Schule so zusammen ist."

„Zwei oder drei konnte ich noch ergänzen, aber wie gesagt – Simone hat sich nirgendwo gemeldet. Auch nicht bei Lena und Annabell, mit denen sie sich am Freitagabend treffen wollte."

„Annabell Giehs?", fragte ich nach.

„Ja, und Lena Schauerte. Die drei hatten sich verabredet. Lena hat ja schon den Führerschein. Die drei wollten sich um neun Uhr treffen und dann in die Disco fahren."

„So spät?"

„Wieso spät? Das ist am Wochenende völlig normal."

„Ach so." Ich war da offenbar völlig naiv.

„Jedenfalls hat Lena abends totale Migräne gekriegt und konnte nicht fahren. Deshalb hat sie den anderen eine SMS geschickt. Simone hat dann noch zurückgeschrieben, es wäre ihr ganz recht."

„Hat sie auch geschrieben, was sie stattdessen vorhatte?"

„Nein, leider nicht. Wir sind das auch schon zigmal durchgegangen. Lena hat gedacht, Simone wolle dann eben vorm Fernseher abhängen und früh ins Bett gehen. So hörte sich ihre Antwort wohl an."

„Wann war das genau? Ich meine, wann hat Simone geantwortet?"

„Lena hat relativ kurzfristig abgesagt. So gegen halb neun."

Ich überlegte einen Augenblick. „Simones Handynummer", sagte ich dann, „könnten Sie mir die geben?"

„Klar, wenn Sie Ihr Glück versuchen wollen."

Manuela diktierte mir die Nummer, ich wiederholte sie sicherheitshalber noch mal.

„Danke, Manuela", ich wollte das Gespräch schon beenden. Dann fasste ich mir doch noch ein Herz.

„Hatte Simone eigentlich einen Freund?"

Manuela zögerte, das war ganz unverkennbar.

„Nee, eigentlich nicht", sagte sie dann.

„Was heißt eigentlich?", hakte ich nach.

„Nein, sie hatte keinen." Manuelas Stimme war jetzt fest. „Sie war eben mehr so der schwärmerische Typ. Verliebte sich immer in welche, die sie eh nicht kriegen konnte."

Ich war nicht sicher, ob es Einbildung war. Vielleicht mein eigenes klebriges Gefühl. Aber mir war, als läge da etwas Unausgesprochenes in der Luft.

„Also kein Freund", hielt ich fest, nicht halb so souverän, wie ich eigentlich klingen wollte. „Ich dachte nur, weil man dann dort hätte nachfragen können."

Mein Satz klang so blöd, ich hätte ihn am liebsten nachträglich gelöscht. Dann hörte ich ein Klopfen in der Leitung. Jemand versuchte mich zu erreichen. Ich nutzte die Gelegenheit, das Gespräch schnell zu beenden, und nahm den neuen Anruf an.

Es war Max.

„Na endlich meldest du dich!", begrüßte ich ihn. „Ich hab dir zweimal auf die Mailbox gesprochen."

„Ja, ich weiß!" Ich hörte, dass Max aus dem Auto anrief. „Ich komme gerade aus einem Dorf bei Brilon, in dem Thorsten Hillebrandts Familie wohnt."

Mein Herz hüpfte. Dass mein Kumpel in der Ermittlungsgruppe mitarbeitete, freute mich sehr. Max war für mich ein Freund der ersten Stunde. Zumindest der ersten Stunde im Sauerland, was für mich eine der schwereren Stunden gewesen war. Dann holte mich die gegenwärtige Situation wieder ein.

„Und? Was ist mit Simone? Habt ihr sie gefunden?"

„Nein, leider nicht. Sie ist wie vom Erdboden verschluckt." Max machte eine Pause. „Andererseits gibt es nach wie vor keinen Hinweis auf ein Verbrechen. Das ist doch auch schon mal was."

„Naja, das Blut …", warf ich ein.

„Das Ergebnis vom DNA-Test kommt erst morgen. Aber die Anordnung der Blutspuren ist recht eindeutig. Es sieht aus, als hätte jemand die Leiche angefasst und dann das Büro verlassen."

„Und was macht ihr jetzt?" Ich konnte nicht verhindern, dass meine Stimme etwas Forderndes enthielt. „Wie geht ihr vor?"

„Tut mir leid, Vincent, dir das sagen zu müssen. Aber ich bin schon wieder abgezogen von dem Fall."

„Wie bitte? Warum denn das?"

„Ein Raubmord in Lüdenscheid. Wir müssen uns aufteilen."

„Aber warum? Das geht doch nicht! Hier wird doch jede Hilfe gebraucht."

„Es kommen weitere Kräfte." Max' Stimme klang selbst nicht überzeugt. „Soll heißen: Es ist nur eine Verschiebung."

„Aber warum musst ausgerechnet du jetzt wechseln? Du bist doch schon mittendrin. Du kennst dich hier aus. Du – "

„Vincent!" Max' Stimme war fest. „Ich fürchte, genau das ist das Problem. Marlene hat die Einteilung gemacht. Sie weiß, dass du involviert bist. Ich denke, sie hält mich für befangen."

Marlene. Max' Chefin. Jetzt wurde mir einiges klar.

„Ist da nichts mehr zu machen?"

31

„Ich werde sie noch einmal ansprechen, aber ich gehe nicht davon aus, dass sie sich umstimmen lässt."

„Verdammter Mist!", konnte ich mich nicht zurückhalten.

„Finde ich auch. Tu mir nur einen Gefallen. Halte dich raus!"

„Das kann ich nicht", brach es aus mir heraus. „Simone ist meine Schülerin. Sie hat mich angerufen." Eine Welle von Frust überkam mich. „Vergiss es!", sagte ich dann. „Fahr nach Lüdenscheid! Mach diesen Raubmord!"

7

Die Axt raste mit Wucht in die rot-silberne Plastikverkleidung. Es knackste und splitterte. Noch ein Schlag. Dieser war besser. Die Tastatur war nun in zwei Stücke zerlegt. Der nächste Hieb splitterte das Gerät in viele kleine Teilchen, die wild umherflogen. Das E rutschte von der Holzunterlage, als wollte es sich aus dem Staub machen.

Erst nach zwanzig Schlägen war Ruhe. Der Laptop bestand nun aus einer Masse handlicher Kleinteile.

Kleinteile, die sich wunderbar entsorgen ließen.

Gut, dass am nächsten Tag der Müll abgeholt wurde.

8

Der Samstag wollte nicht vergehen. Ein trüber, verhangener Februartag, der meine Stimmung zusätzlich drückte. Ich hatte inzwischen Simones Handynummer probiert. Es meldete sich lediglich die Mailbox. Dringend bat ich Simone um einen Rückruf und erklärte ihr, dass man sie als Zeugin brauche. „Falls Sie vor irgendetwas Angst haben", schob ich nach, „oder vor irgendwem, dann ist es sicher kein Problem, Ihnen Schutz zu gewähren. Ich bin sicher, die Polizei würde alles tun, um Sie aus der Schusslinie zu halten." Während ich es aussprach, wurde mir schlagartig klar, was ich da gerade gesagt hatte. „Simone", setzte ich daher noch einmal an, etwas unsicherer jetzt, „ich mache mir

Sorgen." Das Blut schoss mir in den Kopf. Was konnte ich überhaupt Unverfängliches sagen?

„Wir alle machen uns Sorgen. Bitte melden Sie sich!"

Den Rest des Vormittags lungerte ich herum und wartete auf
Neuigkeiten von Simone. In den Zeitungen war über den Mord
noch nichts nachzulesen. Zu spät passiert. Natürlich hatte ich
mich sofort auf die Lentroper Seiten gestürzt, die ich zuvor immer ignoriert hatte. Dabei war mir aufgefallen, dass eine Seite
alt gewesen war. Tatsächlich stand am oberen Rand nicht der 9.
Februar als Datum, sondern der 8. Als ich sie mit der Zeitung
vom Vortag verglich, sah ich, dass ich recht gehabt hatte. Die
Seite 6 war am Vortag schon einmal erschienen. Dafür konnte
es nur einen Grund geben. Hillebrandt hatte es nicht mehr geschafft, seine Seite ans Druckhaus zu übermitteln!

Meine trüben Gedanken wurden nicht besser, als ich daran
dachte, dass wir am Abend zur Silberhochzeit von Alexas
Bruder eingeladen waren. Eine riesige Feier! Ich konnte mir bislang nicht vorstellen, ganz entspannt hinzugehen. Andererseits
würde meine Frau es mir nie verzeihen, wenn ich mich drückte.
Alexa ging mir schon den ganzen Tag aus dem Weg und versuchte, die Kinder von mir fernzuhalten. Sie hatte Marie und
Paul lediglich gesagt, Papa sei in Sorge, weil eine Schülerin ihn
um Hilfe gebeten habe und dann verschwunden sei. Weitere
Nachfragen hatte sie durch Ablenkungsmanöver umschifft. Bei
unseren Begegnungen strich sie mir über den Arm, ein weiteres
Gespräch aber vermieden wir auf unangenehm künstliche
Weise.

Soweit es möglich war, verschanzte ich mich hinter meinem
Computer. Dabei kam mir irgendwann die Idee, den Namen des
ermordeten Thorsten Hillebrandt zu googeln.

Es gab mehrere Thorsten Hillebrandts, die im Netz aufgeführt
waren. „Meinen" konnte ich jedoch schnell identifizieren. Es gab
einige Verweise auf Presseartikel, die Hillebrandt verfasst hatte.
Offenbar hatte er auch Artikel über regionale Themen für die
Wochenendbeilage des *Sauerländer Anzeigers* verfasst. Ich klickte mich durch eine Reportage über Renovierungsarbeiten auf der
Burg Altena, einen Bericht über das Kinderhospiz in Olpe und

die Beschreibung eines Schülerprojekts über jüdisches Leben in Attendorn. Eine ältere Meldung berichtete über einen Journalistenpreis, den Hillebrandt bekommen hatte. Es war auch ein Foto zu sehen: Thorsten Hillebrandt bei der Preisverleihung: ein strahlender junger Mann mit Locken und Charme, der ein Kuvert entgegennahm. Hillebrandt hatte den Preis für eine Reportage in der *Rheinischen Post* erhalten, die sich mit offenen Heimgruppen beschäftigte. In einer Rubrik mit dem Titel „Mitarbeiter konkret" wurde Hillebrandt als Volontär der *Rheinischen Post* vorgestellt. Ich überflog seinen Lebenslauf. 1974 bei Brilon geboren, Abitur auf dem Gymnasium Petrinum in Brilon, Studium der Germanistik, Geschichte und Philosophie in Bonn, parallel freier Mitarbeiter bei einem Lokalsender. Nach dem Magisterabschluss das Volontariat bei der *Rheinischen Post*.

Auf dem beigefügten Foto war Hillebrandt mit Fotokamera zu sehen, hinter der er lachend hervorblinzelte. Ich sah mir das Bild lange an. Thorsten Hillebrandt war ein Strahlemann – und ganz nebenbei einer der vielen Sauerländer, die nach kurzem Studienausflug in die Heimat zurückgekehrt waren. Interessanterweise hatte er fast genau meine Fächerkombination studiert, allerdings nicht wie ich auf Lehramt, sondern auf Magister. Er hatte Glück gehabt, anschließend eine Volontariatsstelle zu bekommen. Vielleicht nicht nur Glück – wenn ich ihn richtig einschätzte, hatte dieser Mann genau gewusst, was er wollte.

Ich klickte weiter herum. Ein paar Nachrichten aus dem Sportbereich gab es noch. Ein Thorsten Hillebrandt hatte in Nachrodt-Wiblingwerde ein Tischtennisturnier gewonnen. Es gab kein Foto, ich konnte also nicht feststellen, ob es sich um den Verstorbenen handelte. Dasselbe galt für einen Thorsten Hillebrandt, der sich beim Mountainbike-Festival in Sundern qualifiziert hatte.

Ich schreckte hoch, als es plötzlich an der Haustür klingelte. Einen kleinen Moment zögerte ich und lauschte, ob Alexa die Tür öffnete. Dann fiel mir ein, dass es nur deshalb im Haus so ruhig war, weil sie mit Paul und Marie zum Einkaufen gefahren war. Als ich die Tür öffnete, durchfuhr es mich. Simones Mutter! Ich hatte nicht mehr im Kopf gehabt, wie sehr die beiden einander ähnelten. Die dunklen, fast schwarzen Augen, die langen

Wimpern, das markante Gesicht mit den hohen Wangenknochen. Während Simone ihr dunkles Haar jedoch in langen Locken trug, hatte ihre Mutter einen Kurzhaarschnitt.

„Herr Jakobs!" Frau Reinolds Stimme war angekratzt – so, als wäre sie heiser. „Ich muss Sie dringend sprechen."

„Natürlich", ich bemühte mich, meine Überraschung zu verbergen. „Kommen Sie doch bitte herein!"

Als wir ins Esszimmer traten, kam unser Hund angestürmt. Walter freut sich immer über Besuch. Unser Besuch nicht immer über Walter.

„Ein Münsterländer?", fragte Frau Reinold knapp.

„Auch", erklärte ich und schickte Walter zurück in seinen Korb. Ausnahmsweise gehorchte der Hund. Vielleicht spürte er Frau Reinolds distanziertes Verhalten.

Ich merkte, dass ich nervös war, weil ich diesen Besuch nicht einschätzen konnte. Es war mir völlig unklar, was Frau Reinold von mir wollte. Etwas umständlich bot ich ihr einen Stuhl an. Dann bückte ich mich. Paul und Marie hatten hier am Morgen mit Murmeln gespielt. Sie lagen wild auf dem Boden herum. Entschuldigend hob ich einige auf.

„Ich weiß von der Polizei, dass Sie zuletzt mit Simone gesprochen haben!"

Frau Reinolds schneidender Ton ließ mich innehalten. Vorsichtig legte ich die Murmeln auf den Tisch.

„Das stimmt."

„Ich möchte gern wissen, was sie Ihnen gesagt hat."

„Daraus schließe ich, dass sie noch nicht aufgetaucht ist."

„Wenn sie aufgetaucht wäre, könnte ich sie ja selbst fragen."

Ich atmete tief durch und überlegte, wie ich mit Frau Reinolds Aggression umgehen sollte. Die Sorge um ihre Tochter schien sich bei ihr in Wut zu entladen. Vielleicht war Angst ein Gefühl, mit dem sie nicht umgehen konnte. Deshalb suchte sie jetzt ein Ventil.

„Das Gespräch war denkbar kurz", erklärte ich zögerlich. „Simone weinte, stammelte. Sie sagte, sie sei noch mal in die Redaktion gegangen – wegen irgendeiner Geschichte. Und dort habe sie Thorsten gefunden. Erschossen. Ich wusste gar nicht genau, wer mit Thorsten gemeint war. Simone war völlig außer sich. Ich bat sie dann, nichts anzufassen, und erklärte, dass ich jetzt die Polizei rufen werde. Darauf antwortete sie, das sei schon passiert. Dann war das Gespräch weg. Anschließend habe ich mich sofort ins Auto gesetzt und bin hingefahren."

„Sie haben der Polizei etwas anderes erzählt!"

„Wie bitte?"

„Simone habe behauptet, ich hätte die Polizei verständigt."

„Das stimmt. So hatte ich sie auch verstanden."

„Was soll das heißen – so hatten Sie sie verstanden?"

„Ich kann mich nicht an den genauen Wortlaut erinnern. Simone schluchzte lauthals. Sie hat kaum etwas herausbekommen, geschweige denn einen verständlichen Satz formuliert. Ich habe Simone gebeten, die Polizei zu verständigen. Darauf sagte sie, die sei schon unterwegs. Ich habe dann noch einmal nachgefragt, ob sie die Polizei gerufen habe. Und Simone sagte, nein, nicht sie, aber ihre Mutter. So habe ich es im Kopf."

Als Frau Reinold mich ansah, zeigte ihr Gesichtsausdruck Unverständnis, Zorn, Verzweiflung – alles zusammen.

„Aber warum?", brachte sie schließlich hervor. Über ihrer Nase hatten sich zwei tiefe Falten gebildet. Dann füllten sich ihre Augen plötzlich mit Tränen. „Verstehen Sie? Ich war doch gar nicht da. Ich kann doch die Polizei gar nicht verständigt haben. Ich war doch nicht da. Ich war nicht da, nicht da, nicht da." Simones Mutter schlug mit der flachen Hand auf den Tisch. Die Murmeln, die ich zuvor darauf abgelegt hatte, begannen sich in Bewegung zu setzen. Ich ließ sie rollen.

„Simone hat Sie nicht angerufen? Mit der Polizei – das hat so gar nicht stattgefunden?"

Frau Reinold schüttelte nur den Kopf. Ich sah, dass sie sich nicht mehr lange würde halten können.

„Verdammt, ich verstehe das alles nicht!" Jetzt schien der Knoten zu platzen. Simones Mutter begann heftig zu weinen. Der ganze Zorn zerfloss.

„Warum hat sie das gesagt? Und wo ist sie jetzt? Ich habe keine Ahnung, wo ich noch suchen könnte. Ich habe alles, aber wirklich alles probiert. Freunde, Verwandte, Mitschüler. Ich weiß nicht, was ich noch tun soll. Ich kann doch nicht einfach dasitzen und warten." Wieder schluchzte die Frau ungehemmt los. Sie war am Ende. Ich holte eine Packung mit Taschentüchern. Ansonsten wartete ich einfach nur ab.

Erklären konnte ich mir das alles ebenso wenig wie sie. Warum hatte Simone von ihrer Mutter gesprochen? Hatte ich mich verhört, als es darum ging, wer die Polizei alarmiert hatte? Krampfhaft versuchte ich mir die Situation ins Gedächtnis zu rufen. Vielleicht hatte Simone ihre Mutter anrufen *wollen*. Vielleicht war sie in Gedanken ganz woanders gewesen.

„Ich glaube, sie stand so sehr unter Schock", versuchte ich eine Erklärung, „dass sie gar nicht klar denken konnte. Sie hat einfach nach Ihnen gefragt – nach Ihnen geweint – wie ein Kind."

Frau Reinold sah mich aus verquollenen Augen an. Sie schien abzuwägen, ob ich sie mit meinen Worten lediglich trösten wollte.

„Simone hat mal erzählt, dass sie allein mit Ihnen wohnt", wagte ich mich nun in ein anderes Feld vor. „Halten Sie es für möglich, dass sie sich bei ihrem Vater aufhält?"

Ich erwartete eine nochmalige Versicherung, dass Frau Reinold alle Möglichkeiten durchgecheckt hatte. Insofern haute ihre Antwort mich um.

„Simone kennt ihren Vater gar nicht."

„Wie bitte?"

„Simones Vater ist vor neun Jahren gestorben. Ein Engländer."

„Engländer?", wiederholte ich irritiert. Ich rechnete nach, wann der Großteil der britischen Truppen aus Deutschland abgezogen worden war.

„Ich war als Jugendliche zu einem Schüleraustausch in England", erklärte Frau Reinold. Sie gab sich jetzt betont abgeklärt. „Simones Vater und ich waren nie ein richtiges Paar. Leider ist er an Krebs gestorben, bevor ich die beiden zusammenbringen konnte. Das weiß Simone auch."

„Aha!" Ich war tatsächlich etwas sprachlos.

„Verflixt nochmal", Frau Reinolds Stimme klang jetzt aggressiv und verzweifelt. „Wenn ich doch wüsste, was am Freitagabend passiert ist! Simone wollte sich mit zwei Freundinnen ver-abreden, darüber haben wir ehrlich gesagt gestritten. Mir wäre lieber gewesen, sie wäre mal zu Hause geblieben. Aber Simone hat darauf bestanden. Erst im Nachhinein habe ich dann gehört, der Termin sei geplatzt. Simone muss stattdessen sehr spät noch in die Redaktion gegangen sein. Dieser Hillebrandt muss sie an-gerufen und hinbestellt haben."

„Was wissen Sie eigentlich über Thorsten Hillebrandt?", ver-suchte ich ganz ruhig zu sprechen. „Wie war sein Verhältnis zu Simone?"

„Ganz gut."

„Die beiden haben sich geduzt", warf ich ein. „Simone hat im-mer von Thorsten gesprochen."

„Das stimmt!" Simones Mutter hatte sich jetzt einigermaßen gefangen. „Simone hat gesagt, das wäre so üblich in der Redak-tion. Sie hat sich auch mit der Sekretärin geduzt, die ab und zu da war. Gut, mit dem Redaktionsleiter nicht, aber sonst herrschte wohl eine lockere Atmosphäre."

Ich dachte einen Augenblick lang nach.

„Wenn einer etwas weiß", sagte ich schließlich, „dann ist es dieser Vorhoff. Er müsste eigentlich informiert sein, was an die-sem Abend anstand. Er könnte wissen, warum Simone in die Redaktion wollte."

„Ja, Sie haben recht." Simones Mutter sah mir in die Augen. „Wenn ich etwas herausfinden will, dann am ehesten bei ihm."

Ich nickte stumm. Frau Reinold stand auf. „Danke, dass Sie mir geholfen haben."

„Nein, nein", wehrte ich ab. „Ich hätte Ihnen gerne viel mehr geholfen."

Ich geleitete meinen Gast zur Tür. Bevor sie ging, drehte sich Frau Reinold noch einmal um.

„Sie wissen, warum Simone Sie angerufen hat?"

„Nein." Man hörte mich kaum. Mein Mund war zu trocken. Frau Reinold schien das wahrzunehmen. Sie sah mich eine Se-kunde lang an.

„Vergessen Sie's!" Mit einer hastigen Bewegung drehte sich Si-mones Mutter um und ging.

Ich selbst blieb einfach nur stehen. Ich weiß nicht, wie lange. Ich stand jedenfalls immer noch da, als Alexa mit den Kindern vorfuhr.

9

Es war eine Mischung aus Frust und Zorn, die Max trieb. Dass Marlene, seine Vorgesetzte, ihr persönliches Hickhack zum Anlass nahm, ihn aus der Ermittlung zu schmeißen, machte ihn einerseits fassungslos, andererseits unglaublich wütend. Dabei hatte immer nur Marlene ein Problem mit der ganzen Sache gehabt! Sie hatte ihre Beziehung zu Max abgebrochen, weil sie der Meinung war, dass Job und Liebe sich nicht vertrugen. Und sie war es jetzt, die damit im Nachhinein nicht umgehen konnte.

„Was soll das?", fauchte er ihr entgegen, als er sie auf dem Polizeirevier in Lentrop neben dem Kopierer erwischte

„Was soll was?" Marlene konnte unglaublich arrogant klingen.

„Warum nimmst du mich aus dem Fall heraus?"

„Du hast es gehört. Wir müssen die Kräfte koordinieren. In Lüdenscheid gibt es einen Raubmord. Aufgrund der Hilfe, die wir für unseren Fall hinzugewonnen haben, müssen wir jetzt zwei Leute abgeben. Zwei, die etwas draufhaben. Ich habe mich für dich und Jan entschieden."

„Marlene, du weißt so gut wie ich, dass das Unsinn ist. Ich bin in den Fall bereits eingestiegen. Gerade habe ich zusammen mit Ina die Eltern von Thorsten Hillebrandt aufgesucht. Das hier ist meine Heimat, ich kenne ein paar Leute, das könnte uns nützen."

„Merkst du es nicht, Max? Genau das ist das Problem!"

„Ich sehe kein Problem."

Marlene verdrehte die Augen. „Du bist befangen. Dein Freund Vincent Jakobs ist mit dem verschwundenen Mädchen befreundet."

„Befreundet? Er ist ihr Lehrer!"

„Er hat als Letzter mit ihr gesprochen. Sie hat ihn zu Hause angerufen. Egal, wie es dazu gekommen ist, er steckt mit drin.

Und dann ist es nicht gut, wenn du ebenfalls in dem Fall herumfuckelst."

„Seit wann fuckele ich?"

„Himmelherrgott, Max, jetzt leg nicht alles auf die Goldwaage."

Max sah seiner Vorgesetzten fest in die Augen. „Du bleibst dabei?"

„Ja!"

„Dann werde ich mich versetzen lassen."

Als Max sich umdrehte und ging, spürte er, dass Marlene kurz davor war, noch etwas zu sagen. Als sie es dann doch nicht tat, hielt er es für möglich, dass dies das letzte Mal gewesen war, dass sie ein Wort miteinander gewechselt hatten.

10

Die Silberhochzeit war zwar das Letzte, wonach mir jetzt der Sinn stand, aber ich konnte nicht fehlen. Das hätte zu ewigen Zerwürfnissen mit Alexas Familie geführt. Meine Frau hatte mir zudem eingebläut, wie hilfreich es sein würde, wenn ich mal auf andere Gedanken käme und dass ich außerdem per Handy jederzeit erreichbar wäre, wenn sich bezüglich Simones etwas täte.

„Da wir in Wisborn feiern, sind wir im Prinzip näher am Ort des Geschehens, als wenn wir zu Hause blieben", hatte Alexa argumentiert. Damit hatte sie natürlich recht. Wisborn, ein schmuckes Ausflugsdörfchen im Borketal mit einigen netten Restaurants, gehörte zu Hesperde und lag nur gute fünfzehn Minuten von Simones Wohnort entfernt. Dennoch war das alles keine Motivation. Ich hatte keine Lust auf Menschen, keine Lust auf Feiern, keine Lust auf irgendetwas. Offensichtlich sah man mir das an.

„Was ist denn mit dir los?", wurde ich schon beim Sektempfang von Alexas Bruder gefragt, nicht von Klaus, dem Silberhochzeiteten, sondern vom Zweitältesten, Matthias. Ich erzählte in knappen Worten, dass ich als ihr Lehrer von Simone in der Tatnacht angerufen worden war. Von dem Mord an sich hatte

Matthias natürlich schon gehört. Die Nachricht hatte sich in der Gegend wie ein Lauffeuer herumgesprochen.

„Du darfst dir das nicht so zu Herzen nehmen", krähte meine Schwiegermutter, die in meinem Rücken gestanden und alles mitangehört hatte. „Ich habe schon zu Alexa gesagt: Vincent darf sich das nicht so zu Herzen nehmen."

„Is' klar", murmelte ich in mich hinein und wandte mich wieder Matthias zu.

„Das Mädchen kenne ich nicht", sagte Matthias, „aber ihre Oma, die hab ich gekannt. Gerlinde Reinold. Eine ganz taffe Frau. Sie hat in Hesperde gearbeitet – bei uns in der Firma. Vor ein paar Jahren ist sie dann an Krebs gestorben."

Ich nickte. Simone hatte mir mal davon erzählt, nachdem sie beim schulinternen Lyrik-Wettbewerb ein Gedicht vorgetragen hatte, das ihrer Oma gewidmet war.

Wir wurden unterbrochen, da plötzlich eine Blaskapelle zu spielen begann. Ich erkannte die Melodie sofort. „Auf der Vogelwiese steht der Franz". Ein Schützenfestklassiker. Das Sauerland präsentierte sich hier in seiner reinsten Form. Alexas Bruder Klaus und seine Frau waren in zig Vereinen. Deswegen hatten sie zur Feier ihrer Silberhochzeit in die Wisborner Schützenhalle geladen – und diese, wovon man sich überzeugen konnte, gut gefüllt. An Stehbiertischen und Schützenfestgarnituren wurde bereits ordentlich gefeiert. Als ein jugendlicher Aushilfskellner mit einem Tablett vorbeikam, schnappte ich mir kurzentschlossen ein Bier. Das hier würde eine sauerländische Hardcore-Feier werden, da musste man gewappnet sein.

Um ehrlich zu sein, war ich zum Buffet schon ziemlich betrunken. Und das war keine gute Entwicklung. Zum einen, weil ich in einem Simone-Notfall gar nicht mehr allein hätte fahren können, zum anderen, weil mich schon zwei mir unbekannte Menschen angesprochen hatten, deren Kinder ich offensichtlich unterrichtete. Die Leute dachten immer, wenn sie vor Jahren einmal beim Elternsprechtag gewesen waren, würde ich sie auch jetzt noch problemlos zuordnen können. Das war leider nicht der Fall, was ich allerdings in den seltensten Fällen zugeben wollte. Und so war es auch diesmal passiert, dass die Eltern minutenlang von ihren Kindern erzählt hatten, ohne dass ich einen blassen Schimmer gehabt hätte, um wen es überhaupt ging.

„Möchtest du Nachtisch?" Alexa beugte sich zu mir herüber. Ihr Gesichtsausdruck sagte mir, dass sie es für eine mäßig gute Idee hielt, dass ich mich zulaufen ließ.

Eigentlich hatte ich Lust, Alexa genau in diesem Augenblick zu küssen, aber ich war mir sicher, das würde ihre Stimmung nicht unbedingt heben. Stattdessen schüttelte ich den Kopf. Nachtisch würde nicht mehr hineingehen. Ich hatte mich an Kassler mit Sauerkraut übergessen.

„Gibt es eigentlich das Wort *übergessen*?", wandte ich mich stattdessen an meine Frau.

„Welches Wort?" Der Geräuschpegel in der Halle war immens hoch.

„*Übergessen.*"

„Wie – *übergessen?*"

„Na, *übergessen*. Ich habe mich *übergessen*. Müsste es nicht heißen: Ich habe mich *übergegessen*? Oder würde das dann meinen, dass ich mich in einen anderen Zustand gegessen habe, dass ich also übergegangen bin – durch das Essen?"

Alexa sah mich verständnislos an.

„Ich habe mich übergegessen", murmelte ich gedankenverloren, ohne mich durch den Blick meiner Frau irritieren zu lassen. „Heißt das womöglich, dass ich mich selbst gegessen habe? Das wäre ja Kannibalismus. Autokannibalismus sozusagen."

Alexa schaute mich inzwischen an, als sei ich von allen guten Geistern verlassen. Vielleicht war ich das auch. Trotzdem konnte ich nicht aufhören. „Wie ist das denn mit *trinken*? Wenn man zuviel getrunken hat, sagt man nicht: Ich habe mich *über*trunken, sondern: Ich habe mich *be*trunken. Kann man dann vielleicht auch sagen: Ich habe mich *be*gessen?"

„Eins kann man ganz sicher sagen", schnodderte Alexa mich an, „nämlich: du bist *be*trunken. Vielleicht sogar *über*trunken."

Ich konnte die Diskussion leider nicht fortsetzen, weil plötzlich an ein Glas geklopft wurde. Etwas Wichtiges kündigte sich an.

„Liebe Tina, lieber Klaus", meldete sich eine Dame zu Wort, die unserer Schwägerin Tina erstaunlich ähnlich sah, wahrscheinlich eine Schwester. „Zu eurer Silberhochzeit haben sich eure Patenkinder etwas ganz Besonderes ausgedacht – ein kleines Konzert."

Sie schien an dieser Stelle Applaus zu erwarten, der aber leider ausblieb. Stattdessen stieß irgendwo jemand ein Glas um, was einen spitzen Aufschrei und ein bisschen Unruhe in die Halle brachte. Die Konzertschwester wartete den Moment mit einem geduldigen Lächeln ab und schob dann drei Kinder in den Ring, die sich irgendwo zwischen fünf und zehn Jahren bewegten. Alle hielten eine Blockflöte in der Hand, was ich für ein schlechtes Omen hielt.

„Der Laurenz-Philipp, die Anna-Marie und die – "

„Lauter!", brüllte jemand.

Wieder gab es etwas Unruhe, und es wurde ein Mikrophon herangeschleppt. Die Erwartung auf das Kommende wurde dadurch natürlich ins Unendliche gesteigert. Ich hätte Alexa gern etwas angewitzelt, aber sie schien nach meinen sprachwissenschaftlichen Ausführungen dazu nicht in der Stimmung.

„Also, …", das Mikro fiepte los, so dass alle sich die Ohren zuhielten. Irgendwo wurde herumgeregelt, bis das Fiepen endlich verschwand.

„Also, lieber Klaus, liebe Tina", diesen Teil hatten wir ja eigentlich schon abgeschlossen, „ich hoffe, ihr könnt mich jetzt alle gut hören." Leider konnten wir Tinas Schwester *viel zu* gut hören. Das Mikro war total übersteuert und gab ihrer Stimme einen furchtbar schrebbeligen Klang. „Der Laurenz-Philipp, die Anna-Marie und die Sarah haben für euch ein Konzert einstudiert." Jetzt wusste ich auch, was mich an dem Wort *Konzert* irritierte. Ein Konzert dauerte lange. Es war abendfüllend. Ich wusste nicht, was diese liebenswerten Dötze dort vorhatten, aber ich hoffte inständig, dass es nicht abendfüllend war.

„Liebe Tina, lieber Klaus!" Nein, nicht schon wieder! „Jetzt also für euch: Laurenz-Philipp, Anna-Marie und Sarah."

Ich hätte gern angemerkt, dass sie die Artikel vergessen hatte. *Der* Laurenz-Philipp, *die* Anna-Marie und *die* Sarah wäre mir zu diesem Zeitpunkt einfach vertrauter gewesen, leider blieb keine Zeit für solcherlei Einwände. Das Konzert begann mit einem

Vorspiel der Anna-Marie. Anna-Marie konnte noch nicht allzu lange Blockflötenunterricht haben, war aber gewillt, das Stück zu Ende zu bringen. Zweimal setzte sie ganz aus, schien von den Noten irgendwie überrascht, schüttelte den Kopf, spielte dann aber weiter. Eine echte Steigerung stellte sich für die Zuhörer ein, als Tinas Schwester auf die Idee kam, das Blockflötenspiel durch das Mikrophon zu verstärken. Im Vergleich zu dem, was wir uns jetzt anhören mussten, war Tinas schrebbelige Stimme engelsgleich gewesen. Beherzt griff ich nach einem weiteren Bier, das zum Glück auch während der Aufführung ständig angeboten wurde. Als Anna-Marie geendet hatte, setzte Applaus ein. Irgendwie war man ja auch froh, dass es vorbei war.

Dass dies ein Trugschluss war, merkte man, nachdem Laurenz-Philipp sein Instrument ergriffen hatte. Laurenz-Philipp war zwar größer als Anna-Marie, aber das sagt ja nicht unbedingt etwas über Musikalität aus. Als Laurenz-Philipp begann, sehnte man sich nach Anna-Marie zurück. Ich schloss die Augen, was die Sache nicht besser machte, weil ich mich so umso mehr auf das Hören konzentrierte. Andererseits konnte ich mir auf diese Art einbilden, dass alles nur ein Traum war. Wenn auch ein Albtraum. Der Gedanke, es nur mit einem Traum zu tun zu haben, verstärkte sich, als ich plötzlich eine Stimme hörte. Eine Stimme, die ich schon lange nicht mehr gehört hatte. Ommas Stimme.

„Mein Gott", sagte sie, was ich in ihrem Fall wirklich originell fand – ich meine, im Hinblick darauf, wo sie sich im Augenblick möglicherweise befand. „Nimmt das denn überhaupt gar kein Ende?"

„Ommma", sagte ich überrascht. „Was machst du denn hier?"

„Wieso fragst du?" Ommas Stimme war auch im postmortalen Zustand erstaunlich schroff – engelsgleich war hier definitiv nicht das richtige Wort. „Hast du gedacht, ich würde mir eine solche Familienfeier entgehen lassen?"

„Natürlich nicht!", entgegnete ich kleinlaut. „Ich selbst habe mich auch schon seit Wochen gefreut."

„Himmelherrgott!" Wenn auch Ommas Tonfall derselbe geblieben war – ihre Wortwahl hatte sich seit unserem letzten Zusammentreffen sehr stark verändert. „Man konnte ja auch nicht ahnen, was einen hier erwartet. Da klingt ja besser, was der Schrottwagen an Gedudel durch die Lautsprecher schickt."

Ich wollte widersprechen, allein schon, weil es sich um Kinder handelte, aber Laurenz-Philipp war jetzt fertig, und ich wollte nicht wagen, etwas ansatzweise Positives zu sagen, bevor ich nicht die Dritte im Bunde vernommen hatte. Allerdings hatte Tina jetzt anders geplant. Sarah sollte nicht allein spielen, es wurde angekündigt, dass die Kinder nun zu dritt ein Lied anstimmen würden.

„Wir verraten den Titel des Liedes noch nicht", plauderte Tinas Schwester geheimnisvoll ins Mikrophon. „Ratet mal selbst, worum es sich handelt!"

„Das kann ins Auge gehen!", mutmaßte Ommma. „Wenn bis zum Ende niemand weiß, was gespielt wurde, ist das ein Problem."

Ommma behielt recht. Man konnte nicht wirklich von einem Zusammenspiel sprechen. Zwar begannen die drei kleinen Musiker ungefähr zur selben Zeit, aber von da an hatten sie praktisch nichts mehr miteinander zu tun. Es war unvorstellbar. So unvorstellbar, dass ich die Augen zubehielt. Gleichzeitig durchdachte ich die Choreographie des Ganzen. Die Auftritte hatten bislang eindeutig eine Steigerung erkennen lassen – allerdings in eine ungewöhnliche Richtung. Irgendwann hatte die erste Flöte das Ende des Stückes erreicht. Ich erwartete, dass Anna-Marie „Erste!" schrie, weil die anderen noch mittendrin waren. Eine Weile später ging die zweite Flöte ins Ziel – was die dritte veranlasste, jetzt mitten im Spiel die Waffen, äh, die Flöte zu strecken.

„Sicher habt ihr erkannt, welchen Hit die drei gespielt haben", schredderte Tinas Schwester ins Mikro, „und jetzt wollen wir dazu singen."

„Nein!", sagte Ommma. Ich stimmte ihr inhaltlich zu. Tina summte schon mal leise vor sich hin. Sagen wir so, es wäre leise gewesen, wenn sie nicht das Mikro vorm Mund gehabt hätte.

„Ich weiß gar nicht, warum sich die Leute schon auf der Erde ein Fegefeuer bereiten", kommentierte meine Schwiegergroßmutter weiter das Geschehen. „Aber vielleicht läuft das ja in der Kategorie *menschliche Wärme*."

45

Jetzt wurde klar, um welches Lied es sich gehandelt haben musste. Tinas Schwester intonierte lautstark ins Mikro: „Heute kann es regnen, stürmen oder schneien, denn *ihr* strahlt ja selber wie der Sonnenschein."

Die selbstbewusste Interpretin betonte das *ihr* über die Maßen, um zu signalisieren, dass sie Rolf Zuckowskis Schlager extra anlässlich der Silberhochzeit umgedichtet hatte. „Heut' ist eure Silberhochzeit, darum sind wir hier, alle eure Freunde freuen sich mit euch, alle eure Freunde freuen sich mit euch."

Aua, aus, aua, ich hielt mir den Kopf. Versmaß und Reim waren gnadenlos gebogen worden. Ich musste aufs Klo. Zum einen, weil ich aufs Klo musste, zum anderen, weil ich hier wegwollte.

„Kommst du mit?", fragte ich Ommma. Sie antwortete nicht. Womöglich hatte sie es nicht mehr ausgehalten und sich bereits vom Acker gemacht.

„Kommst du mit aufs Klo?", versuchte ich es erneut.

„Wie bitte?" Alexas Stimme war streng. Ich riss die Augen auf. Meine Frau sah mich mit tiefen Stirnfalten an.

„Ich habe mit Ommma gesprochen", verteidigte ich mich. Leider konnte das den Ausdruck im Blick meiner Frau nicht sanftmütiger stimmen.

„Geht es dir gut?"

Ich warf einen Blick auf das Flötentrio, das inzwischen das Flöten aufgegeben hatte, und die Sängerin, die das Singen leider noch überhaupt nicht aufgegeben hatte: „Wie schön, dass ihr zusammen seid, sonst tät' sich jeder selber leid – "

„Geht so!", beantwortete ich Alexas Frage.

„Ich glaube, du hast geschlafen."

„Nein, ich habe mit geschlossenen Augen zugehört."

„Und mit Ommma gesprochen!", vervollständigte meine Liebste.

Ich wollte zu einer Verteidigungsrede ansetzen, schließlich hatte ich ja keine Gespenster, sondern nur Ommma gehört, dann nahm ich Alexas sauerländisch-nüchternen Gesichtsausdruck wahr und ließ es mal besser. Wer sich schon keine Gedanken über *übergessen* und *übertrinken* machen wollte, der war für Gespräche mit Verstorbenen auch nicht zu haben.

„Zur Silberhochzeit sind wir da – und feiern unser Silber-hochzeitspaar", trällerte Tinas Schwester munter vor sich hin.

„Ich komme gleich wieder", murmelte ich. Mir war bekannt, dass das Lied im Original mehrere Strophen besaß.

In der Senkrechten stellte sich heraus, dass der Alkohol stär-ker gewirkt hatte, als ich im Sitzen bislang hatte annehmen kön-nen. Außerdem war mir der Lageplan der Schützenhalle nicht vollständig klar.

„Gibt es hier eine Karte?", fragte ich daher den Erstbesten, der mir jenseits der Schützenfestgarnituren in die Quere kam.

„Was für eine Karte?", fragte der Angesprochene. „Eine Karte zum Unterschreiben?"

„Ich müsste zur Toilette!", gestand ich.

„Dafür braucht man keine Karte."

„Naja, ich bräuchte etwas, womit ich mich ein bisschen orien-tieren kann."

„Sie suchen den Weg?"

„Exakt."

„Na, da geh ich mal mit. Ich wollte auch gerad' die Richtung."

Mir war nicht ganz klar, ob der Kumpel sich mir nur aus ka-ritativen Gründen anschloss, nämlich um mich vor stundenlan-ger Sucherei zu bewahren – oder ob er ehrlich gewillt war, mit mir die sanitären Anlagen zu nutzen. In jedem Fall hatte ich das Gefühl, mich nicht mehr länger gehenlassen zu können. Mich besser mal zusammenzureißen. Womöglich hatte ich es hier mit dem dritten Schülervater zu tun. Der Typ würde sich gleich nach den Noten seines Sohnes erkundigen, und ich konnte nicht mal sagen, an welcher Schule ich arbeitete.

Ich räusperte mich kurz, sammelte mich und brachte dann eine vertretbare Frage heraus:

„Wie sind denn Sie mit dem Silberpaar verbunden?"

Die Satzmelodie war akzeptabel gewesen, der Inhalt völlig seriös. Einer ernsthaften Unterhaltung konnte jetzt nichts mehr im Wege stehen. Ich war fast ein bisschen stolz auf diesen neuen Anfang.

Mein Kartengenosse antwortete standesgemäß. „Ich bin mit Klaus beim Borketaler Unternehmerstammtisch. Wir kennen uns schon ewig."

Unternehmerstammtisch! Tatsächlich ein seriöses Thema.

„Wer trifft sich denn da?" Schon ärgerte ich mich. Unmögliche Frage! Das konnte man nicht fragen, wenn gerade der Unternehmerstammtisch erwähnt worden war.

„Naja, die Unternehmer aus dem ganzen Borketal. Da haben sich mehrere Städte zusammengetan."

War meine Frage gar nicht sooo blöd gewesen. Gott sei Dank hatten wir inzwischen die Toiletten erreicht.

Als wir in die Schützenhalle zurückkamen, lief bereits ein weiterer Programmpunkt. Jemand hielt einen großen Rucksack in der Hand, in den offenbar Gegenstände hineingelegt wurden, die für eine Ehe wichtig waren. Ich sah, wie just in diesem Moment eine Packung Tabletten eingepackt wurde.

„Klaus, weißt du eigentlich, wie eine Viagra von innen aussieht?", polterte der programmgestaltende Sprecher ins Mikro. „Nicht? Dann nimmst du wohl auch schon eine ganze!"

Hahaha! Männerwitze zur Silberhochzeit. Wäre ich besser auf der Toilette geblieben. Genervt drehte ich mich um, um meinem Pinkelpartner eine lockere Verabschiedung zuzuwerfen, als der mich plötzlich am Unterarm fasste. Offenbar hatte der Anblick seiner Gruppe, die mit einem Bierglas in der Hand um einen Stehtisch stand, ihn auf einen Gedanken gebracht.

„Wir könnten Sie gebrauchen!", sagte er zu mir.

Ich wusste zu schätzen, dass der gemeinsame Toilettengang uns einander so nahegebracht hatte.

„Tut mir leid", winkte ich trotzdem ab, „ich bin kein Unternehmer! Nicht mal leitender Angestellter."

„Darum geht es auch nicht!" Mein Partner zog mich zu seinem Stehtisch.

„Ich hätte unseren achten Mann!", rief er seinen Leuten zu.

Allgemeine Begeisterungsrufe machten sich breit. Irgendjemand am Nachbartisch machte „Pst!", weil wir offenbar das Programm störten.

„Sie kommen uns wie gerufen", ließ mein Pinkelpartner sich nicht aus dem Konzept bringen.

Ich hob zur Abwehr die Hände. „Ich kann weder Fußball noch Massenskat noch kegeln – ", raunte ich halblaut.

„Darum geht es auch gar nicht. Wir wollen etwas vorführen."
Das war schlimmer als Fußball oder Massenskat oder Kegeln.
Mit einem Ohr nahm ich wahr, dass die laufende Programm-
nummer gerade geendet hatte. Immerhin konnte ich mich jetzt
lautstark zur Wehr setzen.

„Uns ist ja eben jemand ausgefallen", erklärte einer der Männer, der eine massige Figur hatte, strohblonde Haare und ein
ziemlich rotes Gesicht. „Jetzt suchen wir Ersatz."

„Tut mir leid", erklärte ich tapfer, „ich kann auch nicht singen,
nicht Flöte spielen, nicht – "

„Wir haben uns noch gar nicht vorgestellt", unterbrach mein
Pinkelpartner gesellig, „Bernd Wiegard. Ofenbauer."

„Vincent Jakobs", erwiderte ich.

„Also, Jakob, du müsstest ja dann die Ehefrau spielen", sagte
der bullige Blonde, der sich schon eben zu Wort gemeldet hatte.

„Die Ehefrau?"

Der Kerl, der mich da ungefragt einspannen wollte, regte
mich in vielerlei Hinsicht auf. Zum einen, weil er mich *Jakob*
nannte, zum anderen, weil er davon ausging, dass ich mich zum
Jakob machen wollte, zum dritten, weil er ständig *ja* sagte, obwohl das überhaupt nicht passte.

„Wir haben ja schon ein paarmal geübt, aber wir würden mit
dir dann noch mal nach nebenan gehen, damit du auch mal mit-
üben kannst."

„Ganz reizend", murmelte ich. Meine Ironie wurde jedoch allgemein überhört.

„Unser Junior ist uns abgesprungen", schleppte mein Pinkelpartner mich weiter ins Verderben, „Calli Filthaut. Kennen Sie
vielleicht. Er hat einen Galvanikbetrieb. Hat eben abgesagt. Er
könne nicht kommen, wegen Kopfschmerzen."

Allgemeines Gemurmel. Solch eine Entschuldigung wurde
vom Unternehmerstammtisch nur schwerlich akzeptiert.

„Auf jeden Fall brauchen wir da ja Ersatz", sagte der Bulle. Konnte dem nicht mal jemand beibringen, dass man nur *ja* sagte, wenn
man sich auf eine vorherige, *bekannte* Information bezog?

„Henning spielt ja dann deinen Mann", erklärte Blondie und
zeigte auf einen seiner Kollegen. Der Mann, den ich auf gute

vierzig schätzte, gab mir die Hand. „Henning Grothaus". Seine Augen zeigten, dass ihm die Ehemann-Rolle ein bisschen peinlich war. Das überspielte er mit einem strahlenden Lächeln.

„Unser Mann aus dem Kalkwerk", erklärte mein Pinkelpartner.

Kalkwerk, aha. Vielleicht erklärte das ja die kalkweißen Zähne.

„Naja, ich bin da in der Betriebsleitung." Grothaus' Bescheidenheit nahm man ihm nicht so recht ab.

„Er ist der PR-Mann bei den *Sauerländer Steinbrüchen*", erklärte der Bulle. „Und wenn Sie mich fragen – bald ist er Geschäftsführer."

„Jetzt lass mal!" Wieder ein Lächeln, halb verlegen, halb stolz.

„Und wer sind Sie?", nagelte ich jetzt den stämmigen Hauptsprecher fest.

„Ich bin ja Hubert Reinbach", antwortete er nicht ohne Stolz, „ich hab ja in Lentrop eine Metzgerei."

Na, wenn das nicht zu diesem massiven Sauerländer passte. Darauf hätte ich auch selbst kommen können. Ganz nebenbei kannte ich die Reinbach-Würstchen. Die waren ziemlich gut.

„Wie auch immer", wehrte ich trotzdem weiter ab, „ich bin weder Unternehmer noch in Ihrem Stammtisch noch sonderlich geeignet, eine Ehefrau zu spielen."

„Was bist du denn von Beruf, Jakob?", fragte nun der Würstchenmann.

„Lehrer", sagte ich in der Hoffnung, dass das die Jungs abschreckte.

„Lehrer!", echote einer, der bislang noch gar nichts gesagt hatte. „Jakob – oder Jakobs? Jetzt sagen Sie nicht, Sie sind der Deutschlehrer von unserer Tochter!"

Oh nein, oh nein, oh nein!!!

„Sind Sie am Elisabeth-Gymnasium?" Der Typ war jetzt Feuer und Flamme, obwohl er gar nicht der Ofenbauer war. Er würde jetzt gleich Anekdötchen von seinen Kindern erzählen. Aber es war Samstag! Ich war pegelmäßig immer noch nicht wieder im grünen Bereich, und ich würde nie im Leben herausfinden, wessen Vater er war. Trotzdem nickte ich pflichtbewusst.

„Am Elisabeth-Gymnasium?", sagte jetzt ein anderer. „Da ist doch gerade dieses Mädchen verschwunden."

Mit einem Mal war ich hellwach. Alles war wieder da. Simones Verschwinden, der Freitagabend in der Redaktion, alles.

„Ist sie wieder aufgetaucht?", fragte jemand, der ebenfalls bislang still gewesen war.

Ich schüttelte den Kopf. „Nein, leider nicht!"

„Die wird doch nicht mit dem Mord zu tun haben?", mutmaßte der Metzger.

„Hör auf!", sagte Bernd Wiegard. „Man kann noch etwas ganz anderes vermuten. Angenommen, auch dem Mädchen ist etwas passiert!"

„Hat denn von Ihnen jemand Thorsten Hillebrandt gekannt?", erkundigte ich mich.

„Den Redakteur?", fragte einer mit einer extrem spacigen Brille. Wenn der eine Metzger war, war der hier vielleicht Inhaber einer Werbeagentur. „Nicht persönlich, aber aus der Zeitung halt. Er war ein guter Journalist. Hat exzellent geschrieben. Jedenfalls deutlich besser als Vorhoff!"

„Warum? Gibt es Ärger mit Vorhoff?", gab ich mich unwissend.

„Naja, der schreibt, wie er will", erklärte jemand in einem hellblauen Lacoste-Pullover. „Was der zum Beispiel mit Dr. Reimann gemacht hat!"

„Stimmt, Dr. Reimann!" Allgemeine Zustimmung. In der Sache Dr. Reimann schien man sich allgemein einig zu sein.

„Was hat er denn mit Dr. Reimann gemacht?" prockelte ich nach.

„Lesen Sie denn gar keine Zeitung", fragte der Metzger, „dass Ihnen der Name nichts sagt?"

„Doch schon", verteidigte ich mich, „allerdings nie den Lentroper Teil."

Ich war mir nicht ganz sicher, ob das für Lentroper nicht ein Affront war.

„Naja, Dr. Reimann war in Lentrop Gynäkologe", erklärte Bernd Wiegard.

„Frauenarzt", fügte Reinbach hinzu, der anscheinend nicht sicher war, ob ich die Sache auch richtig verstand.

„Der hatte eine Praxis unten am Markt", erläuterte Wiegard, „und dann stand plötzlich in der Zeitung, es gebe da Fälle von Missbrauch."

„Nein, nein, du musst das anders erzählen", mischte sich Reinbach ein. „Die Exfrau von dem Huckschlag – Huckschlag, das ist ja ein Architekt hier aus der Gegend – die hat sich an den Reimann rangemacht, länger schon, aber der Reimann hat die abblitzen lassen. Und deshalb hat sie sich revanchiert, indem sie dummes Zeug erzählt hat."

„Das mit dem Missbrauch?", stellte ich klar.

Reinbach nickte. „Die hat das ja ganz raffiniert angestellt – hat mir der Reimann selber erzählt", die Augen meines Metzgers wurden noch schlitziger, als sie aufgrund seines massigen Gesichts ohnehin waren, „und zwar hat die dem Doktor gesagt, ihr wäre das so rummelig, wenn dauernd die Arzthelferinnen im Zimmer wären. Ob der Reimann sie nicht rausschicken könne. Das hat er gemacht – sein größter Fehler wahrscheinlich. Denn nachher hat sie behauptet, er habe was von ihr gewollt. Deshalb habe er ja extra die Mädchen rausgeschickt. Sie hat Anzeige erstattet und es überall herumerzählt."

„Und Vorhoff hat's gedruckt", erklärte der Ofenbauer, „in Anführungszeichen gesetzt und gedruckt. Wenn einem so etwas passiert, kann man die Praxis dichtmachen. Reimann ist weggezogen und hat anderswo eine Stelle angenommen. Die Huckschlag hat nachher bei einer Freundin zugegeben, dass sie sich die Geschichte aus den Fingern gesogen hat. Aber es ist schon etwas dran an dem Märchen, in dem jemand Federn ausschüttet, die kein Mensch nachher wieder vollständig einsammeln kann."

Allgemeines Gebrummel. Alle stimmten zu.

„Der Gipfel ist ja", erklärte der Herr im blauen Pullover, „ein Jahr später hat Vorhoffs Tochter eine Praxis eröffnet. Sie ist nämlich auch Frauenärztin."

Mir entfleuchte ein Schnalzen. Wenn das alles stimmte, war das tatsächlich starker Tobak. Zwar hatte auch ich bei meinem Redaktionsbesuch das Gefühl gehabt, es mit einem ziemlich schmierigen Typen zu tun zu haben. Aber was ich hier hörte, übertraf meinen Eindruck bei weitem.

„Der Mann hat erhebliche Macht", erklärte der Schülervater. „Mit dem legt sich niemand an."

„Bis auf Thorsten Hillebrandt", sagte der Ofenbauer bedeutungsschwer. „Es hieß mal, der Hillebrandt sei nur nach Lentrop geschickt worden, um zu checken, ob die Redaktion nicht eingespart werden könne."

„Wie bitte?"

„Die Sekretärinnenstelle haben sie ja schon vor über einem Jahr abgeschafft", fuhr der Metzger dazwischen. „Deswegen hieß es ja schon, die machen Lentrop dicht. Vorhoff, der wird versetzt, und dann wird die Berichterstattung von außen gemacht."

„Von außen" – der Würstchenmann sagte das in einem Tonfall, als würde „von außen" für ihn den Inbegriff der Bedrohung darstellen.

„Jedenfalls hatte Vorhoff Sorge, dass sie ihm seinen Laden dichtmachen wollen", erklärte mein Pinkelfreund, und eins kann man sagen: Vorhoff hängt mit allem, was er hat, an seiner Redaktion. Wenn er das Gefühl hatte, dass da jemand gegen ihn arbeitet, gegen den Erhalt der Zweigstelle ..."

„Was dann?", nagelte ich den Ofenbauer fest. Glaubte er womöglich, dass Vorhoff seinen neuen Kollegen deshalb aus dem Weg räumen wollte?

„Wie auch immer", lenkte der Kalk-Mann von der Frage ab. „Vorhoff kann mit niemandem zusammenarbeiten."

Allgemeine Zustimmung.

„Von wegen zusammenarbeiten", ergriff Reinbach die Gelegenheit beim Schopfe. „Jakob, wir haben ja noch das Problem mit der Ehefrau."

„Apropos Ehefrau", sagte ich, „die kann ich jetzt unmöglich noch länger warten lassen."

„Jetzt warte aber mal, Jakob!", wollte mich der Würstchenmann zurückhalten. Irgendwie hatte ich ihn inzwischen liebgewonnen. Trotzdem wollte ich nicht einspringen.

„Tut mir leid", winkte ich ab, „ich hab noch eine Verabredung mit meiner Frau. Und – mit ihrer Ommma."

11

Der Sonntagmorgen brachte keine Neuigkeiten in Bezug auf Simone. Was er stattdessen brachte, war ein gehöriger Kater. Ich fand mich mit Kopfschmerzen und allein am Frühstückstisch wieder. Alexa war schon losgefahren, um die Kinder abzuholen, die wir wegen der Silberhochzeit bei Freunden untergebracht hatten. Mit brummendem Schädel löste ich eine Kopfschmerztablette in einem Wasserglas auf und ging damit zur Haustür, um das sonntägliche Anzeigenblatt aus dem Kasten zu holen. Als ich es aufschlug, eröffnete sich mir der Triumphzug des kostenlosen *Lokalspiegels* über die Tageszeitung. Ein Mord am späten Freitagabend war für eine Sonntagszeitung ein gefundenes Fressen, weil man so als Erster darüber berichten konnte. Viel mehr noch, wenn es sich um einen Mordfall innerhalb der Lokalredaktion der benachbarten Tageszeitung handelte! Dass ausgerechnet die Lokalpresse, die gern auf die Kollegen aus den Anzeigenblättern als 2. Klasse-Reporter herabsah, nicht als Erste über den tragischen Tod in den eigenen Reihen berichten konnte, musste sie fürchterlich ärgern. Ich sah den tobenden Vorhoff geradezu vor mir. Ein seltsamer Zufall daher, als plötzlich das Telefon klingelte:

„Vorhoff hier."

Mein Gesprächspartner klang arrogant. Wichtig. Von oben herab: „Herr Jakobs, ich würde Sie gerne mal sprechen."

„Nur zu. Ich bin am Apparat." Während ich locker retournierte, schrillte in meinem Kopf eine Alarmglocke. Die Erzählungen vom vorangegangenen Abend waren zu beeindruckend gewesen.

„Ich würde ein persönliches Treffen vorziehen."

Ich zögerte. „Worum geht es?"

„Ein Redakteur unserer Zeitung ist ermordet worden, eine freie Mitarbeiterin verschwunden. Da ist es – "

„Das ist mir bekannt."

„Da ist es doch wohl selbstverständlich, dass mir an der Aufklärung des Ganzen gelegen ist."

„Der Polizei, glaube ich, auch."

„Herr Jakobs, Sie haben als Letzter mit Simone Reinold gesprochen."

Interessant! Die Polizei hielt mit Informationen nicht gerade hinter dem Berg. Aber in Vorhoffs Worten hatte noch etwas anderes mitgeklungen, ein Vorwurf – oder zumindest ein großes Fragezeichen.

„Das ist richtig."

„Ich denke, es wäre für uns beide hilfreich, wenn wir uns darüber unterhalten würden."

„Ich wüsste nicht –" Jetzt bremste ich mich. Was meinte der Kerl? Warum wäre es für uns beide hilfreich –? Wollte er mich in einem Artikel verramschen? Dann sollte ich das Treffen auf jeden Fall ablehnen. Andererseits – was schrieb er, wenn ich nicht bereit war, mit ihm zu sprechen? Dann schoss mir in den Sinn, worüber ich mir mit Frau Reinold einig gewesen war: Wenn jemand über eine brisante Zeitungsstory Bescheid wusste, dann er.

„Von mir aus können wir uns treffen."

„Wunderbar. Ich könnte in einer halben Stunde bei Ihnen sein."

„Nein, nein", entfuhr es mir schnell. „Hier ist eine Menge los – ich habe zwei Kinder, Sie wissen schon. Mir wäre es lieber, wenn das Treffen anderswo stattfände."

Vorhoff überlegte einen Augenblick.

„Die Redaktion ist noch nicht zugänglich", sagte er dann. „Ein Café fände ich für ein vertrauliches Gespräch nicht so geeignet. Treffen wir uns doch in der freien Natur."

„In Ordnung."

Vorhoff wählte einen Parkplatz aus, von dem mehrere Wanderwege ausgingen, und erklärte mir, wie ich dorthin gelangte. Ich zögerte einen Augenblick. Mir war klar, dass das Ganze durch die Art des Treffpunkts etwas von einem konspirativen Treffen bekam. Allerdings war das ja vielleicht auch gar nicht so schlecht.

„Ich werde da sein", willigte ich ein. „Wann?"

„In einer Stunde." Vorhoffs Tonfall zeigte, dass er es gewohnt war zu sagen, wie die Dinge gemacht wurden.

„Von mir aus."

Ich hatte gerade den Hörer aufgelegt, als es von außen an der Terrassentür kratzte. Walter. Den hatte ich ganz vergessen. Alexa würde nicht gerade begeistert sein, wenn ich nicht mal mit dem Hund gegangen war. Schon als ich zur Tür ging, um Walter hereinzulassen, sah ich mit Schrecken, was er im Maul hatte.

„Walter!" Mein Ton barg Entsetzen. Der Hund hatte ein Kaninchen in der Schnauze. Jetzt legte er es fein säuberlich vor mir ab und wedelte stolz mit dem Schwanz.

Ich schluckte. Walter war ein Jagdhund. Klar. Ein unterbeschäftigter Jagdhund. Auch klar. Alexa und ich hatten oft genug ein schlechtes Gewissen, wenn es darum ging, den Hund zu erziehen und richtig zu fordern. Ich blickte auf das tote Tier vor meinen Augen. Walter hatte gewildert. Das war schon schlimm genug. Und ich wollte mir gar nicht ausmalen, was das bedeutete. Im schlimmsten Fall, dass wir Walter abgeben mussten, dass er womöglich ...

Aber es war alles noch viel komplizierter. Walter hatte kein Wildkaninchen erlegt. Walter hatte *Löffel* erlegt, das schwarzweiße Kaninchen unseres Nachbarn. *Löffel*, den die Kinder schon hundertmal auf dem Schoß gehabt hatten. *Löffel*, der von unserem Nachbarn regelmäßig auf Zuchtschauen geschleppt worden war. Jetzt lag er da, denkbar tot, und noch dazu völlig mit Erde verdreckt. Ich mochte mir gar nicht ausmalen, was Walter vor dem finalen Biss mit ihm angestellt hatte.

„Walter!", sagte ich verzweifelt. „Wie konntest du nur?"

Unser Hund sah mich immer noch erwartungsvoll an. Von einem Menschen hätte man sagen können, er *strahlte* mich an.

„Walter ..." Was sollte ich tun? Das Kaninchen hier liegen lassen, bis die Kinder zurückkamen? Walter ausliefern, so dass er womöglich eingeschläfert werden musste?

„Walter!", sagte ich ein letztes Mal. Dann endlich wusste ich, was zu tun war. Ich holte die Skihandschuhe aus dem Garderobenschrank, packte *Löffel* und schlich mich trotz Schlafanzug in den Garten. Es war totenstill ringsum. Ein müder Sonntagmorgen. Niemand zu sehen, niemand zu hören. Unauffällig schritt ich über den Raureif des Rasens bis zum hinteren Ende unseres Gartens, an das sich das Berner'sche Grundstück anschloss. Der

Zaun war nicht sehr hoch. Ich konnte hinüberklettern, ohne *Löffel* aus den Händen legen zu müssen. Vorsichtig sah ich zum Haus unserer Nachbarn. Bei Berners schien niemand zu Hause zu sein. Sie gingen gewöhnlich um zehn in die Messe. Dann ging alles ganz schnell. Ich hastete zu den Kaninchenställen, nahm zur Kenntnis, dass *Flitzer*, *Blume* und *Käthe* wohlauf waren, klopfte *Löffel* die Erde vom Fell, legte ihn in den einzig leeren Stall und verschloss die Käfigtür. Ein letzter Blick auf das verblichene Tier. Zwei Minuten später war ich wieder im Haus.

Unser Hund lag bei meinem Eintreffen auf dem Teppich und blickte mich aus halboffenen Augen erwartungsvoll an. „Walter!", sagte ich. „Ich hoffe, du weißt zu schätzen, dass ich dich soeben rausgehauen hab."

Dann sprintete ich trotz Kopfschmerzen nach oben unter die Dusche. Ich würde mich bei Vorhoff nicht mit unserem Hund entschuldigen können.

12

Annegret Höffelmann wischte ihrem Vater vorsichtig über den Mund. Nicht einmal die Hälfte der Kartoffelsuppe hatte er gegessen. Annegret blickte auf den Teller. Ihre Mutter hätte die Suppe jetzt weitergegessen. Sie selbst konnte das nicht. Im Gegenteil. Ihr wurde immer schlecht, wenn sie lange auf die Speisereste blickte. Gedankenverloren stellte sie deshalb das Essen zur Seite.

„Ach Papa." Sie setzte sich neben ihn auf den Stuhl und streichelte seine Hand. „Ach Papa." Plötzlich kam ihr in den Sinn, dass das für ihn wie eine Klage klingen musste. Eine Klage, weil er krank war. Weil er nicht mehr aß ... Dabei wollte Annegret gar nicht klagen. Sie war nur einfach mit ihren Gedanken woanders. Bei Thorsten, der nicht mehr da war. Der sie nie mehr in den Arm nehmen würde – in seiner jugendlichen, unbeschwerten Art. Den sie nie wieder lachen sehen würde. Den sie nie mehr würde sagen hören: „Ach, Annegret, ich bin so froh, dass ich dich hab."

Thorsten war der Einzige in der Familie gewesen, der Gefühle aussprechen konnte. Annegret hatte das sehr gemocht. Es schnürte ihr die Kehle zu, wenn sie daran dachte, dass Thorsten nicht mehr kam.

Sie musste mit Wolfgang sprechen. Er musste es sagen. Man würde es eh herausbekommen, und dann war alles noch schlimmer.

Unvermittelt begann sie zu weinen. Dann meinte sie ein Zucken in der Hand ihres Vaters zu spüren. Es musste Einbildung sein. Die rechte Seite war vollständig taub.

„Ach, Papa", sagte sie ein weiteres Mal und legte ihre nasse Wange an seine Hand.

13

Es standen drei Autos auf dem Parkplatz. Alle waren leer. Ich erwog zunächst, im Auto sitzen zu bleiben und dort zu warten. Da sich allerdings der Himmel aufgeklart hatte und sogar ein paar winterliche Sonnenstrahlen vom Himmel blitzten, stieg ich aus und vertrat mir die Beine. Ich war überrascht, als plötzlich Vorhoff aus dem Nichts auftauchte und um eins der Autos bog. Im Näherkommen musterte ich ihn – zum zweiten Mal in wenigen Tagen. Anfang 50, leicht verfettet, Bluthochdruckpatient. Er trug eine dunkelblaue Jeans, die aufgrund seiner Figur nicht richtig saß, und eine schwarze Lederjacke. Seine dunkelbraunen Haare waren ein bisschen zu lang und schienen von Natur aus fettig zu wirken. Am meisten beeindruckte mich auch bei dieser Begegnung der hauchdünne Bartstreifen, der seinen Mund in einigem Abstand umgab.

„Da sind Sie", er wollte freundlich klingen. Einem Typen wie ihm gelang das immer nur bedingt.

„Da bin ich, ja", sagte ich abwartend.

„Wollen wir ein paar Schritte gehen?"

„Von mir aus."

Zum Glück hatte ich noch eine zweite Kopfschmerztablette genommen. Ich fühlte mich schmerzfrei, wenn auch ein wenig gedämpft. Wir gingen den breiten geschotterten Weg lang, der von der Straße weg am Wald entlang führte. Vorhoff brabbelte etwas über das Landschaftsschutzgebiet, mit dem wir es hier zu tun hatten. Ich hörte nur mit einem Ohr zu und merkte, dass ich sehr angespannt war. Vorhoff konnte mich reinreißen. Ich hatte lange genug bei einer Zeitung gearbeitet, um zu wissen, dass man dort gelegentlich mit Leuten zu tun bekam, die über Leichen gingen. Über Leichen! Ich schluckte bei diesem Gedanken.

„Kennen Sie sich ein bisschen aus hier in der Gegend?" Vorhoff blickte mich von der Seite an.

„Nun, ich wohne immerhin schon einige Jahre hier im Sauerland. Den einen oder anderen Spaziergang habe ich hinter mir. Außerdem wohnen meine Schwiegereltern in Renkhausen. Das ist ja nur ein paar Dörfer weiter."

„Ist ja verdammt wenig Schnee dieses Jahr, was?"

„Mhm."

Verdammt wenig war noch übertrieben. Von ein paar Schneetagen im November abgesehen, hatte es bislang noch gar nicht geschneit. Winterberg konnte demnächst eine Namensänderung beantragen. Dort starrte man vermutlich schon seit Monaten verzweifelt in die teuren Schneekanonen und hoffte auf kältere Temperaturen.

„Naja, ein bisschen Sonne im Februar tut ja auch gut."

Vorhoff lächelte jovial. Dabei hing ihm eine seiner fettigen Haarsträhnen ins Gesicht und korrespondierte unangenehm mit seinem Zuhälterbart. So sah das also aus, wenn Vorhoff ganz der unkomplizierte Small-Talk-Typ war.

„Um auf die bedauerlichen Ereignisse in unserer Redaktion zu sprechen zu kommen ..."

Jetzt ging es los, ich schraubte mich noch eine Wachsamkeitsstufe höher.

„Ich denke, wir sind uns darin einig, wie wichtig es ist, dass Simone möglichst bald auftaucht."

Ich antwortete nicht. Grundsätzlich hatte ich mir vorgenommen, so wenig wie möglich zu sprechen.

„Die Vorstellung, dass auch ihr etwas zugestoßen sein könnte, hängt ja wie ein Damoklesschwert über uns allen. Aber auch, wenn sie einfach untergetaucht sein sollte, wäre das fatal, da sie doch sicher zur Klärung des Falls beitragen könnte."

Ich sagte immer noch nichts, obwohl ich wahrnahm, dass Vorhoff mich abwartend ansah. Es ging jetzt bergauf. Mal sehen, wie viel Kondition der Lentroper Chefredakteur hatte.

„Sie müssen ein gutes Verhältnis zu Simone gehabt haben", da kam er, Vorhoff, und hielt die Nase aus dem Bau, „es ist ungewöhnlich, dass Simone Sie in einer solch dramatischen Situation angerufen hat."

„Ich habe ein *normales* Verhältnis zu Simone", stellte ich klar. „Ich bin ihr betreuender Lehrer. Deshalb habe ich sie ja während ihres Praktikums besucht. Dass Simone mich angerufen hat, hängt vielleicht damit zusammen, dass ich die Verhältnisse in der Redaktion durch meinen kurzen Besuch oberflächlich kannte."

„Trotzdem wundert es mich, dass ein Mädchen wie Simone nicht als Erstes seine Mutter antelefoniert – oder eine Freundin. Von der Polizei mal ganz abgesehen."

„Dazu kann ich nichts sagen. Simone hat sich nicht geäußert, warum sie gerade mich angerufen hat."

„Verstehe. Aber immerhin haben Sie Simone in der Redaktion besucht."

„Wie ich schon sagte – das ist Teil der Praktikumsbetreuung. Wir müssen mit dem Verantwortlichen vor Ort – in Simones Fall waren das Sie – Kontakt halten. An dem Tag, an dem ich in der Redaktion war, hatte ich zuvor ein Treffen in einer Tierarztpraxis und in einer Apotheke."

„Ganz normal also, schon klar." Vorhoff hatte inzwischen zu schnaufen begonnen. Sein Gesicht hatte eine rote Färbung angenommen und ging damit eine harmonische Verbindung mit seinen Fetthaaren ein.

„Das Mädchen hat Talent." Vorhoff blieb jetzt stehen, um zu Atem zu kommen. „Das Schreiben liegt ihr im Blut. Ich nehme an, das schlägt sich auch in der Schule nieder." Eine Frage. Oder eine halbe. Ich wog ab.

„Ja, Simone ist eine gute Schülerin in Deutsch. Herausragend beinahe. Es macht Spaß, mit ihr zu arbeiten."

„Sie hat sich auch in den Redaktionsalltag wunderbar einge-fügt", schnaufte Vorhoff. „Dabei hat ihr natürlich geholfen, dass sie schon vorher mal Artikel für uns verfasst hat. Sie hat weitge-hend selbstständig gearbeitet. Aber das habe ich Ihnen ja schon bei Ihrem ersten Besuch mitgeteilt."

Ich nickte flüchtig. Dann besann ich mich. Ich war nicht ge-kommen, um mit diesem Schmierlappen Simones Schulnoten zu diskutieren. Ich war gekommen, um meinerseits zu erfahren, was in der Redaktion los war.

„Sie sprechen den Redaktionsalltag an", lenkte ich das Thema um. „Stimmt es, dass Thorsten Hillebrandt eine mögliche Schließung der Lentroper Redaktion ins Auge fassen sollte?"

„Wie kommen Sie denn darauf?" Vorhoff blieb stehen, um zu Atem zu kommen.

„Dass er nur in Lentrop eingesetzt wurde, um die Notwendig-keit des Redaktionsstandortes zu überprüfen?"

„Das ist ja völlig absurd!" Vorhoff war ernsthaft erbost. „Das Gegenteil ist der Fall: Die Redaktion sollte verstärkt werden. Dass ausgerechnet Hillebrandt kam, hatte private Gründe. Er wollte nicht länger mit seiner Ex-Freundin Heike Jablonski Schreibtisch an Schreibtisch arbeiten."

Ich spitzte die Ohren. „Heike Jablonski?", wiederholte ich in-teressiert.

Vorhoff ging auf meine Bemerkung nicht ein. „Was die Leute so reden", schnaubte er, „Lentrop schließen! Eine Stadt wie Len-trop kann man doch nicht mal eben so von einer Fremdredak-tion mitbetreiben. Wir haben zudem eine Aboabdeckung, die ihresgleichen sucht. Der *Sauerländer Anzeiger* ist nirgendwo so gut vertreten wie in Lentrop."

Offenbar hatte ich Vorhoff an seiner eitelsten Stelle erwischt.

„Wenn eine mögliche Redaktionsschließung kein Thema zwi-schen Thorsten Hillebrandt und Ihnen war", setzte ich fort, Vor-hoff schnaufte wieder – nicht, dass mir der Knabe hier noch einen Herzkasper bekam – " gab es dann vielleicht etwas Brisan-tes, woran Thorsten Hillebrandt gearbeitet hat? Eine Story, die Sprengstoff enthielt und die den Mord erklärbarer macht?"

Vorhoff reagierte schnell: „Hat Simone davon etwas gesagt?"

„Nein", parierte ich, „aber man macht sich so seine Gedanken."

Vorhoff kam jetzt etwas zur Ruhe. Oder besser: Er bemühte sich wenigstens, zur Ruhe zu kommen. „Als Redaktionsleiter wüsste ich natürlich davon, wenn Hillebrandt ein Fass aufgemacht hätte."

„Genau deshalb frage ich Sie."

Vorhoff zog die Augenbrauen zusammen. Es ärgerte ihn, wenn man vorlaute Antworten gab. „Mir ist nichts bekannt", sagte er dann.

Ich setzte mich wieder in Bewegung. Vorhoff sollte ruhig weiterschwitzen.

„Wie war denn überhaupt Ihr Verhältnis zu Thorsten Hillebrandt?"

„Wie darf ich denn diese Frage verstehen?"

„Ist sie nicht eindeutig?"

„Schon, aber sie beinhaltet etwas, was mir nicht gefällt."

„Nämlich?"

„Dass unser Verhältnis nicht gut gewesen ist. Und dass ich deshalb zum Kreis der Verdächtigen gehöre."

„Ich glaube, nach Polizeimaßstäben ist das zwangsläufig der Fall. Sie sind Hillebrandts Kollege, sein Vorgesetzter. Sie hatten arbeitsmäßig eng miteinander zu tun. Hillebrandt ist an seinem Arbeitsplatz gestorben. Das dürfte ausreichen, um Sie – "

„Ich muss mich nicht rechtfertigen."

„Da haben Sie recht. Aber ich habe Sie so verstanden, dass wir uns treffen, um uns gegenseitig Fragen zu beantworten."

„Wenn Sie mich damit nach meinem Alibi fragen: Ich habe eins. Ich war mit der *Interessengemeinschaft Golfclub Lentrop* zu einer Besprechung. Aber ganz nebenbei, Herr Jakobs, Sie sind es, der sich unangenehme Fragen gefallen lassen muss."

„Weil Simone mich angerufen hat?"

Vorhoff antwortete nicht. Wir waren an einem heiklen Punkt angelangt. Wenn Vorhoff wollte, würde er mich über diesen Punkt pressemäßig reinreißen. „Lese ich Ihre Interpretation dieses Gesprächs am Montag in der Zeitung?", nagelte ich ihn fest.

„Ich kann Ihnen garantieren, dass das nicht der Fall sein wird."

Ich blieb stehen und sah Vorhoff aufmerksam an. Er wich meinem Blick nicht aus. Konnte ich ihm trauen?

„Simone hat am Telefon gesagt, sie habe sich „wegen so einer Geschichte" mit Hillebrandt getroffen", wagte ich mich vor. „Ich kann das nicht einordnen. Es könnte eine private Geschichte sein. Es könnte aber auch etwas sein, was Hillebrandt journalistisch beschäftigte. Ist es möglich, dass er an etwas gearbeitet hat, ohne Sie einzubeziehen? Und haben Sie eine Ahnung, worum es sich dabei handeln könnte?"

Vorhoff war ehrlich überrascht. Überrascht und interessiert. Er war wieder stehen geblieben.

„Das hat sie gesagt? Sie hat von einer „Geschichte" gesprochen?"

Ich nickte.

„Nun", Vorhoff räusperte sich. „Natürlich ist es möglich, dass Thorsten einer Sache auf der Spur war. Dass er aber bezüglich der Fakten noch zu unsicher war, es in die Redaktionskonferenz zu bringen."

Niedlich, wie Vorhoff das sagte. Die Redaktionskonferenz! Das waren nach meiner Einschätzung nur Hillebrandt und er.

„Gab es vielleicht Gründe, warum Hillebrandt damit hinter dem Berg gehalten hat? Außer dem, dass er sich seiner Sache noch nicht sicher war?"

„Nun", Vorhoff schien jetzt wirklich in Bedrängnis. Er schien abzuwägen, ob er sich dazu äußern sollte. Dann entschied er sich dafür. „Ich sag mal so. Thorsten war ein Heißsporn. Er sah überall Gespenster. Und mehr noch: Er kannte die Strukturen nicht. Die Strukturen unserer Stadt. Sehen Sie", Vorhoff bekam jetzt wieder etwas ekelhaft Selbstgefälliges, „ich bin seit 30 Jahren Redakteur hier. Ich würde sagen: Ich bin der *Sauerländer Anzeiger* in Lentrop. Die Leute wissen, mit wem sie es zu tun haben. Ich kenne jeden. Und ich kenne jede Geschichte. Mir macht man nichts vor. Ich weiß, wo etwas dran ist und wen man fragen kann."

Ich betrachtete Vorhoff aufmerksam. Der Provinzpascha kam jetzt wieder in Fahrt. Sein Selbstverständnis war sehr aufschlussreich.

„Hillebrandt, der beachtete keine Grenzen, der wusste nicht, wo man zuschlagen konnte und wo nicht."

Ich verstand Vorhoffs Sprache. Es war die Sprache eines Seilschafters. Vorhoff wusste, wen es zu schützen und wen es zu schlagen galt. Vorhoff hatte seine ganz persönlichen Interessen. Seine ganz persönlichen Vorlieben. Hillebrandt hatte diese unter Umständen nicht beachtet. Er hatte sich auf Vorhoffs willkürliche Kungelei nicht eingelassen. Weil er von draußen kam. Und weil er vielleicht ein Berufsethos gehabt hatte.

„Wenn wir aneinandergeraten sind, dann eigentlich immer in der Frage, was man bringen kann und was nicht."

„Gab es Fälle, in denen Hillebrandt diesbezüglich Ärger bekommen hat? Nicht mit Ihnen", beeilte ich mich zu sagen, „sondern mit Leuten aus dem Ort, denen er – gegen Ihren Rat vielleicht – auf die Füße getreten ist?"

„Da habe ich schon für gesorgt, dass das nicht passiert."

Plötzlich klingelte ein Handy in Vorhoffs Lederjacke. Ohne sich zu entschuldigen, zerrte er das Gerät heraus und nahm an.

„Ja!" Viel schroffer konnte man zwei Buchstaben nicht herausbringen. „Ach, du bist das. Pass auf, ich bin hier gerade in einer Besprechung ... genau." Vorhoff hörte einen kurzen Moment zu. „Mach einen Termin mit ihr aus", sagte er dann, „heute noch ... auf jeden Fall. Ich melde mich. Bis gleich."

„Tja, ich müsste dann mal", Vorhoff sah mich kaum an. „Es geht im Moment alles drunter und drüber."

„Frau Reinold?", wagte ich einen Tipp. Offensichtlich ein Treffer, wenn ich Vorhoffs verdutzten Gesichtsausdruck richtig deutete.

„Wie auch immer. Ich denke, wir sind ja auch durch."

Durch – womit? schoss es mir in den Sinn.

„Sie finden den Weg alleine zurück, ich verabschiede mich."

Weg war er.

Was war denn das für eine Nummer? Jetzt stand ich hier auf einer sauerländischen Anhöhe und hatte keine Ahnung, welchen Sinn das zurückliegende Gespräch gehabt haben könnte. Nun, eins immerhin war mir jetzt klarer: Was es bedeutete, unter einem Menschen wie Ansgar Vorhoff arbeiten zu müssen.

14

Der Lentroper Lokalteil des SAZ machte am Montag mit zwei kompletten Zeitungsseiten zum Mordfall auf. Ein riesiges Bild von Thorsten Hillebrandt war zusammen mit einem Lebenslauf in einem Kasten untergebracht. Dann gab es natürlich den obligatorischen Hauptartikel, geschrieben von meinem Wanderkumpan Ansgar Vorhoff.

SAZ-Redakteur Thorsten Hillebrandt brutal niedergeschossen

Fassungslosigkeit nach Mord in Büroräumen/ Sorge um Praktikantin

Totenstille im Redaktionsbüro des *Sauerländer Anzeigers* an der Heinrich-Lübke-Straße. Die Räume versiegelt, eine bleierne Atmosphäre in der ganzen Stadt. Thorsten Hillebrandt (34), ein geschätzter Mitarbeiter unserer Zeitung, wurde am Freitagabend bei der Arbeit im Spätdienst brutal niedergeschossen. Aus nächster Nähe jagte man dem Redakteur von hinten eine Kugel in den Kopf. Gefunden wurde der zuverlässige Zeitungsmacher von einem Nachbarn, der oberhalb der Büroräume wohnt und beim Nachhausekommen auf die offene Tür zum Redaktionsbüro aufmerksam geworden war. Heiner Gerling (29) war auch einen Tag später noch völlig geschockt von den Ereignissen. „Etwas so Furchtbares habe ich noch nie vorher gesehen", äußerte er gegenüber unserer Zeitung. „Thorsten lag in einer Lache von Blut." Gegen 22.40 Uhr entdeckte Gerling Thorsten Hillebrandts blutüberströmte Leiche und alarmierte sofort die Polizei. Zehn Minuten dauerte es bis zum Eintreffen der Polizei, eine halbe Stunde später war auch die zuständige Kriminalpolizei zur Stelle. „Noch ist alles offen", äußerte sich die leitende Kriminalbeamtin Marlene Oberste gestern gegenüber unserer Zeitung. „Wir verfolgen natürlich jede Spur. Das Mordmotiv kann im privaten Bereich liegen. Mindestens genauso wahrscheinlich ist aber, dass die Tat mit Hillebrandts journalistischer Tätigkeit einhergeht." Furchtbar die Vorstellung, dass der junge Zeitungsredakteur Opfer seiner beruflichen Geradlinigkeit und unerschrockenen Berichterstattung geworden sein könnte! Bemerkenswert ist in dieser Hinsicht, dass der Laptop des Opfers – sein wichtigstes Arbeitsgerät – seit dem Mord verschwunden ist.

Die Ermittlungen werden laut Oberste mit großem Personalaufwand betrieben, da, einhergehend mit dem Mord an Thorsten Hillebrandt, auch SAZ-Praktikantin Simone R. vermisst wird. Die 17jährige hatte schon früher gelegentlich als freie Mitarbeiterin für unsere Zeitung gearbeitet. In den letzten zwei Wochen nun hatte sie im Rahmen eines Schulpraktikums ganztägig in den Redaktionsalltag hineingeschnuppert. Am vergangenen Freitag wollte sie möglicherweise Hillebrandt beim Spätdienst über die Schulter sehen.

Das Verschwinden unserer Praktikantin wird mit Sorge und Verwirrung verfolgt. Ihre Mutter Katja R. ist außer sich vor Angst: „Die Ungewissheit bringt mich fast um."

Noch jedenfalls steht die Polizei ganz am Anfang ihrer Ermittlungen. „Bislang keine heiße Spur", hieß es gestern aus Polizeikreisen. Das kann für Simone nichts Gutes bedeuten. „Wie groß wäre die Freude, wenn Simone plötzlich vor der Tür stünde", so die Mutter unter Tränen.

Von Freude kann jedenfalls bislang keine Rede sein. Die Angst um Simone R. hält an. Und die Trauer um Thorsten Hillebrandt ist schier unbeschreiblich. Seine ganze Familie, wohnhaft auf einem Bauernhof bei Brilon, ist in einen Zustand der Starre verfallen. Mutter Gertrud (76), Vater Franz-Josef (82, durch einen Schlaganfall ans Bett gefesselt) und Bruder Wolfgang (46) konnten es einfach nicht fassen, als sie die Nachricht vom Tod ihres Sohnes und Bruders erhielten. „Warum nur?", so Gertrud Hillebrandt. „Thorsten war so ein guter Mensch. Er konnte keiner Fliege etwas zuleide tun." Nach der schockierenden Meldung macht sie sich nun Sorgen um ihren Ehemann: „Ich weiß nicht, ob mein Mann das überlebt."

Der Mord an Thorsten Hillebrandt hat für viele die Welt ins Rutschen gebracht. Es wird dauern, bis sein Tod verwunden ist. Und in diesem Fall sei es mir ausnahmsweise erlaubt, auch von meiner Person zu sprechen. *Ansgar Vorhoff*
(siehe auch Kommentar, siehe auch Zeitgeschehen)

Vorhoff hatte sein Wort in Bezug auf meine Person gehalten. Ansonsten ging sein Stil Richtung Bildzeitungsniveau. Dass der Kerl tatsächlich Thorsten Hillebrandts Eltern aufgesucht und den ans Bett gefesselten Vater ins Bild genommen hatte, sprach Bände. *Der schwerkranke Vater trauert um den ermordeten Sohn*, stand unter einem Foto, auf dem neben dem Schwerkranken im Bett auch die weinende Mutter zu sehen war sowie ein jüngerer Mann, Thorstens Bruder. Ich blätterte noch, um den Kommentar zu lesen, in dem Vorhoff ein weiteres Mal die Verdienste seines geschätzten Mitarbeiters in aller Ausführlichkeit pries und eine sorgfältige Polizeiarbeit einforderte. Der Artikel im Zeitgeschehen war eine Zusammenfassung des Berichts im Lokalteil.

„Alles klar?" Alexa war von hinten gekommen, sie strich mir über das Haar. Ich lehnte mich auf meinem Küchenstuhl zurück und legte dabei wohlig meinen Kopf in Alexas Hand.

„Der Mann ist ziemlich unberechenbar", kommentierte ich, was ich gelesen hatte.

„Ja, das finde ich auch."

„Ich bin gespannt, was jetzt in der Schule auf mich zukommt."

„Hast du wenigstens vernünftig geschlafen?"

„Naja, eigentlich nicht."

Alexa massierte weiter meinen Kopf.

„Es gab in letzter Zeit so viel Spannung zwischen uns", sagte sie. „Es tut mir leid, wenn ich dir mit Misstrauen begegnet bin."

„Schon gut!" Ich nahm Alexas Hände in meine und hielt sie ganz fest.

„Hauptsache, wir können uns weiter vertrauen", sagte Alexa. „Für mich ist es wichtig, dass du mich an deinen Problemen teilhaben lässt."

Ich überlegte, ob das so war. Ob ich Alexa an meinen Problemen teilhaben ließ. Als ich Walter im Nebenzimmer herumscharren hörte, war ich mir da plötzlich nicht mehr so sicher.

15

Das Bild war etwas zerknittert. Sie hatte es schon mehrfach wegwerfen wollen. Jetzt betrachtete sie es so aufmerksam, dass ihr die Augen brannten. Das lockige Haar. Die großen dunklen Augen. Den ausgeprägten, sinnlichen Mund.

„Es ist vorbei", sagte sie leise zu sich. So leise, dass es niemand hören konnte in diesem Großraumbüro. „Es ist vorbei, es ist vorbei, es ist vorbei. Und es hat einen Sinn, dass es vorbei ist."

„Alles klar?", rief Klaus über drei Schreibtische hinweg. Sie erschrak. Er konnte doch das Bild nicht gesehen haben. Nein, hatte er auch nicht. Aber er hatte *sie* gesehen. Und wenn sie sich nicht täuschte, hatte sie glasige Augen.

„Alles klar!", rief sie zurück. Ihre Stimme war heiser. Auch das hatte Klaus sicher längst bemerkt. Klaus war Fotograf. Er hatte eine sensible Wahrnehmung. Das konnte man von ihren anderen Kollegen nicht immer behaupten.

Eilig schob sie das Bild unter ihre Schreibtischunterlage. Dann blätterte sie durch, was zur Erledigung auf ihrem Schreibtisch lag. Ein Artikel über ein Hunde-Agility-Turnier, der eben vom Hundesportverein eingereicht worden war. Allerdings war er so grottig abgefasst, dass sie ihn komplett umschreiben musste. Dann ein Bericht über den Kunstrasen, der demnächst in Brechlingsen verlegt werden sollte. Eigentlich *Taschs* Thema, denn er war der Obermacher beim SV Brechlingsen, dem dortigen Fußballverein. Wenn er nicht in der Reaktion war, dann stand er auf dem Sportplatz oder hing in Vereinssitzungen herum. Der SV war sein Baby – ein ziemlich zeitaufwendiges Baby. Heike schaute weiter die Notizzettel durch: Zwei Termine, ein Anruf, zwei weitere Termine am Abend. Eigentlich hatte der Chef sie schonen wollen. Sie hatte ihm angesehen, dass er sie am liebsten nach Hause geschickt hätte. *Tasch* war ein guter Chef. Ein väterlicher Typ. „Mensch, Mädchen", hatte er gesagt, und sie mit seinen großen, braunen Augen angeblickt. Verständnisvoll und sehr besorgt. Aber sie hatte kein Mitleid gewollt.

„Ich nehm das hier", hatte sie trotzig gesagt und sich gleich mehrere Termine herausgesucht. Claudia hatte kurz herübergeschaut, *PUK, lese* und der Chef hatten geschwiegen.

Die Atmosphäre war insgesamt gedämpft, aber ihr gegenüber war man besonders verunsichert. Thorsten war schließlich ihre große Liebe gewesen. Das wussten sie alle. Als es aus gewesen war, hatte ihnen das einen ziemlichen Schock versetzt. *PUK* hatte ja schon immer von Hochzeit gesprochen.

„Mensch, Mädchen", das hatte *Tasch* auch nach der Trennung gesagt. Er hatte sie immer protegiert, war sozusagen ihr journalistischer Ziehvater. Von ihm hatte sie alles gelernt, was sie konnte. Dass er nicht gut mitansehen konnte, wie sie litt, war völlig normal.

Einen kurzen Moment lang stand Heike davor, das Bild wieder hervorzuziehen, dann besann sie sich eines Besseren. Sie war hier, um zu arbeiten, nicht um sich dauernd herunterziehen zu lassen.

Inzwischen hatten sich alle organisiert. *Tasch* machte die Eins, *lese* die Zwei, Claudia mit der Drei die Kulturseite. Heike schmunzelte. Ihre Kollegin Claudia und Klaus, der Fotograf, waren die Einzigen, die hier in der Redaktion mit ihren Vornamen angesprochen wurden. Die anderen – *Tasch*, der Chef, sowie *lese* und *PUK* – wurden nie anders als mit ihren Zeitungskürzeln gerufen. *PUK* Paul nennen? Unmöglich. Sie selbst, Heike, wurde *Heija* genannt. Auch nicht so prickelnd. Das Kürzel für Heike Jablonski. Aber wenn man seinen Namen weghatte, nützte kein Aufbäumen mehr. Wenngleich Thorsten sie natürlich Heike genannt hatte. Und sie ihn Thorsten, nicht *HILLE*, wie die anderen.

„Hat jemand die Ankündigung dieser Theatergruppe auf dem Schirm?", rief Claudia in den Raum hinein. „Ich kann das Ding nicht aufrufen."

„Frag Gisela!", antwortete PUK.

Heike kam in den Sinn, dass dies einer der am häufigsten gesprochenen Sätze in diesem Raum war: „Frag Gisela!" Gisela würde in absehbarer Zeit in Rente gehen. Heike hatte keine Ahnung, wie es ohne die patente Sekretärin weitergehen sollte.

„Ein Leserbrief!", tönte Gisela just in diesem Moment durch die offenstehende Tür vom Sekretariat ins Großraumbüro hinein. „Von unserem Spezi. Günter Kuzinsky."

Ein Stöhnen war vernehmbar. Günter Kuzinsky äußerte sich als Leserbriefschreiber zu jedem nur denkbaren Thema. Sein Ärgerspektrum reichte von der Schließung einer Kindergartengruppe über den massiven Kalkabbau im Borketal bis hin zur seltenen Straßenreinigung in der Lortzingstraße. Günter Kuzinsky hatte viel Zeit. Die nutzte er, entweder um sich zu ärgern oder um diesem Ärger in Leserbriefen Luft zu machen.

„Herr Kuzinsky sieht in dem Mord an Thorsten Hillebrandt eine Verrohung unserer Gesellschaft!" Gisela, die Sekretärin, stand jetzt im Türrahmen und hielt ein Blatt in die Höhe. Heike nahm zum ersten Mal wahr, dass Gisela tatsächlich alt geworden war. Bislang hatte sie immer gedacht, dass so etwas wie Rente in Giselas Leben nicht vorkommen konnte. Jetzt aber sah sie die Fältchen in Giselas Gesicht. Die gegerbte Haut an ihrer Hand. Die Schatten unter den Augen.

„Ich nehme an, Kuzinsky führt die Verrohung unserer Gesellschaft auf die überhöhte Hundesteuer zurück?" lese wagte einen Scherz, die anderen grunzten verhalten.

„Kommt in die Ablage", Gisela verschwand wieder. Ein paar Minuten lang herrschte Stille. Dann war es PUK, der in den Raum rief. „Ist der Chef schon zur Ausschusssitzung?", fragte er mit gerunzelter Stirn. Klaus murmelte etwas, was Zustimmung signalisieren sollte. Dann wieder Stille.

Trotz der gelegentlichen Zwischenrufe war die Atmosphäre im Büro knapp über dem Depressionspegel. HILLE war tot. Erschossen in den Büroräumen der Nachbarredaktion. Der Kollege, der noch bis vor wenigen Monaten hier mit ihnen gearbeitet hatte. Ein Kumpel, wie man ihn sich nur wünschen konnte – und für sie noch so viel mehr. Das Ganze war so unfassbar, dass selbst die hartgesotteneren Kollegen schwer angeknackst waren.

„Da kommt Gajewski", rief plötzlich PUK in den Raum hinein. Er stand am Fenster, neben der Kaffeemaschine, und blickte nach draußen. Gajewski! Das war ein Alarmsignal! Normalerweise sprangen jetzt alle unter den Tisch, nahmen einen Hörer zur Hand, um sich unansprechbar zu machen, oder stürzten aus dem Haus zu einem Termin. Gajewski kam praktisch wöchentlich vorbei, in der Hoffnung, einen seiner plattdeutschen Texte im Blatt unterzubringen. Dabei gehörte er nicht dem seriösen Plattdeutschen Literaturkreis an, mit dem er sich überworfen hatte. Nein, er war ein plattdeutscher Einzelkämpfer, der in der Regel eine Menge Zeit mitbrachte, die er gern im Gespräch mit einem der Redakteure verbrachte.

„Nicht heute! Nicht jetzt!", murmelte Claudia. Meist war sie das Opfer. Schließlich war sie die Kulturexpertin.

„Verlass dich auf mich – du bist nicht allein!", rief Klaus und versuchte zu lächeln. Ansonsten hatte Gajewskis Ankunft nicht die Wirkung wie sonst. Alle blieben ruhig. Schockzustand eben. Da konnte selbst ein Sonderling wie Gajewski nicht für Panik sorgen.

Heike erinnerte sich, dass sie sich mal mit Thorsten über Gajewski unterhalten hatte. Sie hatte dabei ihren Eindruck wiedergegeben, dass sie, seit sie bei der Zeitung arbeitete, mit überdurchschnittlich vielen Sonderlingen zu tun hatte.

„Das ist kein Zufall", hatte Thorsten argumentiert, „die Sonderlinge drängt es eben in besonderer Weise in die Öffentlichkeit. Die Verführung der Druckerschwärze ist unglaublich groß."

„Gueden Morn boi noin!" Gajewski strahlte, als er das Büro betrat. Die verhaltene Reaktion hätte ihm zu denken geben können. Aber Gajewski war da unempfindlich.

„Sie werden es nicht glauben", schwadronierte er in den Raum hinein. Dabei kramte er bereits in seiner rehbraunen Ledertasche, die so alt war, dass sie wahren Kultstatus besaß. Heike sah aus den Augenwinkeln, dass Claudia auf ihren Bildschirm starrte und so das Gefühl zu vermitteln versuchte, gar nichts mitzubekommen. Alle anderen waren ebenfalls ziemlich beschäftigt.

„Sie werden nicht glauben, was ich ausgegraben habe", Gajewski hatte jetzt eine Mappe hervorgekramt, blieb einen Augenblick unschlüssig stehen, weil er sich nicht entscheiden konnte, an wen er sich wenden sollte, und schoss dann zu Claudias Schreibtisch hinüber.

„Gueden Dag, laive Frau Cordes", sagte er strahlend, als er Heikes Kollegin erreicht hatte, „biu is et met ink?"

Claudia schaffte es nicht länger, Gajewski zu ignorieren. „Guten Tag, Herr Gajewski."

Mit verzweifeltem Gesichtsausdruck nahm sie entgegen, was er mitgebracht hatte, und warf einen mäßig interessierten Blick darauf.

„Sehen Sie, was ich aufgetan habe", freute sich der Plattdeutschexperte, „ein Loblied auf das Borketal."

„Schon", sagte Claudia, „aber ich bin nicht sicher, ob wir in absehbarer Zeit Gelegenheit haben – "

„Ich finde gerade diese Stelle so originell", wurde Claudia von ihrem plattdeutschen Verehrer unterbrochen, „hier!" Er zeigte auf die Stelle, ließ es sich aber gleichzeitig nicht nehmen, sie auch noch mündlich vorzutragen:
De Biärge do am Borkestrand,
Dai pässet säo recht in't Siuerland."

Auf Begeisterung wartend, strahlte er Claudia an.

„Ich würde vorschlagen, Herr Gajewski", Heikes Kollegin hatte plötzlich einen sehr bestimmten Ton aufgelegt, „Sie lassen den Text hier. Wenn sich eine Gelegenheit ergibt, werde ich ihn einbauen. Wenn nicht, müssen Sie dafür auch Verständnis haben."

Sie erhob sich, um ihren Besuch zu verabschieden.

„Aber Sie wissen doch, Frau Cordes, wie sehr gerade wir älteren Leser uns an plattdeutschen Texten erfreuen", maulte jetzt Gajewski. „Und im Sinne einer Erhaltung unseres wunderbaren plattdeutschen Dialektes ist es unbedingt erforderlich, auch den Jungen in unserer Gesellschaft dieses Kulturgut nahezubringen."

„Herr Gajewski, unser Kollege Thorsten Hillebrandt ist vor zwei Tagen ermordet worden", sprach Claudia jetzt ungewöhnlich harsch. Heike nahm wahr, dass alle ihren Kopf erhoben hatten und zu den beiden hinüberblickten. „Ich glaube, dass in diesem Zusammenhang die Erhaltung unseres Kulturguts kurzfristig in den Hintergrund treten darf."

„Ich habe davon gehört", murmelte Gajewski jetzt förmlich und kleinlaut. „Mein herzliches Beileid dazu."

„Gesegneten Dank! Wenn Sie uns jetzt bitte entschuldigen würden."

„Aber sicher, aber –" Gajewski ging rückwärts zur Tür. „Einen schönen Tag dann noch. Einen schönen Tag die Herrschaften. Trotzdem."

Als die Tür ins Schloss fiel, war es einen Moment lang mucksmäuschenstill. Dann begann Klaus zu applaudieren. Die anderen fielen ein.

„Eins zu null für dich!", tönte PUK anerkennend.

Claudia errötete ein wenig. „Naja", seufzte sie dann, „mal sehen, wann er wieder vor der Tür steht."

lese murmelte etwas, was Heike nicht verstand. Sie versuchte sich wieder auf ihre Arbeit zu konzentrieren. Der Kunstrasen in Brechlingsen. 500.000 Euro würde er kosten und war damit auch politisch interessant. Tasch hatte den Artikel perfekt vorbereitet. Es war eine reine Formsache, dass sie hier und da etwas ausformulierte und ihr Namenskürzel drüberschrieb. Allerdings musste sie noch mit den Jungs aus der Sportredaktion sprechen. Vielleicht wollten sie auch etwas bringen, und dann doppelte es sich im Lokalteil und im Sport. Heike überlegte, ob es vielleicht schon eine Vereinbarung gab. Sie stand auf, nahm den Zettel und ging damit zum Chefzimmer hinüber. Erst als sie geklopft und die Tür geöffnet hatte, fiel ihr ein, dass Tasch in der Ausschusssitzung war. Sie schüttelte den Kopf. Sie war nicht bei der Sache. Vielleicht hätte sie doch nach Hause gehen sollen. Als sie gerade die Tür schließen wollte, hörte sie auf Taschs Schreibtisch das Telefon klingeln. Sie überlegte einen Moment und ging dann ins Zimmer hinein. Sie konnte wenigstens sagen, dass der Chef unterwegs war und wann er voraussichtlich zurück sein würde.

„*Sauerländer Anzeiger* – Sie sprechen mit Heike Jablonski."

Heike hörte ein Geräusch, dann wurde aufgelegt. Schnell warf sie einen Blick auf das Display. Die Nummer des Anrufers war noch angezeigt: *922002*. Leicht zu merken. Ob sie zurückrufen sollte? Andererseits – vielleicht war es privat, und der Anrufer wollte sich nicht outen. *922002*. Sie würde besser auch keine Notiz hinterlassen.

„Alles in Ordnung?"

Heike fuhr herum. Gisela stand in der Tür. Ihr Blick verriet Überraschung und eine große Portion Besorgnis.

„Ja, klar." Heike versuchte zu lächeln. Sie spürte, dass es bestenfalls tapfer aussehen konnte.

„Mensch, Heija", Gisela kam auf sie zu. „Es tut mir so leid."

„Warum? Ich bin ja gar nicht mehr – es ist doch –" Sie verhedderte sich. In ihren Worten. In ihren Gefühlen. Und dann brach der Damm. Sie begann zu schluchzen. Sie heulte los wie ein kleines Mädchen, das sich die Knie aufgeschürft hatte. Sie heulte und heulte, und es tat unendlich gut, dass Gisela sie dabei in den Arm nahm.

73

„Es ist ja gut", flüsterte ihr die Sekretärin ins Ohr.

„Nein, es ist nicht gut", brachte Heike unter Tränen hervor.

„Dann *wird* es gut", verbesserte Gisela sich. „Glaub mir, Mädchen, alles wird gut! Auch wenn die Welt sich jetzt nicht weiterdrehen will, du wirst darüber hinwegkommen, und vielleicht fällt es dir jetzt nach Thorstens Tod sogar ein wenig leichter."

Heike schämte sich in Giselas Armen, weil sie denselben Gedanken auch schon gehabt hatte. Sie schämte sich, weil sie nur an sich dachte und nicht an Thorsten, dessen Leben einfach so ausgelöscht war.

Gisela strich ihr über den Rücken. „Willst du nicht lieber nach Hause gehen?"

„Ich glaube, da wird es noch schlimmer", Heike entzog sich langsam der Umarmung. Dann sah sie sich hilfesuchend nach einem Taschentuch um. Gisela registrierte sofort, was sie suchte, öffnete eine Schublade an Taschs Schreibtisch und zog ein Päckchen Tempos heraus.

„Tasch und du – ihr seid aber auch wie verheiratet, was?" Heike schnäuzte sich die Nase frei.

„Nein, es ist angenehmer. Wir streiten nicht so viel", Gisela lächelte verhalten. „Sagen wir mal so, ich bin wohl eher die große Schwester."

Heike wischte sich mit einem Tempo die Augen. Ihre Wimperntusche war wahrscheinlich völlig zerstört. „Ach, Gisela, du wirst mir fehlen, wenn du nicht mehr da bist."

„Ich komm euch besuchen. Außerdem dauert es noch ein halbes Jahr."

„Danke, Gisela!"

Die Sekretärin strich ihr über den Oberarm. „Hast du was gesucht hier im Büro?"

„Ja, den Chef. Wegen des Kunstrasens. Ich weiß nicht, ob es eine Vereinbarung mit den Sportlern gibt."

„Er wird in einer guten Stunde zurück sein."

„Ich geh lieber runter und frag direkt nach bei den Jungs aus der Sportredaktion. Ach ja, und dann war da eben ein Anruf. Hat aber aufgelegt. *922002*. Wird sich wohl wieder melden."

Gisela schaute nachdenklich aufs Telefon.

„Ja, wird sich wohl wieder melden." Dann blickte sie unvermittelt hoch. „Und jetzt an die Arbeit, mein Mädchen! Das Leben geht weiter. Auch, wenn es manchmal nicht danach aussieht!"

16

Als ich aus der Schule kam, eröffnete sich mir im Wohnzimmer ein ungewöhnliches Bild: Alexa mit den Kindern auf dem Fußboden, in einem Wust von Zeitungen. Paul lag neben Walter und kritzelte munter mit einem Kuli auf einer Zeitungsseite herum, Marie, die in der zweiten Klasse war, schien sich lesenderweise durch eine Witzseite zu kämpfen, Alexa selbst hatte mehrere Stapel Zeitungen um sich herum verteilt. Sie verfolgte offenbar ein bestimmtes System.

„Was macht ihr denn hier?", entfuhr es mir.

„Papa!" Marie sprang auf und lief mir in die Arme.

„Mama sucht was", erklärte Paul, ohne hochzusehen. Er malte immer noch und hatte dabei die Zungenspitze in den Mundwinkel gelegt. Ich genoss seinen Anblick einen Moment, während Marie mich in Hüfthöhe fest umschlungen hielt. Pauls Zungenakrobatik war phänomenal – ganz nebenbei war sie ein Erbstück von mir.

„Ich lese die Witzseite", plapperte meine Älteste, um meine Aufmerksamkeit bemüht. „Vier Stück hab ich schon. Aber alle hab ich nicht verstanden."

Plötzlich löste sie sich von mir und kniete sich wieder vor ihre Zeitung. „Den hier zum Beispiel", konzentriert hielt sie ihr Fingerchen unter die Schrift. „Was macht eine Frau, wenn ihr Mann", Marie zögerte einen Augenblick, dann hatte sie das nachfolgende Wort identifiziert. „Was macht eine Frau, wenn ihr Mann *zickzack* durch den Garten läuft?" Sie wartete einen Moment und schaute mich an. Ich zuckte die Achseln. Marie holte tief Luft: „Weiterschießen!"

Ich räusperte mich und blickte zu meiner Gattin hinunter.

„Schön, was ihr hier so treibt", sagte ich grinsend.

Alexa lächelte müde zurück. „Ich schau mal, was dieser Thorsten Hillebrandt so geschrieben hat. Ob irgendetwas dabei ist, das ansatzweise brisant sein könnte."

„Du hast dir wirklich die Mühe gemacht –?", begann ich. Es war irgendwie rührend, aber andererseits auch ein wenig skurril. Meine Familie saß hier und beschäftigte sich auf dem Fußboden sitzend mit Mord und Totschlag. Das hatte etwas von Familie Feuerstein beim Knochensortieren oder Graf Dracula mit seinen Kindern beim Einfrieren der Blutkonserven. Ich warf einen Blick auf meinen Nachwuchs. Natürlich wussten sie nicht, worum es hier ging. Sie lasen die Witzseite oder verschönerten das Bild von Heidi Klum mit Bart und Brille.

„Und? Bist du fündig geworden?"

Alexa stand auf. Sie dehnte sich ein bisschen. Offenbar waren ihr in ihrer Stellung die Gelenke eingerostet.

„Das hier könnte interessant sein." Sie hielt ungefähr fünf, sechs Zeitungsseiten in der Hand. „Könnte", hob sie noch einmal hervor. „So richtig knackig war eigentlich gar nichts. Aber lass uns mal in die Küche gehen. Ich kann einen Kaffee gebrauchen. Außerdem –", sie deutete auf die Kinder, „außerdem sprechen wir lieber allein."

„Dürfen wir Fernsehen gucken?" Paul hatte die Gelegenheit sofort gecheckt. Alexa verdrehte die Augen. „Eine halbe Stunde", sagte sie dann. „Aber nur Kika."

Im Nu waren die beiden verschwunden. Alexa schloss die Küchentür hinter sich.

„Wir bringen doch unser Altpapier regelmäßig weg. Wo hast du denn überhaupt die ganzen Zeitungen her?", erkundigte ich mich, während ich Alexa in den Arm nahm. Wir hatten uns schließlich noch gar nicht richtig begrüßt.

„Von Frau Berner", erklärte Alexa.

„Frau Berner?" Ein Klumpen in meinem Magen machte sich bemerkbar. Ein Klumpen, den ich wohlweislich in der hintersten Ecke meines Magens platziert hatte.

„Da fällt mir ein. Herr Berner hat mir eine völlig verrückte Geschichte erzählt", Alexa löste sich aus meiner Umarmung. „*Löffel* ist gestorben. Vorgestern schon. Daraufhin hat Herr Berner ihn im Garten beerdigt. Gestern aber lag er mittags plötzlich wieder im Stall."

„Tot?", erkundigte ich mich. Im selben Augenblick hasste ich mich dafür.

„Jaja, auferstanden ist er nicht."

Ich schluckte.

„Auf jeden Fall sammelt Frau Berner in ihrer Garage Altpapier für die Kolpingsfamilie."

„Und da hast du dich durchgewühlt?" Aus unerfindlichen Gründen hatte ich einen fiesen Geschmack im Mund. Der Klumpen im Magen hatte unangenehme Nebenwirkungen.

„War nicht so schwer. Der dritte Karton war ein Treffer. *Der Sauerländer Anzeiger* der letzten drei Monate. Länger ist Hillebrandt ja noch nicht in der Redaktion."

„Und die hast du alle durchgeschaut?" Ich versuchte meinen Klumpen zu ignorieren oder, noch besser, als erledigt zu betrachten. Walter war unschuldig und ich ein Idiot. Aber warum sollte ich das jetzt näher ausbreiten?

„Ja, schon. Aber so richtig Prickelndes war leider nicht dabei."

Alexas Funde waren tatsächlich nur bedingt spektakulär. Am gravierendsten waren noch die Vorfälle rund um ein Kreditinstitut, die, wie ich mich erinnerte, großes Aufsehen erregt hatten. Dubiose Finanzberater hatten angeblich Darlehen angepriesen, die von den Kreditnehmern in keiner Weise hätten zurückgezahlt werden können. Laut Zeitungsartikel wurde einem Mitarbeiter der Bank vorgeworfen, die Kredite ohne Bonitätsprüfung zugelassen zu haben, so dass etliche Häuser in die Zwangsversteigerung gegangen waren. Allerdings war die Berichterstattung im *Sauerländer Anzeiger* eher zurückhaltend.

Ein anderer Fall waren die Streitereien innerhalb einer evangelischen Kirchengemeinde. Es ging um den Erhalt kirchlicher Gebäude und um die Verteilung von Geldern. Dann gab es einen Bericht über eine Firma, die abgebrannt war und deren Besitzer Brandstiftung zur Last gelegt wurde.

„Das war's?", fragte ich nach.

„Das waren die halbwegs heißen Themen, würde ich sagen." Alexa nahm einen Schluck Kaffee. „Der Rest bewegte sich auf

dem Level von kfd-Karnevalsfeier und der Jahreshauptver-
sammlung eines Männergesangvereins."

„Hmm", ich dachte einen Augenblick lang nach, „mir fehlt die
Phantasie, aus all dem eine Geschichte zu basteln. Gut, diese Ban-
kenkiste war schon eine recht große Nummer. Da ging es um
Millionen, allerdings ist der *Sauerländer Anzeiger* da nicht vorge-
prescht."

„Stimmt", unterbrach mich Alexa, „über den Fall wurde als
Erstes im *Spiegel* berichtet. Die Lokalzeitungen haben sich daraufhin angeschlossen."

Ich nahm eine andere Zeitung noch einmal in die Hand. „Bei
diesem Kirchen-Kladderadatsch würde ich denken, dass die Beteiligten sich eher gegenseitig umbringen würden als einen un-
beteiligten Lokalredakteur."

Alexa nickte. „Und was diese Brandtstiftungsgeschichte angeht – ich habe sie nur herausgesucht, weil sich der Besitzer zu
Unrecht verleumdet sehen könnte. Allerdings referiert Hillebrandt lediglich die Ermittlungsergebnisse der Polizei."

Meine Frau legte die Zeitungen beiseite und griff nach einer
Weintraube. „Wahrscheinlich war es Schwachsinn, die Zeitungen durchzuschauen", sagte sie mittelmäßig frustriert. „Ich
meine, viel wahrscheinlicher ist es ja sowieso, dass es um eine
Story geht, über die noch nichts in der Zeitung stand. Sonst
hätte der Mord ja keinen Sinn. Man wollte *verhindern*, dass Hillebrandt darüber schreibt."

„Was wäre denn so richtig brisant?" fragte ich.

„Fotos vom Lentroper Bürgermeister in einem Düsseldor-
fer Bordell." Man konnte meiner Frau nicht nachsagen, dass
sie keine Phantasie hatte. „Oder seine Frau betrunken am
Steuer."

„Danke, reicht schon", stoppte ich Alexa. „Vorhoff behauptet,
nichts über eine vermeintliche Story zu wissen. Andererseits
muss einen das nicht wirklich wundern – die beiden haben offenbar nicht übermäßig viel kommuniziert."

Alexa seufzte. „Ohne deine Schülerin kommt man da jedenfalls nicht weiter. Wenn es etwas gibt, dann ist wahrscheinlich
sie die eingeweihte Person."

„Es wurde heute in der ersten Pause für sie gebetet", erzählte ich. „Schwester Wulfhilde hat eine Andacht einberufen."

„Wie war es sonst in der Schule?"

„Es gab kein anderes Thema. Ich bin circa fünfhundertmal darauf angesprochen worden."

„Du Armer!" Alexa streichelte meinen Arm.

„Naja, ist ja ganz normal", gab ich zurück. Just in dem Moment klingelte das Telefon. Während ich zum Apparat eilte, wurde mir bewusst, dass ich immer noch bei jedem Anruf voller Hoffnung war, endlich etwas von Simone zu hören.

„Herr Jakobs?" Tatsächlich! Simones Stimme. Mein Innerstes spielte verrückt.

„Simone?" Ich schrie beinahe. „Wo bist du?"

Alexa stand sofort neben mir. Ich hielt den Daumen hoch.

„Ich bin – bei einem Freund. Und es geht mir gut."

„Aber Simone – warum bist du verschwunden? Hier suchen dich alle. Wir machen uns furchtbare Sorgen."

„Ich habe schon mit Manuela gesprochen. Daher weiß ich – es tut mir leid, aber ich muss da erst etwas klären ..." Simones anfangs feste Stimme wurde plötzlich weich. Sie fing an zu weinen.

„Simone, die Polizei braucht deine Hilfe. Du kannst vielleicht etwas sagen – darüber, wer in der Redaktion war – oder –"

„Ich komme ja bald, aber ich muss erst –", sie schluchzte. Ich hörte eine Stimme im Hintergrund. Eine männliche Stimme. Was sie sagte, konnte ich allerdings nicht verstehen.

Simone riss sich jetzt wieder zusammen. „Ich wollte Ihnen nur sagen, dass Sie sich keine Sorgen machen müssen. Manuela hat mir erzählt, Sie seien so rührend bemüht ... deshalb wollte ich mich eben kurz melden. Und noch etwas", Simone druckste jetzt herum, „also, es ist so ... Manuela hat auch gesagt, dass man darüber spricht, warum ich Sie angerufen habe ..."

In mir bebte es, was kam jetzt?

„Es hört sich blöd an, aber das war ein Versehen. Ich wollte jemand anderen anrufen. Heike Jablonski, die steht in meinem Handy direkt über Ihrem Namen. Und ich war so aufgeregt, deshalb ist mir das passiert. Tut mir leid, wenn Sie deshalb blöd angequatscht werden."

In mir löste sich etwas. „Aber Simone, das ist doch jetzt nicht wichtig. Wichtig ist, dass es dir gutgeht – und ob du etwas zu dem Mordfall sagen kannst. Weißt du, wir drehen hier am Rad. Hat Thorsten Hillebrandt an einem brisanten Artikel gearbeitet? Hat er dir etwas erzählt, was dich jetzt in Gefahr bringt?"

„Der Artikel? Das ist doch ganz anders ...", Simones Stimme klang verwirrt.

„Gibt es einen Artikel? Jetzt sag schon, Simone, meine Frau hat gerade die Zeitungen der letzten drei Monate durchgearbeitet, um zu sehen, ob es in Lentrop irgendetwas gibt, womit ihr euch beschäftigt haben könntet."

„Thorsten hat ... aber das ist doch eine ältere Geschichte, nicht aus seiner Lentroper Zeit. Ich kann dazu gar nicht viel sagen." Simone weinte jetzt.

„Wer könnte denn dazu etwas sagen? Wer?"

„Keine Ahnung", wimmerte Simone. „Vielleicht ... vielleicht jemand von damals."

„Heike Jablonski?"

„Vielleicht. Aber diese Geschichte ist doch nicht – "

Simone wurde von der Stimme im Hintergrund unterbrochen.

„Simone", versuchte ich ihre Aufmerksamkeit zurückzugewinnen, „sag mir, wo du bist – bitte!"

Ich hatte es kaum ausgesprochen, da kam schon das Tuten. Simone hatte aufgelegt. Ich stand einfach da und hielt den Hörer weiter in der Hand, als hätte ich so die Chance, doch noch einmal mit ihr sprechen zu können.

„Wo ist sie?" Alexa sah mich mit großen Augen an.

„Bei einem Freund. Mehr hat sie leider nicht gesagt. Sie war wieder ganz außer sich. Sie hat geweint, aber – ", ich legte den Hörer weg und nahm meine Frau fest in den Arm, „sie lebt. Alexa! Sie lebt. Und sie wollte mich am Freitag gar nicht anrufen. Sie hat sich praktisch verwählt. Unsere Nummer steht in ihrem Handy. Weiß der Geier, warum. Eigentlich wollte sie eine Heike Jablonski anrufen. Jakobs – Jablonski, wir standen in ihrem Telefonbuch untereinander!" Ich drückte Alexa fest an mich.

„Aber warum", hörte ich Alexa in meinen Armen sagen, „warum hast du sie plötzlich geduzt?"

17

Wolfgang fuhr durch die Gegend. Im Sauerland gab es viel Gegend, und das wusste er zu schätzen. Wolfgang fuhr immer mit dem Auto herum, wenn er nicht weiterwusste. Er war über Kallenhardt nach Altenwarstein gefahren, von da aus nach Hirschberg. Jetzt war er auf dem Weg Richtung Glösingen. In fünf Minuten spätestens wäre er dort. Gedanklich allerdings war er noch keinen Schritt weiter. Annegret hatte ihm gesagt, dass er mit der Polizei sprechen musste. Dass er ihr sagen musste, was passiert war am vergangenen Freitag. Wolfgang hielt die Visitenkarte mit der Nummer des Polizisten in seiner Hand. Sie klebte zwischen seiner Hand und dem Lenkrad. Er konnte sie spüren in jedem Moment. Er musste nur anhalten, sein Handy herausziehen und die Nummer wählen. Aber das war nicht so leicht. Für ihn war das nicht leicht. Er spürte, dass seine Hand feucht geworden war. Dass die Karte sich unter dem Druck seiner feuchten, warmen Hand um das Lenkrad gelegt hatte.

Er musste nur anrufen. Nur anrufen. Das war doch nicht so schwer. Der Mann war gar nicht unsympathisch gewesen. Kein Schwätzer. Schwätzer mochte er nicht. Kein Schönling. Schönlinge mochte er auch nicht. Dieser Schneidt war ein ganz Normaler gewesen. Ruhig. Interessiert, aber ruhig. Er hatte gesagt, dass er ihn jederzeit anrufen könne, wenn ihm noch etwas Wichtiges einfalle. Dass einem manchmal erst später auffalle, was man Bedeutendes beobachtet habe.

Wolfgang hatte nicht nachdenken müssen. Er hatte gewusst, dass es etwas zu erzählen gab. Eigentlich komisch. Er hatte sonst nie etwas zu erzählen. Es gab nichts in seinem Leben, das andere interessierte. Jetzt aber, jetzt plötzlich …

Er war nun in Glösingen. Er konnte anhalten. Er konnte von hier aus telefonieren.

Wolfgang fuhr weiter. Er würde von Rumbeck aus anrufen.

18

Warum hatte ich Simone geduzt? Weil ich so aufgeregt war, sagte ich mir. Alexas Blick hatte mich schon wieder geärgert. Warum musste ich mich ständig rechtfertigen? Auch vor ihr? Trotz dieses Zwischenfalls war ich erleichtert. Simone lebte. Es schien ihr gutzugehen. Bald würde sich alles klären. Auch zwischen Alexa und mir.

Sofort nach Simones Anruf hatte ich mit Manuela telefoniert, in der Hoffnung, dass Simone ihr mehr anvertraut hatte. Leider war das nicht der Fall gewesen.

Auch hatte ich längst die Polizei über Simones Anruf informiert. Ich war sogar zur Chefin höchstselbst, Marlene Oberste, durchgeleitet worden. Die Hauptkommissarin hatte sich aufmerksam angehört, was ich zu sagen hatte, dann hatte sie unvermittelt das Gespräch abgebrochen. Als ich Alexa davon erzählt hatte, war sie sicher gewesen, dass bald ein paar Techniker vor der Tür stehen würden, um eine Fangschaltung zu installieren.

„Über eins müssen wir uns klar sein", hatte meine Frau kühl formuliert, „für die Polizei steigt Simone damit eindeutig in den Kreis der Verdächtigen auf."

Ich hatte nicht geantwortet. Stattdessen ging mir seitdem zum ersten Mal ernsthaft die Frage durch den Kopf, ob auch für mich Simone als Täterin in Frage kam. Ihr Verhalten war hochgradig suspekt. Warum versteckte sie sich? Was wollte sie „klären"? Und wieso war ein Mädchen, das ich ansonsten immer als sehr taff erlebt hatte, so kopflos? Das Ganze ließ sich auf eine einzige Frage reduzieren: Traute ich Simone zu, dass sie Thorsten Hillebrandt umgebracht hatte? Hatte sie sich vielleicht gegen ihn zur Wehr setzen müssen? Aber woher hatte sie dann die Waffe gehabt? Ich rief mir Simones Bild ins Gedächtnis. Vielleicht musste ich mich einfach nur entscheiden. Nach drei Minuten war ich mir sicher, dass Simone Reinold keine Mörderin war. Und wenn es irgendwie ging, würde ich dazu beitragen, dass die Wahrheit ans Licht kam und sie endlich wieder auf der Bildfläche auftauchen konnte. Vielleicht war ja Thorsten Hillebrandts Exfreundin eine Schlüsselfigur in dem Ganzen. Auf jeden Fall verstärkte sich in mir der Wunsch, sie ausfindig zu machen.

Heike Jablonski war im Telefonbuch leicht zu finden. Brucknerstraße 15c, gar nicht weit von mir entfernt. Auf dem Türschild standen zwei Namen: *Jablonski* und *Schürmann*. Als ich klingelte, rumorte es in der Wohnung. Kurze Zeit später kam eine Frau an die Tür. Sie trug ein Handtuch um den Kopf. Offenbar hatte sie sich gerade die Haare gewaschen.

„Hoppla!", sagte sie, als sie mich sah. „Ich dachte, es wäre jemand anders."

„Tut mir leid, Sie enttäuschen zu müssen. Frau Jablonski?"

„Sie wollen zu Heike? Nee, die ist nicht da."

„Haben Sie eine Ahnung, wann sie zurückkommt?" Ich zögerte einen Moment. Dann sagte ich es doch: „Es geht um Simone."

Die Handtuch-Frau sah mich ernst an, sie musterte mich.

„Heike musste noch mal weg – für die Zeitung. Erst zu irgendeiner Generalversammlung, um acht dann zu einem Schreibseminar bei der VHS. Ich schätze, spätestens um neun ist sie wieder zu Hause."

„Danke, das hilft mir sehr."

„Keine Ursache." Die Tür schlug zu.

Irgend so eine Generalversammlung. Und ein Schreibseminar bei der VHS. Ich blickte auf die Uhr. Kurz vor acht. Ich würde es mal beim Schreibkurs probieren.

19

„Verdammt, verdammt, verdammt!" Er raufte sich das Haar. Dann verbarg er sein Gesicht in seinen Händen.

„Wir müssen jetzt die Ruhe bewahren", Steffies Stimme war fest. Sie wusste, dass sie stark bleiben musste. Dass sie diejenige war, die alles zusammenhielt. „Wenn wir jetzt nervös werden, geht alles den Bach runter."

„Aber … aber …"

„Nichts aber! Wir machen ganz normal weiter. In wenigen Wochen ist die ganze Sache vergessen."

„Wie kannst du das denken?" Carsten sah sie mit glasigen Augen an. „Wie kannst du denken, dass das jemals vorbei ist?"

„Verflixt noch mal, reiß dich am Riemen! Du warst es doch, der uns da hineingeritten hat. Der Geld sparen wollte –"

„Geld sparen?" Carsten riss die Augen auf. „Ich wollte uns retten. Die Firma wäre sonst pleitegegangen."

„Na, siehst du, dann hat es doch einen Sinn gehabt." Steffie strich ihm über den Arm.

„Einen Sinn!" Seine Worte klangen bitter. Er ließ den Kopf hängen wie ein alter Mann.

„Hör mir zu, Carsten!" Steffi war es jetzt leid. „Wenn wir jetzt einbrechen, ist niemandem geholfen. Die Dinge sind passiert. Verstehst du das nicht?"

Er schwieg.

„Als ich ein Kind war", sagte er plötzlich ganz ruhig und hob vorsichtig den Kopf, „als ich ein Kind war, da bin ich mal mit dem Schlitten in die Borke gefahren. Meine Mutter hatte mich vorher hundertmal gewarnt. ‚Fahr nicht zu weit!' Ich habe ihre Worte noch heute im Ohr. Aber die Bahn wurde immer schneller, wir Jungs wurden übermütiger – mit jeder Fahrt kamen wir der Borke näher. Und irgendwann dann fuhr ich hinein. Ich sah es kommen, aber abzuspringen habe ich nicht gewagt. Und dann bin ich hineingerauscht in die Borke. Und war patschnass. Ich habe mich kaum nach Hause getraut. Ich wusste genau, wie sehr meine Mutter mich ausschimpfen würde. Deshalb habe ich auf dem ganzen Weg nach Hause gedacht: wenn man die Zeit doch einfach zurückdrehen könnte. Verstehst du? Einfach die letzte halbe Stunde noch mal erleben. Es anders machen. Den entscheidenden Fehler vermeiden. Und genau das wünsche ich mir auch jetzt. Einfach die Zeit ein Jahr zurückdrehen. Noch mal entscheiden – und diesmal anders."

„In den Konkurs gehen, meinst du?" Steffies Tonfall war zynisch.

„Vielleicht." Carsten ließ wieder den Kopf hängen.

„Carsten!" Steffie merkte, dass sie mit Druck nicht weiterkam. „Du hast gerade von deiner Kindheit erzählt. Was ist mit *unseren* Kindern?"

Carsten schloss die Augen. „Du hast ja recht", flüsterte er. „Du hast ja recht."

20

„Bin ich hier richtig? Im Schreibseminar?"

Die Dame, die mit mir in den Kursraum eilte, nickte: „Das Schreibseminar, genau. *Jeder kann schreiben! Sie auch!*"

„Super Titel", merkte ich an. Zumindest war ich da, wo ich hinwollte. Und wo ich mit etwas Glück Heike Jablonski finden würde. Ein Blick auf die Seminarteilnehmer verriet mir, dass dies kein Alphabetisierungskurs war. Hier musste es um literarisches Schreiben gehen: Viel existentialistisches Schwarz – und Brillen, garantiert gekauft nach dem Besuch des Seminars *„Jeder kann auffallen! Sie auch!"*

„Eine kurze Frage", wagte ich mich vor, nachdem ich mich hingesetzt hatte. Im Raum war es unangenehm still, während ich sprach. „Ist hier jemand mit dem Namen Heike Jablonski?" Niemand sprang auf oder lächelte mich an. Heike Jablonski war offenbar noch nicht da. Konnte ich nur hoffen, dass ihre Mitbewohnerin sich nicht getäuscht hatte und ich vergeblich hier herumsaß.

Ich konnte nicht länger darüber nachdenken, ob ich vielleicht im falschen Kurs saß, da plötzlich ein Herr mit schwarzem Aktenkoffer den Seminarraum betrat. Ende fünfzig vielleicht. Weiß-blondes Haar, das mich sofort an Heino denken ließ. Brille und blass. Nicht nur blass im Gesicht. Insgesamt blass.

„Guten Abend zusammen!", sagte der Seminarleiter-Heino vom Lehrerpult aus. „Jeder kann schreiben! Sie auch!"

Innovativ, wie er den Seminartitel gleich einflocht. Immerhin hatte ich jetzt den Eindruck, dass man sich zum ersten Mal traf und man mich nur angestarrt hatte, weil sich das irgendwie lohnte.

„Mein Name ist Günter Weitbrecht. Und ich bin Autor. Da kein Mensch allein vom Autorendasein leben kann, bin ich im Hauptberuf bei der Bundesbahn beschäftigt."

Holla! dachte ich. Ein Eisenbahndichter!

Ich gebe zu, meine Vorurteile gegen Eisenbahner sind nicht ganz ohne. Eisenbahner finde ich ungefähr so aufregend wie einen kurvenarmen Schienenverlauf. Und das hängt mit meinem Klassenkameraden Siegbert Potthoff zusammen. Siegbert Potthoff wurde gelegentlich Potti genannt, was nicht nur mit seinem Nachnamen, sondern auch mit seinem Haarschnitt zusammenhing. Potti verlor nicht wie andere Kinder irgendwann das Interesse am Eisenbahnspielen, nein, er baute es aus. Statt Musik zu hören, lernte er Fahrpläne auswendig. Während andere sich für Mädchen begeisterten, schwärmte er stundenlang von einer Lokomotive, deren Name nur aus Zahlen bestand.

„Meine ganze Leidenschaft gehört der Literatur", sagte Pottis Heino-Bruder unvermittelt. Er sagte das in einem solchen Tonfall, dass ich mir die Grundsatzfrage stellte, was für einen Eisenbahner Leidenschaft bedeutet. Alexa hätte in einem ähnlichen Tonfall sagen können: „Es ist meine allergrößte Freude, am Montag nach der Kinderkommunion den Nachbarschaftskaffee auszurichten."

„Zu Beginn wollen wir uns fragen, was Literatur überhaupt ist", schlug unser Kursleiter vor.

Ah, jetzt kam die Nummer mit der Dampfmaschin'. Was zu einem Einbahner ja irgendwie passte! „Gucken wir doch mal, was eine Dampfmaschin' so überhaupt ist."

„Literatur ist ja überhaupt nicht zu bewerten", sagte die Dampflok versonnen, „Literatur ist ja – also, Literatur ist – nicht gut – oder schlecht – Literatur ist vor allen Dingen –", Günter Weitbrecht zögerte. Er legte mit gespreizten Fingern die Hand an die Schläfe. Diese Pose hatte er vorm Spiegel geübt – garantiert, „Literatur ist –" Ja? Ich war so wahnsinnig gespannt, „Literatur ist –" der Eisenbahndichter bog sich, er wand sich, was hervorkommen würde, musste gewaltig sein – eine Eruption – eine Literaturdefinition, auf die die Menschheit bis heute vergeblich gewartet hatte, „Literatur ist – in erster Linie – Literatur."

„Ach!", entfuhr es mir unwillkürlich. „Und ich dachte immer, Literatur sei Literatur."

Ein böser Blick traf mich von rechts.

Von vorne traf mich keinerlei Blick. Heino hatte mich gar nicht wahrgenommen, weil er immer noch wie beflügelt von seiner gerade getätigten Aussage war. Tunnelblick nannte man so etwas in Literaturfachkreisen wohl.

„Da auch Sie an Literatur interessiert sind", Weitbrecht ließ seinen Blick über seine Teilnehmer fliegen, „sind Sie sicherlich sehr gespannt, was ich bislang veröffentlicht habe." Von mir selbst konnte ich das jetzt nicht unbedingt behaupten. Weitbrecht griff trotzdem beherzt in seinen Aktenkoffer. „Vor vier Jahren erschien mein erster Gedichtband *„Angekommen – angenommen."*

Was für ein Titel! Besonders, wenn von einem Eisenbahner geschrieben!

„Können Sie gerade mal den Verlag sagen?", fragte meine Genossin zur Rechten. Sie hatte schon den Bleistift gezückt.

„Mein Debüt ist beim Touché-Verlag erschienen", erklärte unser Definitionspionier. „Ich schreibe vielleicht mal eben die ISBN an die Tafel."

Der Touché-Verlag. Jetzt wurde mir einiges klar. Touché. Das war ein Druckkostenzuschussverlag, sprich: Weitbrecht hatte Geld für das Verlegen seines Buches bezahlt.

„Ich denke, meinem Erstling ist ganz stark die für mich sehr wichtige Phase der Sprachfindung anzumerken", schwafelte Weitbrecht jetzt munter vor sich hin. „Wenn ich zum Beispiel –"

Weitbrechts Erläuterung wurde durch ein Klopfen unterbrochen. Die Tür öffnete sich und eine junge Frau schaute herein. „Entschuldigung, ist das hier der Schreibkurs?"

Mein Herz hüpfte. Wenn ich jetzt Glück hatte …

„Das Schreib*seminar*, jawohl." Weitbrecht lächelte gütig.

„Tut mir leid, dass ich störe. Heike Jablonski vom *Sauerländer Anzeiger*. Ich wollte nur eben ein, zwei Fotos machen."

„Aber natürlich!" Weitbrecht war jetzt sehr bemüht. „Kommen Sie nur herein. Ich bin gerade dabei, meinen bisherigen Schaffensweg vorzustellen."

Schaffensweg. Wunderbares Wort.

Heike Jablonski hatte ich mir anders vorgestellt. Thorsten Hillebrandt hatte auf mich so jungenhaft gewirkt. Die Frau, die jetzt ihre Tasche abstellte, wirkte erheblich reifer als er. Hübsch, auf jeden Fall. Aber reifer. Umso mehr, als sie einen deutlich angeschlagenen Eindruck machte. Vermutlich hatten ihr die letzten Tage schwer zugesetzt.

„Lassen Sie sich nicht stören", sagte sie jetzt, da Weitbrecht schwieg und abwartend bereitstand. „Machen Sie einfach weiter mit Ihrem Kurs – äh – Seminar."

Die Redakteurin hatte inzwischen ihre Fotosachen ausgepackt und einen Block bereitgelegt. Weitbrecht wirkte nun fast ein bisschen nervös.

„Ich erzählte ja gerade von meinem Band. Von meinem Gedichtband", versuchte er wieder ins Thema zu kommen. „Vielleicht stelle ich einfach mal eins meiner Werke vor." Er schlug das Buch an einer Stelle auf, die mit einem Zettel markiert war. Der Künstler sammelte sich. Dann holte er tief Luft. Es war totenstill im Raum, als plötzlich an Heike Jablonskis Fotokamera etwas surrte. Verlegen hielt sie die Hand über die Kamera, als könne sie damit das Geräusch einfangen. Weitbrecht schloss die Augen. Er war auf seinem Schaffensweg kurzfristig ausgebremst worden. Dann war es still. Der Künstler räusperte sich. Dann legte er los:

„Mit angekommenem Haar,
im Takt der überbordenden Nägel,
Gleisdreieck meines Lebens,
geschlagene Zeit"

Unser Eisenbahn-Lyriker machte eine gedankenschwere Pause. Ich überlegte fieberhaft, ob ich schon jetzt mit Heike Jablonski in Kontakt treten konnte. Doch Weitbrecht fuhr bereits fort.

„aufgewertet im Nichts
stehe ich rum am Schalter der Welt"

Ich nahm wahr, dass Heike Jablonski Weitbrecht anstarrte. Ihre Mundwinkel zuckten verdächtig. Ganz offensichtlich hatte sie, wie ich, mit einem inneren Drang zu kämpfen.

„Und – ach – schaut mich an
Unterführung verheißend"

Dann passierte es. Heike Jablonski platzte heraus. Geistesgegenwärtig griff sie ihre Fototasche, nahm ihren unbeschriebenen Block und stürzte hinaus. Ich sprang auf und folgte ihr unmittelbar. Beim Hinausgehen hörte ich Weitbrecht noch sagen:

„Die Wirkung guter Literatur ist wirklich verblüffend."

Ich sah mich nicht mehr um. Mein Gesichtsausdruck hätte mich vermutlich verraten.

21

Ich erwischte Heike Jablonski, als sie gerade das Gebäude verließ.

„Frau Jablonski?" Die Redakteurin drehte sich erstaunt um.

„Darf ich Sie einen Moment sprechen?"

„In welcher Angelegenheit?"

„Ich würde gern zusammen mit Ihnen das gehörte Gedicht interpretieren." Ich lächelte breit. *„Jeder kann schreiben! Sie auch!"*

Heike Jablonski lächelte verhalten zurück. „Danke, ich verzichte lieber."

Ich wurde ernst. „Mein Name ist Vincent Jakobs. Ich bin ein Lehrer von Simone Reinold." Heike Jablonski reagierte sofort. Sie zuckte, dann schien eine Klappe zu fallen.

„Simone hat mich heute erneut angerufen", versuchte ich einen zweiten Anlauf.

„Davon habe ich gehört. Die Polizei hat bereits mit mir gesprochen."

„Simone hat mir erzählt – "

„Ich weiß", fiel Heike Jablonski mir scharf ins Wort. „Ich weiß, dass sie behauptet, sie habe am Freitagabend mich anrufen wollen. Ich kann nur sagen, das ist völlig absurd."

Ich war überrascht, dass sie so heftig reagierte. „Warum ist das absurd?"

„Weil ich mit ihr überhaupt nichts zu tun habe."

„Sie kennen sie nicht?"

„Ich habe sie ein- oder zweimal gesehen, als ich Vertretung in Lentrop gemacht habe."

„Warum reagieren Sie so heftig?"

„Wie fänden Sie es denn, wenn so ein junges Ding vorgäbe, es habe nach Auffinden eines Mordopfers bei Ihnen anrufen wollen."

„Simone *hat* bei mir angerufen", erklärte ich trocken. „Ich bin ihr Lehrer, ich mache mir Sorgen um sie. Und ich wüsste gern, wo sie ist. Ich hatte die Hoffnung, Sie könnten mir helfen, sie zu finden."

„Dann haben Sie sich getäuscht. Ich habe keine Ahnung, wo Simone Reinold ist."

Die Redakteurin sprach verdammt harsch. Dennoch wollte ich so schnell nicht lockerlassen. „Und Sie haben keine Ahnung, warum sie Sie hat anrufen wollen?"

Heike Jablonski atmete tief aus. Ich konnte die Reaktion nicht einordnen. War sie so genervt oder stand sie unter einem Druck, den ich nicht einschätzen konnte?

„Können wir uns irgendwo ungestört unterhalten?", fragte sie plötzlich. Die Wende überraschte mich. Ich dachte einen Moment lang nach.

„Wir könnten uns in mein Auto setzen", schlug ich vor. „Oder wir fahren zu mir nach Hause."

„Das Auto ist okay."

Das Auto war nur bedingt okay, weil überall Butterkekskrümel herumlagen. Paul und Marie konnten einen einzigen Butterkeks so unvorteilhaft essen, dass es einem beim Anblick der Abermillionen Krümel nicht mehr schwerfiel, an das Wunder der Brotvermehrung zu glauben. Verlegen wischte ich auf dem Beifahrersitz herum, der, obwohl die Kinder immer hinten saßen, auch etwas abbekommen hatte.

„Lassen Sie mal!" Heike Jablonski hatte keine Lust, lange zu warten. Ohne großes Gedöns ließ sie sich neben mir nieder und schlug die Tür zu. Dann schwieg sie einen Moment.

„Warum behauptet Simone Reinold, sie habe mich anrufen wollen?" Ich sah zu meiner Autogenossin hinüber. Bluffte sie oder schien es ihr tatsächlich unmöglich, dass Simone einen Anruf vorgehabt hatte?

„Ich denke, sie will mich anschwärzen", sagte Heike Jablonski abrupt.

„Sie will was?"

„Ich war vorher lange Zeit mit Thorsten zusammen. Seit einem guten halben Jahr sind wir getrennt. Ich denke, Simone Reinold möchte die Welt glauben machen, dass ich Thorsten umgebracht habe."

„Wie kommen Sie denn darauf?"

„Ich habe lange darüber nachgedacht. Wenn Simone Reinold behauptet, sie habe mich nach Auffinden der Leiche anrufen wollen, dann erweckt das den Eindruck, als wisse sie genau, wer für den Mord verantwortlich sei. Als wollte sie mich dafür zur Rechenschaft ziehen."

„Telefonisch?" Mein Ton war ironischer, als ich geplant hatte. „Meinen Sie, Simone wollte mal eben nachfragen, warum Sie so etwas tun?"

„Die Ex-Freundin macht sich doch als Mörderin ganz gut."

„Moment, Moment!" Ich schüttelte den Kopf. „Woher wusste Simone denn überhaupt so genau von Ihrer Beziehung? Warum soll das ein Thema für sie gewesen sein?"

„Weil sie meine Nachfolgerin war!"

„Wie bitte?"

„Nach seinem Tod darf man es wohl offen erzählen: Thorsten hatte ein Verhältnis mit dem Mädchen."

„Das ist nicht Ihr Ernst! Dieser Hillebrandt ist –", ich rechnete nach, „er ist doppelt so alt wie Simone."

„Exakt. Aber das ist für Männer ja nicht unbedingt ein Hinderungsgrund." Heike Jablonskis Stimme klang verbittert. Ich war mir jetzt sicher, dass sie älter war als Thorsten Hillebrandt. Eine ganze Geschichte zog an meinem inneren Auge vorbei. Heike Jablonski hatte auf Thorsten gesetzt. Sie hatte an die Beziehung geglaubt. Darüber waren ihr die Jahre weggelaufen. Dann hatte er sich getrennt, während ihre biologische Uhr immer lauter tickte. Und als besonderes Sahnehäubchen hatte sich Hillebrandt anschließend eine Freundin gesucht, die Heike Jablonskis Tochter sein konnte.

„Ist das – ich meine – ist das ernst gewesen zwischen den beiden?"

„Kommt darauf an, auf wen sich Ihre Frage bezieht." Wieder dieser bittere Ton. „Von Thorstens Seite sicherlich nicht. Thorsten wollte sich nicht binden. Nicht endgültig jedenfalls. Was sich dieses Mädchen ausgedacht hat, weiß ich natürlich nicht."

Dieses Mädchen. Wie Heike Jablonski das sagte! Sie musste Simone hassen. Weil sie jung war. Vor allem aber: weil sie Thorsten Hillebrandts Herz erobert hatte.

„Ich weiß, was Sie jetzt denken", die Frau neben mir streckte ihre Füße aus, „Sie denken, ich habe mich gerächt. Sie denken, wenn ich ihn nicht selbst haben kann, dann soll ihn keine haben. Deshalb habe ich Thorsten umgebracht, das denken Sie doch, nicht wahr?"

„Nein!"

„Sie lügen, das sehe ich Ihnen an. Und wenn ich Ihnen sage, dass ich Thorsten zuliebe eine andere Beziehung aufgegeben habe, werden Sie das noch viel mehr denken. Aber Sie liegen falsch. Ich habe mit dem Mord nichts zu tun. Das weiß auch die Polizei. Ich habe den Abend mit zwei Freundinnen in der Pizzeria verbracht. Ich glaube vielmehr, dass Ihre Schülerin Thorsten umgebracht hat."

„Wieso denn das?"

„Thorsten wird ihr gesagt haben, dass er sie nicht länger will."

„Daraufhin hat sie sich eine Knarre besorgt und ihn niedergeschossen?"

„So ähnlich."

„Das ist absurd."

„Warum ist sie dann weg?"

„Weil sie Angst hat."

„Wovor?"

„Das weiß ich noch nicht. Aber vielleicht können Sie mir helfen, das herauszufinden."

„Ich glaube nicht, dass ich das kann. Deshalb halte ich es für besser, wenn ich jetzt gehe." Heike Jablonski hatte schon die Hand am Griff.

„Bitte nicht!"

Die Redakteurin sah sich zu mir um. Meine inständige Bitte schien sie zumindest zu irritieren. „Simone hat am Telefon gesagt, Thorsten habe an einer größeren Geschichte gearbeitet, zu der Sie vielleicht etwas sagen könnten!"

„Ich?" Heike Jablonski schien ehrlich überrascht. Die Polizei schien das ihr gegenüber nicht so dargestellt zu haben. Vielleicht lag das daran, dass ich es gegenüber der Polizei nicht so dargestellt hatte.

„Wie meinen Sie das?"

„Thorsten soll an einer älteren Geschichte gearbeitet haben, sagt Simone. Etwas, was vor der Lentroper Zeit passiert ist."

„Wie bitte? Ich hab keine Ahnung, was das gewesen sein könnte. Vielleicht überlegen Sie mal, ob Ihre Schülerin von etwas ablenken will."

„Ich werde darüber nachdenken", versprach ich, „aber vielleicht lassen Sie sich trotzdem auf ein paar Gedankengänge ein. Thorsten Hillebrandt war ein engagierter Redakteur, stimmt das?"

Heike Jablonski dachte einen Moment lang nach. Vermutlich nicht über meine Frage, sondern darüber, ob sie überhaupt antworten sollte. Irgendwann schien sie sich dafür entschieden zu haben. „Er war engagiert, ja. Und vor allem ehrgeizig."

„Ehrgeizig, Sie betonen das so."

„Weil es stimmt. Thorsten wollte hier weg. Für ihn war die Lokalzeitung nicht mehr als ein Sprungbrett. Die Möglichkeit, hier hängenzubleiben, war für ihn undenkbar. Er wollte höher hinaus. Deutlich höher."

„Was meinen Sie?"

„Zur *Süddeutschen*, zur *Zeit*. Gern aber auch *Spiegel* oder *Focus*."

„Hatte er da Aussichten?"

„Er hatte mal einen Artikel in der *Zeit*, vor einem Dreivierteljahr. Aber damit hat man noch lange keinen Fuß in der Tür."

„Aber es war sein erklärtes Ziel, sich wegzubewegen?"

„Ja. Im Grunde träumen viele davon. Ich würde auch lieber für die *Brigitte* schreiben als über einen Schreibkurs mit Günter Weitbrecht."

„Ein Schreib*seminar*", verbesserte ich. *„Jeder kann schreiben! Sie auch!"*

Heike Jablonski lächelte höflich, wurde dann wieder ernst. „Andererseits ist es bei mir so, dass ich meinen Job schon zu schätzen weiß. Das Leben findet überall statt, nicht nur in Berlin oder Frankfurt. Für mich ist Zeitung die Welt im Kleinen, die sauerländische Wirklichkeit im Spaltenformat. Ich habe mit Menschen zu tun, ich führe interessante Gespräche, ich muss immer neugierig bleiben – und ein Besuch in Günter Weitbrechts Literaturseminar kann ja auch durchaus unterhaltsam sein." Heike Jablonski lächelte mit den Augen. „Naja, aber Thorsten hatte halt andere Ambitionen, auch wenn er es nie öffentlich erwähnt hat."

„Er hat das nie geäußert?"

„Mir gegenüber schon, aber nicht bei den Kollegen. Der sagt ja nicht in der Redaktion: Tut mir leid, ihr armen Schweine, dass ihr euch mit so einem Lokalscheiß zufriedengeben wollt. Ich tu mir das nicht länger an, ich mach bald den Abflug."

„Zumal er ja noch keine Abflugmöglichkeit hatte."

„Ich bin sicher, er hätte es irgendwann geschafft", sagte Heike Jablonski. „Er war gut. Und er war sehr zielstrebig. Er wäre nicht hiergeblieben, niemals."

„Immerhin ist er von einer kleinen Lokalredaktion in eine noch kleinere gewechselt."

„Naja, Vorhoff sollte man nun mal jemand zur Seite gestellt werden", Heike Jablonski rieb sich die Stirn.

„Um ihn zu entlasten?"

„Natürlich." Die Antwort kam nicht recht überzeugend.

„Oder gab es noch einen anderen Grund dafür? Mir scheint, Vorhoff schlägt gelegentlich über die Stränge. Man hat mir da so eine Geschichte von einem Gynäkologen erzählt."

Heike Jablonski überlegte offenbar immer noch, was sie mir erzählen durfte. „Dieser Reimann", sagte sie schließlich, „ja. Tatsächlich hat Vorhoff den Bogen hier und da überspannt. Deswegen sollte ihm jemand auf die Finger gucken. Vor einiger Zeit hat er beispielsweise eine Art Mobilmachung gegen den Stadtkämmerer in Lentrop betrieben. Mit objektiver Berichterstattung hatte das nichts mehr zu tun. In Lentrop hagelte es daraufhin Abokündigungen und Beschwerdebriefe in der Zentralredaktion. Der Kämmerer war zudem federführend im Schützenverein tätig. Der Schützenvorstand hat in der Zentralredaktion zu verstehen gegeben, dass man zu einer kollektiven Kündigung aufrufen werde, wenn Vorhoff weiter frei agieren dürfe."

„Holla!", entfuhr es mir.

„So etwas zieht immer noch", erklärte Jablonski, „denn der Markt ist hart umkämpft. Die Abokunden nehmen sowieso ständig ab, weil viele junge Familien gar keine Zeitung mehr bestellen, sondern sich mit den Anzeigenblättchen zufriedengeben. Andere Kunden wechseln regelmäßig alle zwei Jahre die Zeitung, um ein Werbegeschenk abzusahnen. Die klassische Bindung an eine Zeitung gibt es kaum mehr. Zudem hat sich der Anzeigenmarkt verändert. Kleinanzeigen werden in der Regel ins Internet gestellt, und bei den Beilagen haben sich die Anzeigenblätter ebenfalls nach vorn gearbeitet. Wir Lokalredaktionen stehen ziemlich unter Druck, unsere Abokunden zu halten."

„Also wollte man Vorhoff bändigen", resümierte ich. „Und dafür hat man sich Thorsten Hillebrandt ausgesucht? Einen jungen Kerl, der noch gar nicht lange dabei war?"

„Er ist als Letzter gekommen", erklärte Heike, „und er hat sich nicht groß gewehrt. Die anderen waren natürlich froh, dass es sie nicht erwischt hat. Man kann sich ja vorstellen, dass die Leute nicht gerade Schlange gestanden haben, um mit Ansgar Vorhoff zusammenzuarbeiten."

„Umso mehr wundert es mich, dass Thorsten Hillebrandt dazu bereit war."

„Er meinte, es sei mal Zeit für einen Wechsel. Thorsten ist ein Prockler. Deswegen hat er sich auch mit unserem Chef manchmal gehabt. Mit Norbert Taschmann."

„Worum ging es da?"

„Das weiß ich nicht im Einzelnen. Thorsten hat sich in diesen Dingen sehr bedeckt gehalten. Er wollte mich als Kollegin in seine Konflikte nicht hineinziehen."

„Aber Sie glauben, dass Hillebrandt die Redaktion gewechselt haben könnte, um Konflikten mit seinem Chef aus dem Wege zu gehen?"

„Nein, überhaupt nicht!" Heike Jablonski antwortete schnell. „Ich sage nur, dass er kein unkomplizierter Typ war. Er geriet schon mal mit anderen aneinander. Sogar mit Norbert Taschmann, obwohl der allgemein als umgänglich gilt. Der Hauptgrund, warum Thorsten weggegangen ist, bin ich", aha, jetzt kam der wahre Grund – das Argument, das ich schon von Vorhoff gehört hatte. „Wenn man sich getrennt hat, ist es ja nicht so toll, sich täglich über den Weg zu laufen. Thorsten hat einen klaren Schlussstrich gezogen. Dazu gehört auch, dass er sich sofort in Lentrop eine Wohnung besorgt hat, obwohl er gut jeden Tag hätte fahren können. Seit September letzten Jahres, also seit Thorsten in Lentrop gearbeitet hat, haben wir uns praktisch nicht mehr gesehen."

„Und wie lief es für Thorsten? In Lentrop erzählt man sich, dass er mit Vorhoff über Kreuz war."

„Nun, mit Vorhoff kann man nicht klarkommen, es sei denn, man betet ihn an." Heike Jablonskis Aussage war klar formuliert. „Der Mann duldet keine Götter neben sich. Er identifiziert sich vollständig mit seinen Zeitungsseiten und lässt es nicht zu, dass ihm da jemand reinpfuscht." Die Zeitungsredakteurin verschränkte ihre Arme vor der Brust. „Ich habe mal vertretungshalber in Lentrop arbeiten müssen. Es war das nackte Grauen. Dabei war Vorhoff gar nicht vor Ort! Er war im Urlaub, aber er hat sich die Zeitung nachschicken lassen und dann nachträglich meine Artikel kommentiert."

„Ehrlich gesagt habe ich bislang nur Schlechtes über Vorhoff gehört", bekannte ich.

„Naja, er hat seine Fans. Im Prinzip hat sich die Konkurrenz dort nie richtig etablieren können. Lentrop war immer in SAZ-Hand, weil Ansgar Vorhoff der Schnellste ist – und gleichzeitig der Radikalste."

„Das kommt an?"

„Im Falle des Kämmererbashings nicht, aber sonst – ja, offensichtlich."

„Wie hat sich Thorsten Hillebrandt dort arrangiert?"

„Am Anfang hat er Vorhoff wirklich Druck gemacht, da gab es ständig Diskussionen – sogar unter Hinzuziehung der

Chefredaktion. Mit der Zeit sind ihm dann die Kräfte ausgegangen."

„Gab es spezielle Konfliktfelder?"

Heike Jablonski überlegte. „Ja klar, immer mal wieder. Aber wissen Sie, das ist natürlich alles ziemlich intern."

„Ich habe nicht vor, es morgen an die Konkurrenz zu verkaufen. Es geht mir darum, Simone Reinold zu finden. Und da könnte es helfen zu wissen, wer es auf Thorsten Hillebrandt abgesehen hatte."

„Denken Sie an Vorhoff?"

„Ich würde es ihm zutrauen, ich weiß nur nicht, ob er so blöd wäre, seinen Kontrahenten in der Redaktion abzuknallen – in der Hoffnung, dass niemand ihm draufkommt."

Heike Jablonski sah mich ernst an.

Ich drängte weiter: „Was waren die Themen, über die sich Vorhoff und Hillebrandt auseinandergesetzt haben?"

Heike Jablonski blickte auf das Armaturenbrett vor sich. „Wie ich schon sagte, Thorsten und ich hatten kaum noch Kontakt."

„Das heißt, Sie wissen gar nichts?"

„Ich hab es eher hintenherum gehört. Von meinen Kollegen." Heike Jablonski überlegte einen Moment. „Die Sache mit der evangelischen Kirchengemeinde war wohl ein Punkt."

„Darüber habe ich gelesen."

„Ein anderes Thema war dann diese Bankengeschichte."

„Die Kreditvergabe", assistierte ich.

„Genau, da wollte Thorsten tiefer eindringen. Interviews führen und so. Aber Vorhoff ist mit dem Bankdirektor per du, er wollte nur das Nötigste bringen. Und hat das auch durchgebracht – auf eine ziemlich raffinierte Weise."

Ich hörte gespannt zu.

„Das Bankinstitut ist ein guter Anzeigenkunde bei unserer Zeitung. Vorhoff ist zur Chefredaktion gegangen und hat den Konflikt aufgezeigt."

„Und die haben sich darauf eingelassen?"

„Natürlich! Wenn man in der Zentrale um Anzeigeneinnahmen fürchtet, ist es ganz schnell vorbei mit der Pressefreiheit. Das ist Thorsten verständlicherweise aufgestoßen. Im Grunde war er ja in Lentrop eingesetzt, um Vorhoff redaktionell auf die Finger zu schauen, aber als es um die Wurst ging, hat man ihn hängenlassen und Vorhoff den Rücken gestärkt. Das hat Thorsten sehr übelgenommen." Heike Jablonski legte unwillig ihre Stirn in Falten. „Allerdings weiß ich nicht, inwiefern uns das weiterbringen soll. Sie sagten eben, Thorsten habe an einer älteren Geschichte gearbeitet."

„Zumindest hat Simone das gesagt."

„Und sie hat auch gesagt, ich wüsste etwas darüber?"

„Sie hält es für möglich", relativierte ich. „Wahrscheinlich, weil Sie Thorsten sehr gut kannten."

Heike Jablonski schwieg.

„Gehen wir mal davon aus, die Geschichte hätte sich zu der Zeit ereignet, in der er mit Ihnen zusammengearbeitet hat," wagte ich mich vor, „Sie sagten eben, es habe in dieser Phase schon mal Reibereien mit Norbert Taschmann gegeben."

„Ich habe nicht von Reibereien gesprochen."

„Unstimmigkeiten."

„Versuchen Sie nicht, mich festzunageln. Das Klima in unserer Redaktion ist sehr gut. Und ich wüsste nicht, dass Thorsten eins unserer Themen nachrecherchiert hätte."

Aufmerksam studierte ich Heike Jablonskis Ausdruck. Die Redakteurin wirkte jetzt fast etwas trotzig – und gleichzeitig verunsichert. Sie dachte nach. Vielleicht grübelte sie, ob es da etwas gab. Oder sie wog ab, ob sie schon zu viel gesagt hatte, ob sie ihren Chef ins falsche Licht gesetzt hatte. Dann griff sie nach ihrer Fototasche.

„Ich danke Ihnen jedenfalls für Ihre Hilfe!", beeilte ich mich zu sagen.

Heike Jablonski nickte nur. Als sie gerade die Tür zuschlagen wollte, rief ich ihr eine letzte Frage hinterher. „Was war Thorstens Problem mit Taschmann? War er ihm zu lasch?"

Der Kopf der Redakteurin war sofort wieder da. „Wie kommen Sie darauf?" Ihr Blick war ärgerlich – und gleichzeitig erstaunt. „Norbert Taschmann steht kurz vor der Rente. Muss er sich noch an jeder Geschichte die Nase brechen?" Dann knallte sie die Autotür zu.

Ich hatte ins Schwarze getroffen.

„Thorsten Hillebrandt hat sich mehr als nur die Nase gebrochen", murmelte ich.

Heike Jablonski konnte es nicht mehr gehört haben.

22

Montagabend. „Wer wird Millionär". Es gab keine Sendung, bei der Max besser abspannen konnte. Er hatte sich einen Wein aufgemacht. Aber er war sicher, dass er nicht lange wachbleiben konnte. Die Ermittlungen hatten schnell zum Erfolg geführt. Eine Kamera hatte die beiden Tankstellenräuber aufgezeichnet. Vierzehn Stunden nach der Veröffentlichung hatten sie die Täter gehabt. Der eine war 17, der andere 21. Es war zum Kotzen.

Günther Jauch stellte gerade zehn neue Kandidaten vor. Zwei von ihnen winkten bei der Nennung ihres Namens mit einem Knuddeltier in die Kamera.

‚Das sind zwanzig Prozent', schoss es Max in den Sinn. ‚Sind zwanzig Prozent unserer Bevölkerung derart verblödet?'

Die Eingangsfrage war nicht leicht. Es ging um die zeitliche Einordnung von Oscar-Preisträgern. Max hatte die Aufgabe gerade gelöst, als er das Summen seines Handys wahrnahm.

Zehn Sekunden lang dachte er daran, nicht aufzustehen. Dann stand er doch auf, nahm sich aber vor, zunächst aufs Display zu schauen. Wenn es einer der Kollegen war, würde er das Gespräch nicht annehmen. Es schien kein Kollege zu sein, eine unbekannte Handynummer war zu lesen. Am Ende siegte die Neugier.

„Ja – Schneidt?"

„Ist da Max Schneidt?" Eine männliche Stimme. Eine tiefe männliche Stimme, etwas heiser.

„Ja. Wer ist denn dort?"

„Hillebrandt. Wolfgang Hillebrandt."

Max wusste sofort Bescheid. Das Bild des großen Bruders tauchte vor seinem inneren Auge auf. Der lange, schlaksige Kerl mit dem wenigen Haar. Die buschigen Augenbrauen, sein Gesicht, das sich sofort rot gefärbt hatte, als er angesprochen worden war.

„Herr Hillebrandt", sagte Max. Er wusste nicht, was er noch sagen sollte.

„Sie meinten, ich sollte Sie anrufen, wenn – wenn – nun, wenn mir etwas einfällt."

„Natürlich", antwortete Max. Er dachte gar nicht daran, zu erzählen, dass er aus dem Fall heraus war. Ihm war deutlich bewusst, dass es den Menschen am anderen Ende viel Überwindung gekostet hatte, sich bei ihm zu melden. Er würde ihn nicht abwürgen, indem er ihn an jemand anderen verwies.

Sein Gesprächspartner schien schon jetzt nach den richtigen Worten zu suchen. Er zögerte auffallend lang. Max wollte ihn nicht drängen, er schwieg einfach.

„Ich hatte ja gesagt", begann Wolfgang Hillebrandt jetzt stockend, „dass ich Thorsten am Sonntag zuletzt gesehen habe."

„Ich erinnere mich."

„Aber das stimmt nicht. Ich bin am Freitag noch bei ihm gewesen."

Max stutzte. Das war wirklich eine Überraschung.

„Sie sind bei ihm gewesen?", wiederholte er.

„Ja."

Wieder eine Pause. Wolfgang brauchte Zeit.

„Er hatte etwas vergessen. Das hab ich ihm gebracht."

„Was hatte er denn vergessen?"

„Einen USB-Stick. Für seinen Laptop."

„Das heißt, er hatte seinen Laptop doch dabei?"

„Nein, nur den Stick."

„Warum hatte er ihn mitgebracht?"

„Er hatte ein paar Informationen gesammelt für mich. Zum Thema Biolandwirtschaft. Die hat er mir gezeigt und auf unseren Rechner geladen. Aber dann hat er den Stick nicht wieder mitgenommen."

„Sie haben ihn dann später gefunden?"

„Ja, er steckte noch drin."

„Und den haben Sie Ihrem Bruder am Freitag gebracht?" Max begann jetzt doch Wolfgang die Dinge aus der Nase zu ziehen.

Es dauerte sonst einfach zu lange. „Haben Sie sich abgesprochen?"

„Thorsten hat angerufen. Er hat selbst gemerkt, dass er den Stick vergessen hatte."

„Und er wollte ihn zurück."

„Ja sicher. War ja seiner."

Max wand sich innerlich.

„Und Sie haben verabredet, dass Sie ihn vorbeibringen?"

„Nein."

Pause. Viel zu lange Pause, fand Max.

Dann kam doch noch etwas. „Er fragte, ob ich ihn bringen könnte. Er bräuchte ihn dringend, hätte aber im Moment ziemlich wenig Zeit."

„Er brauchte ihn dringend? Wissen Sie, warum?"

„Da war noch etwas drauf. Von ihm selbst."

Max war jetzt sehr aufmerksam. „Wissen Sie, was?"

„Ich habe nur die Dateinamen gesehen. *Dreckschleuder*."

„Wie bitte?"

„*Dreckschleuder*. So hießen die Dateien. Ich habe sie gesehen, als Thorsten die Biosachen heruntergeladen hat. *Dreckschleuder1, Dreckschleuder2, Dreckschleuder3* … Ich glaube, es ging bis 8 oder 9."

„Und er hat nicht gesagt, worum es sich handelt? Warum er die Dateien unbedingt haben wollte?"

„Nein. Aber darum geht es auch gar nicht. Deswegen rufe ich nicht an." Wolfgang Hillebrandt klang jetzt ungeduldig. „Ich habe Thorsten gesagt, dass ich auch keine Zeit habe, für ihn durch die Gegend zu fahren. Daraufhin hat er gemurrt und gemeint, dann müsse er eben selbst kommen."

Wolfgang machte wieder eine rhetorische Pause. Nein, dachte Max, das war keine rhetorische Pause. Das war eine Pause, um sich die nächsten Worte zurechtzulegen.

„Aber ich bin dann doch hingefahren zu Thorsten."

„Wann war das?"

„Freitagabend. So gegen sieben."

„Da war Ihr Bruder zu Hause?"

„Ja." Wieder eine Pause. „Ich wollte erst gar nicht klingeln. Ich dachte, der ist eh nie da. Schmeiße ich ihm den Stick einfach in den Briefkasten. Aber dann stand das Auto vor der Tür. Und da ich noch nie in seiner Wohnung war und sie mal sehen wollte, habe ich dann doch geklingelt."

„Ihr Bruder war zu Hause", wiederholte Max, „was passierte dann?"

„Er war natürlich überrascht, dass ich einfach so kam. Er hatte auch gar nicht viel Zeit."

„Was hat er denn gesagt, wo er noch hinmüsste?"

„Zu einem Konzert. Für die Zeitung. Er wollte um acht Uhr pünktlich da sein."

„Dann sind Sie eine Stunde bei ihm gewesen", resümierte Max.

„Ja."

„Worüber haben Sie sich in dieser Stunde unterhalten?"

Schweigen am anderen Ende der Leitung. Dann endlich eine Antwort. „Eigentlich nichts Besonderes."

Max brach innerlich zusammen. Ein gewisses Maß an sauerländischer Sturheit war ihm vertraut – er selbst war schließlich unter Kollegen auch nicht gerade als Quasselstrippe verschrien. Aber das, was sich hier abspielte, ging selbst ihm deutlich zu weit. Ihm fiel ein, dass bei „Wer wird Millionär?" mal eine Frau aus Plettenberg mitgespielt hatte, die Günther Jauch mit ihrer spröden Art beinah um den Verstand gebracht hätte. Er konnte nur hoffen, dass Wolfgang Hillebrandt sich nie bei einer Fernsehshow bewarb.

„Nichts Besonderes. Und Ihr Bruder hat sich auch nicht in irgendeiner Weise auffällig verhalten?"

„Wie meinen Sie das?"

Max hätte beinahe in den Hörer gebissen. „War er aufgeregt? Niedergeschlagen? Hat er von etwas erzählt, was er vorhatte?"

„Er hat einen Anruf bekommen. Deswegen melde ich mich jetzt bei Ihnen."

„Einen Anruf", Max riss sich zusammen. Vielleicht kam jetzt endlich der springende Punkt. „Ich nehme an, Sie wissen von wem."

„Nein."

Max schloss die Augen. Er war es leid, den Animateur zu spielen. Er schwieg einfach.

„Aber ich glaube, da war eine Frau am Apparat."

Max öffnete die Augen. „Wie kommen Sie darauf?"

„Das hat man gemerkt. Es war ein – ein persönliches Gespräch."

Max hielt die Klappe. Er bildete sich ein, das würde Wolfgang Hillebrandt eher zum Reden bringen als seine Nachfragen.

„Thorsten sagte zu der Anruferin, er habe jetzt keine Zeit."

Die Taktik schien aufzugehen!

„Er klang genervt. Er sagte, er habe Besuch und wolle sich um seinen Bruder kümmern. Also um mich. Aber das Gespräch war dann doch noch nicht zu Ende. Thorsten ging mit dem Hörer in die Küche. Er wollte nicht, dass ich das Gespräch mitbekomme. Aber seine Wohnung ist klein. Auch als er in der Küche war, konnte ich alles mitanhören. Ich *musste* sozusagen alles mitanhören."

Max war platt. Mehrere zusammenhängende Sätze. Unaufgefordert gesprochen.

„Thorsten hat sich aufgeregt. Er hat sich geärgert, das hat man gehört. Er sagte: „Warum hast du das gemacht? Wir hatten eine Verabredung – dagegen kannst du nicht einfach verstoßen!"

Max griff sich die Fernsehzeitschrift und einen Stift. Er notierte sich, was Wolfgang gerade gesagt hatte.

„Moment!", sagte er dann. „Mir ist immer noch nicht klar, woher Sie wissen wollen, dass Ihr Bruder mit einer Frau telefonierte."

„Ich bin noch nicht fertig." Der Satz enthielt eine Beschwerde. Max hielt sich zurück.

„Er sagte noch", Wolfgang schien nachzudenken, bevor er weitersprach, „er sagte: „Wie konntest du auch nur das Wort in den Mund nehmen? Kein Wunder, dass sie ausgerastet ist! Und wenn du mir damit irgendetwas sagen willst, dann hör mir jetzt genau zu! Ich will keine Kinder! Zumindest nicht jetzt! Im Übrigen habe ich auf solch ein Teeniegewäsch überhaupt keinen Bock!"

„Das hat er gesagt?" Max hatte nicht mitgeschrieben. Er war zu überrascht gewesen von dieser Wende.

„Ja, das hat er gesagt."

Max war sich sicher, dass er sich auf Wolfgang verlassen konnte. Er war ein Schweiger. Er merkte sich, was er gehört hatte.

„Und weiter?"

„Viel war dann nicht mehr. Er hat das Gespräch abgewürgt. Von wegen – er hätte keine Zeit mehr für solch einen Scheiß. Er habe Spätdienst an diesem Abend und müsse gleich weg."

„Dann hat er aufgelegt?"

„Ja."

Max überlegte. Teeniegewäsch! Thorsten Hillebrandt hatte garantiert mit Simone Reinold gesprochen.

„Als er dann zurückkam", setzte Wolfgang Hillebrandt unvermittelt fort, „hat er sich für den Anruf entschuldigt. Ich hatte gar nicht gefragt, naja, vielleicht groß geguckt. Jedenfalls war er irgendwie abwesend und meinte, er habe sich da wohl auf etwas Dummes eingelassen. Er sagte das, als müsste er sich vor mir erklären. ‚Frauen!' sagte er dann noch, und: ‚Sei froh, Wolfi, dass du damit so wenig am Hut hast.'"

Max spürte, wie sehr diese Bemerkung den großen Bruder getroffen haben musste. Wenn er das richtig einschätzte, war Thorsten der Sunnyboy mit wechselnden Beziehungen und Wolfgang der einsame Bauer zu Hause.

„Das war's?"

„Ja. Im Großen und Ganzen zumindest."

„Was soll das heißen – im Großen und Ganzen?"

„Naja, er hat noch ein bisschen geredet. Dass er viel zu tun hat. Wie immer. Dass es nicht immer leicht ist. Dass er bald wegwill."

„Wie – weg –?"

„Das habe ich auch gefragt. Er sagte, er habe eine große Reportage geplant. Danach hätte er Aussichten, zu einer großen Zeitung zu wechseln."

„Hat er gesagt, worum es in der Reportage gehen sollte?"

„Nein."

„Haben Sie ihn gefragt?"

„Nein."

„Warum nicht?"

„Weil es mich nicht interessierte."

Max dachte nach. Es war so viel, was er an Neuem gehört hatte.

„Darf ich Sie etwas fragen?"

Wolfgang Hillebrandt antwortete nicht.

Max fragte trotzdem.

„Darf ich fragen, was Sie über Ihren Bruder denken?"

Wolfgang Hillebrandt schwieg. Die Frage hing wie eine un-ausgeregnete Wolke in der Leitung.

„Sie müssen das alles noch zu Protokoll geben", sagte Max schließlich. „Ich rufe Sie morgen früh an, dann vereinbaren wir einen Termin."

Hillebrandt grunzte unwillig in die Leitung. „Na gut", sagte er schließlich.

„Bis morgen dann!" Max fühlte sich plötzlich unglaublich müde.

Als er schon den Finger auf der Aus-Taste hatte, hörte er wie von Ferne Wolfgangs letzten Satz.

„Thorsten war ein Arschloch", sagte er.

Also hatte er doch noch eine Antwort gegeben.

23

Tödliche Lehrer-Schüler-Beziehung?

Lehrer Vincent J. bleibt Antworten schuldig

(VOR) Auch am Tag Drei nach dem grauenvollen Mord an unserem beliebten Lokalredakteur Thorsten Hillebrandt sieht sich die Polizei einer Vielzahl von offenen Fragen gegenüber. Wie berichtet, ist der 34jährige Redakteur am Freitagabend in seinem Büro niedergeschossen worden. Bislang ungeklärt ist nach wie vor, inwiefern das plötzliche Verschwinden der Praktikantin Simone R. mit dem Mord in Zusammenhang steht. Simone R. hatte im Rahmen eines Schulpraktikums zwei Wochen lang den Redaktionsalltag mitverfolgt und wollte am Freitagabend vermutlich erstmalig den Spätdienst miterleben. Allerdings ist nach wie vor unklar, was am Abend des 8. Februar in der Redaktion des *Sauerländer Anzeigers* geschah. Als sicher gilt, dass Simone R. in der Redaktion angekommen ist. Weiterhin wurde jetzt bekannt, dass sie gegen halb elf von der Redaktion aus ihren Lehrer Vincent J. anrief. Eine Tatsache, die allenthalben Überraschung auslöste. Was hatte Simone R. zu diesem Zeitpunkt erlebt? Was wusste sie über den Mord an Hillebrandt oder war sie womöglich selbst an der Tat beteiligt? Eine Möglichkeit, die Hauptkommissarin Marlene Oberste bislang nicht ausschließen kann. „Die Umstände sind sehr seltsam", so die Kripobeamtin – und damit schließt sie Simones Anruf bei ihrem Lehrer „ausdrücklich mit ein". Dieser gab zu Protokoll, Simone habe am Telefon von einer Leiche in den Redaktionsräumen gestammelt. Er habe sich daraufhin „sofort ins Auto gesetzt, um seine Schülerin dort aufzusuchen". Warum Simone am Freitagabend den Gymnasiallehrer Vincent J. und nicht etwa jemanden aus dem Familien- oder Freundeskreis angerufen hat, können sich Simones Mitschülerinnen schon eher erklären. „Sie war in ihn verliebt!", sagt eine enge Vertraute. Lehrer Vincent J. allerdings findet das „ganz normal". Simone sei für ihn immer etwas Besonderes gewesen, „herausragend" – man habe „viel Spaß miteinander gehabt". Formulierungen, die den neutralen Beobachter stutzig machen. Zu oft schon hat sich aus unseligen Lehrer-Schüler-Beziehungen ein Drama entwickelt. Unlängst hat ein kanadischer Schüler den Ehemann seiner Mathematiklehrerin niedergestochen, weil er eifersüchtig auf ihn war. Hat womöglich auch im Fall Hillebrandt Eifersucht eine Rolle gespielt? Familienvater Vincent J. jedenfalls hat den erschossenen Redakteur Hillebrandt persönlich gekannt. „Teil der Praktikumsbetreuung", wie der 42jährige sagt. Auch das „ganz normal"? Jedenfalls kennt sich J. in der Gegend um Simones Wohnort erstaunlich gut aus. Spaziergänge in der Region seien für ihn nicht selten, sagt er. Stellt sich die Frage, ob der Studienrat mit seinen Kindern unterwegs war oder ob er auch Kontakt zu seiner Schülerin gesucht hat.

Eine von vielen offenen Fragen, die im Zusammenhang mit dem grausamen Mord schnellstmöglich geklärt werden wollen.

Ich wüsste nicht, wann mich jemals etwas so aus der Fassung gebracht hätte. Ich starrte auf den Artikel und hoffte, dass das, was ich da sah, nur ein Albtraum war.

Dass Vorhoff nicht einfach gelogen hatte, sondern meine Aussagen gekonnt verdreht und in einen missverständlichen Zusammenhang gestellt hatte, machte das Ganze besonders perfide. Und dass er offenbar Schüler angezapft hatte, haute mich geradezu um. Die Zeitung zitterte in meiner Hand. Es war ein Zittern, das von unbändigem Zorn herrührte – gepaart mit erschütternder Hilflosigkeit.

Vorhoff hatte mir zugesagt, unser Gespräch nicht zum Thema seines Artikels zu machen. Ich könne mich darauf verlassen, am Montag nichts darüber in der Zeitung zu finden! Am Montag! Heute war Dienstag! Vorhoff war ein Arschloch! Er war mehr als ein Arschloch!

Wie paralysiert starrte ich auf den Artikel vor meinen Augen. Die Wirkung des Geschriebenen wurde noch verstärkt durch drei Fotos, die Vorhoff hinzugefügt hatte. Das erste stammte aus der Mordnacht. Ich erinnerte mich, ein Blitzlicht wahrgenommen zu haben, als ich mit den Polizisten in die Redaktion gegangen war. Vorhoff musste sich in der Gruppe von Schaulustigen aufgehalten und fotografiert haben. Auf dem Bild sah es aus, als würde ich von den Beamten abgeführt. Die Bildunterschrift tat ihr übriges: *Lehrer Vincent J. am Tatort.* Das zweite Foto hatte Vorhoff offensichtlich auf dem Parkplatz bei Lentrop geschossen, auf dem wir uns getroffen hatten. Jetzt wurde mir klar, warum ich ihn zunächst nicht entdeckt hatte. Auf dem Bild war ich am Auto zu sehen, hinter mir der Wald. Ich sah angespannt aus, ernst, unsympathisch. Vorhoff hatte einen guten Moment abgepasst. Die Bildunterschrift war der Gipfel: *Lehrer Vincent J. unterwegs in den Wäldern Lentrops.* Ein Wunder, dass man nicht noch Simone an meine Seite montiert hatte. Aber eigentlich war das gar nicht mehr nötig. Vorhoff hatte sich bei dem dritten Bild auf der Homepage unserer Schule bedient. Das Foto eines Videoprojekts, aufgenommen während der Projekttage im vergangenen Jahr. Ich hatte die Situation noch gut vor Augen. Simone war in meiner Gruppe gewesen, wir hatten eine Ballade in einen Videoclip umgesetzt. Auf dem Bild für die Website waren alle versammelt, die bei dem Projekt mitgearbeitet hatten. Dabei hatte ich zufällig neben Simone gestanden. Vorhoff hatte für seine Zwecke uns beide herausgeschnitten. Wir standen nebeneinander und lächelten gemeinsam in die

Kamera, als würden Hochzeitsfotos gemacht. Es war grauenvoll. Es war vernichtend. Es war eine Katastrophe. Wut und Hilflosigkeit waren so groß, dass mir Tränen in die Augen schossen.

„Bist du noch nicht fertig für die Schule?" Alexas Stimme. Sie kam heute ausnahmsweise später in die Küche als ich. Was sollte ich ihr sagen?

„Zeig mal, was steht denn in der Zeitung?" Sie trat hinter mich und nahm mir das Blatt aus der Hand. Dann sagte sie ganz lange nichts. Sie las. Ich sah aus den Augenwinkeln ihre Verspannung.

Mir schien, es dauerte Stunden, bis sie zu Ende gelesen hatte. Schließlich ließ sie die Zeitung sinken. „Mein Gott, Vincent", sagte sie. „Was hast du diesem Menschen erzählt?"

24

Als ich zur Schule fuhr, hatte ich einen backsteingroßen Klumpen im Magen. Am liebsten hätte ich mich krankgemeldet, aber Alexa hatte mich gedrängt, mich der Situation zu stellen. Wenn ich mich drücken würde, mache das alles nur noch schlimmer, hatte sie gemeint. Natürlich hatte sie recht. Allerdings konnte der Vormittag für mich ein einziger Spießrutenlauf werden.

Der Vormittag *wurde* ein einziger Spießrutenlauf.

Schon in meiner ersten Unterrichtsstunde spürte ich eine besondere Atmosphäre. Es war mucksmäuschenstill, als ich die Klasse betrat. Alle starrten mich an. Es war fast wie eine Erlösung, als ich direkt angesprochen wurde.

„Dieser Artikel heute in der Zeitung", sagte Max Brehm, „da ging's ja um Sie."

Ich überdachte meine Reaktion genau.

„Du hast recht", erklärte ich mit möglichst fester Stimme. „In dem Artikel ging es tatsächlich um mich. Und doch wieder nicht. Denn alles, was dort in Bezug auf meine Person angedeutet wird, ist falsch."

Man hätte eine Stecknadel fallen hören können. Alle blickten mich an.

„Ich hoffe, ihr kennt mich gut genug, um zu wissen, dass stimmt, was ich sage. Und jetzt nehmt die Bücher heraus. Wir haben zu tun."

In der großen Pause hielt ich Ausschau nach meiner Chefin. Leider vergebens. Schwester Gertrudis meinte, Wulfhilde habe einen Termin mit der Bezirksregierung. Kurzfristig bildete ich mir ein, das sei eine Ausrede und die Chefin sei meinetwegen unterwegs, dann versuchte ich mich zu beruhigen.

Von den Kollegen im Lehrerzimmer gab es mitleidige Blicke, gezieltes Überspielen oder – wie bei den Schülern – konkretes Nachfragen. Meine Kollegin Roswitha Breding klopfte mir kumpelhaft auf die Schulter. „Mach dir nichts daraus!", versuchte sie es launig. „Morgen wird eine andere Sau durchs Dorf getrieben."

„Na, toll!", sagte ich. „Aber wenn man selbst die Sau ist, ist es nicht so witzig."

Roswitha wollte noch etwas sagen, als plötzlich mein Name gerufen wurde.

„Vincent, kommst du mal eben?"

Mein Sportkollege Leo Brussner stand an der Tür und winkte mir zu.

Auf dem Flur wartete Manuela. Sie sah ziemlich verstört aus. Mir ging ein Ziehen durch den Magen. Ich wusste, was jetzt kam.

„Hallo, Manuela!"

„Ich müsste Sie mal sprechen."

„Kommen Sie mit, wir gehen in die Lehrerbibliothek, hier ist es zu laut."

Kaum waren wir dort, fing Manuela an zu weinen. „Ich hab das nicht gewollt", schluchzte sie los. „Der hat mich total ausgefragt, so, dass ich mich gar nicht zur Wehr setzen konnte."

„Ich kann mir das vorstellen", sagte ich knapp. „Mach dir keine Gedanken!"

„Aber mir tut das so leid. Das muss doch unangenehm sein."

„Morgen wird eine andere Sau durchs Dorf getrieben", sagte ich bitter.

„Aber Sie sind bestimmt sauer auf mich. Kann ich auch verstehen."

„Manuela!" Ich sah dem Mädchen fest in die Augen. „Ich bin nicht sauer, weil ich weiß, wie dieser Kerl einem die Sätze im Munde verdreht. Ich habe es am eigenen Leibe erfahren, denn ich habe auch mit ihm gesprochen und alles, was in der Zeitung steht, habe ich so nie gesagt."

Manuela sah mich mit großen Augen an. Sie schien abzuwägen, ob ich es ehrlich gemeint hatte.

„Etwas anderes, Manuela, wussten Sie, dass Simone mit Thorsten Hillebrandt befreundet war? Also, nicht nur befreundet – ein Paar? Sie wissen schon, was ich meine."

„Wie bitte?" Manuela war ehrlich verdutzt. Vor Überraschung vergaß sie das Weinen.

„Sie haben nichts davon gewusst? Sie hat nicht erzählt, dass sie sich mit ihm trifft?"

„Nein!" Manuela überlegte einen Moment. „Allerdings wird mir jetzt so einiges klar. Dass Simone in den letzten Wochen so wenig Zeit hatte, dass sie herumdruckste, wenn man fragte, was sie so mache." Manuela hatte die Stirn in tiefe Falten gelegt. „Am Anfang ihrer Tätigkeit als freie Mitarbeiterin beim *SAZ*, da hat sie schon ziemlich von diesem Thorsten geschwärmt. Aber eben nur geschwärmt. Wir kannten das schon, weil – naja – vorher hatte sie eben von Ihnen geschwärmt. Simone steht nun mal auf –" Sie brach ab.

„Reifere Typen!", half ich ihr aus und versuchte zu lächeln.

„Ja, irgendwie schon." Manuela schlug verlegen die Augen nieder. „Irgendwann hat sie nichts mehr erzählt. Wir dachten, die Schwärmerei sei vorbei – als Nächster würde wahrscheinlich ihr Klavierlehrer drankommen oder sonst wer."

Ich dachte nach. „Dann hat sie vermutlich nichts mehr erzählt, nachdem sie mit ihm zusammengekommen ist."

„Aber warum?"

„Ich nehme an, weil er es nicht wollte", machte ich aus meinem Wissen keinen Hehl.

„Mir fallen auf einmal verschiedene Situationen ein", sagte Manuela nachdenklich. „Einmal kam sie verspätet zu einer

110

Party. Ich hab gefragt, wie sie hergekommen sei. Sie hat ja noch keinen Führerschein. Sie meinte, mit dem Bus. Aber das konnte nicht stimmen. Es fuhr zu der Zeit keiner. Das war irgendwie komisch. Wahrscheinlich hat dieser Typ sie gebracht."

„Ja, wahrscheinlich."

„Und einmal kam sie zu mir und hatte voll matschige Schuhe. Ich hab sie gefragt, wie das denn käme, da hat sie rumgedruckst, von wegen – sie wäre alleine spazierengegangen. Wo denn, habe ich dann gefragt, weil das so ein komischer Matsch war, kein Schlamm von einem Waldweg, sondern so ein rotbraunes, lehmiges Zeugs. Sie sagte, sie sei an einem Steinbruch spazierengegangen. Wir haben sie dann schlichtweg für verrückt erklärt. Jetzt, da Sie das erzählt haben, vermute ich, die beiden haben sich einsame Plätze gesucht, um sich zu treffen."

„Das ist gut möglich, ja."

Manuela dachte weiter nach. „Moment mal", sagte sie dann, „Simone war mit Thorsten zusammen. Heißt das irgendetwas für diesen Mord?"

Simones Freundin sah mich mit großen Augen an.

„Ich glaube nicht", sagte ich möglichst überzeugend. Trotzdem war ich froh, als es klingelte.

„Wir sprechen ein andermal weiter. Und die Sache mit Vorhoff vergessen wir einfach."

Manuela sah mich glücklich an. „Danke!"

Auf dem Flur lief ich als Erstes Schwester Wulfhilde über den Weg.

„Ich habe Sie überall gesucht", sagte sie zur Begrüßung.

„Ich Sie auch!", grüßte ich tapfer zurück.

„Wir müssten kurz sprechen", sagte sie dann. „Es dauert nicht lange, Sie können nachher noch in den Unterricht gehen."

„Dieser Vorhoff hat mich reingerissen", war das Erste, was ich sagte, als sie mich in ihr Büro geführt hatte

„Das ist mir schon klar."

Wenn sie gewusst hätte, wie wohl mir dieser Satz tat.

„Es gibt zwei Möglichkeiten", fuhr sie dann sachlich fort, „entweder wir lassen uns auf den Krieg ein und versuchen eine Gegendarstellung – oder ..."

„… oder wir halten still", führte ich ihren Gedanken zu Ende. So unmöglich mir diese Variante anfangs auch erschienen war, so sehr war ich doch jetzt davon überzeugt. „Ich kann nur verlieren", erklärte ich, „und eine Schlammschlacht möchte ich ihm einfach nicht gönnen."

„Ich sehe das auch so", stimmte sie zu, „allerdings werde ich einen Artikel an die Chefredaktion schreiben, um mich über den Stil dieses Redakteurs zu beschweren. Unmöglicher Kerl! Es gibt kaum jemanden, der so viele Rechtschreibfehler setzt wie dieser Vorhoff."

Ich blickte meine Chefin an. Sie grinste über das ganze Gesicht. Ich hätte sie am liebsten in die Arme genommen.

25

„Unser Fall ist abgeschlossen", Max' Worte klangen kühl. Sie sollten auch kühl klingen. Er hatte die Sätze mehrmals im Kopf geübt.

„Aha, das freut mich." Marlene klang ebenfalls kühl. Sie brauchte nicht zu üben. Sie konnte das so.

„Hör zu, Marlene", Max wechselte mit dem Hörer von einem Ohr zum anderen. „Ich habe gestern Abend einen Anruf bekommen, der wesentlich zu eurem Fall beiträgt. Ich möchte wieder einsteigen, und zwar sofort."

„Was für einen Anruf?"

„Ich möchte zuerst deine Zusage haben."

Marlene lachte auf. „Max, das ist nicht dein Ernst. Du kannst nicht denken, dass ich mich von dir unter Druck setzen lasse. Wenn ich weitergebe, dass du mit Informationen hinter dem Berg hältst, kannst du dich von der Kripo als solcher verabschieden."

„Und wenn ich weitergebe, dass du Arbeit und Privatleben nicht unter einen Hut bekommst, dürfte das für dich auch nicht gerade förderlich sein."

„Wir sollten das Gespräch an dieser Stelle beenden."

„Dann werde ich es an anderer Stelle weiterführen", Max versuchte, sachlich zu klingen, was ihm nur mäßig gelang.

„Wie ich gehört habe, steckst du im Sumpf. Von dem Mädchen keine Spur – genauso wenig von einem Täter. Wolfgang Hillebrandt hat mir Informationen gegeben, die uns weiterbringen können."

„Der Bruder des Opfers?" Marlene klang jetzt interessiert.

„Ja, aber ich verspreche dir, dass er nur bei mir aussagen wird. Er ist ein sturer Bock. Wenn er kein Vertrauen hat, wird er nichts sagen."

„Ich werde dir innerhalb von drei Stunden das Gegenteil beweisen."

„Stattdessen könnten wir innerhalb der nächsten halben Stunde viel Weiterführendes leisten."

„Was willst du, Max?" Marlenes Stimme klang gequält.

„Ich möchte an den Ermittlungen teilnehmen. Ich denke, ich habe mich in keiner Weise dafür disqualifiziert. Dass du mich hinausgesetzt hast, ist allein auf einem persönlichen Hintergrund zu sehen."

Marlene schwieg. Max wusste, dass das ein gutes Zeichen war.

„Hör zu, Max", sagte sie schließlich. „Von mir aus bist du dabei. Aber die Ermittlungen sind aufgeteilt in die Suche nach Simone Reinold und die Mordermittlungen zu Thorsten Hillebrandt. Bei der Suche möchte ich dich nicht dabeihaben, das ist mir zu nah an deinem Freund. Du kannst in der Mordermittlung arbeiten."

Max dachte nach. Die beiden Dinge waren untrennbar. Aber das wollte er jetzt nicht diskutieren.

„In Ordnung", sagte er. Dann begann er von Wolfgangs Anruf zu berichten.

26

Als ich zu Hause war, legte ich mich ins Bett. Ich fühlte mich krank. Angeschlagen – im wahrsten Sinne des Wortes. Gegen fünf am Nachmittag kam Alexa herein, mit einem Telefonhörer in der Hand.

„Max", sagte sie. Mehr nicht.

„Hallo", ich klang heiser.

„Vincent! Ich habe eine gute Nachricht für dich."

„Habt ihr Simone?" Schlagartig saß ich im Bett.

„Naja, so gut ist die Nachricht auch wieder nicht. Ich wollte nur sagen, ich bin wieder bei den Ermittlungen dabei."

„Ach so!" Ich ließ mich ins Kissen zurückfallen.

„Verdammt, ich hab gehört, was heute über dich geschrieben worden ist."

„Möchtest du mir Personenschutz anbieten?" Für ein bisschen Zynismus hatte ich noch Kraft. „Vielleicht stehen gleich ein paar Leute vorm Haus, die Steine werfen und „Kinderschänder!" brüllen."

„Na na, ganz so schlimm ist es wohl nicht."

„Eben haben meine Schwiegereltern angerufen und gefragt, ob ich jetzt meine Stelle verliere und sie uns monatlich unterstützen müssen. Ich fühle mich furchtbar. Allein schon, sich überhaupt rechtfertigen zu müssen."

„Kann ich verstehen. Ich habe gehört, dass Simone gestern bei dir angerufen hat."

Ich nickte, was Max leider nicht mitbekommen konnte.

„Marlene meinte, es gäbe tatsächlich einen Artikel, an dem Hillebrandt aktuell gearbeitet habe."

„Das schon, aber ich glaube, Simone sieht das Mordmotiv woanders. In einem Fakt, von dem wir überhaupt nichts ahnen."

„Und der sie davon abhält, nach Hause zurückzukehren? – Moment!" Max stutzte plötzlich. „Sie will nicht nach Hause", er schwieg einen Moment. „Vincent, wie ist das Verhältnis zwischen Simone und ihrer Mutter?"

Ich versuchte, Max' Gedanken zu folgen und gleichzeitig zu antworten. „Naja, so lala. Die üblichen Mutter-Tochter-Querelen vermutlich. Vielleicht können Simones Freundinnen mehr dazu sagen. Sicher ist das allerdings nicht. Zumindest von der Beziehung zwischen Simone und Thorsten Hillebrandt war ihrer Clique nichts bekannt. Simone hat sich in den letzten Monaten sehr zurückgezogen. Vermutlich, weil Hillebrandt die Beziehung nicht an die große Glocke hängen wollte. Bestimmte Dinge sind Simones bester Freundin erst im Nachhinein klar geworden – wie Simone zu einer Party gekommen ist zum Beispiel – warum sie matschige Schuhe anhatte …"

„Matschige Schuhe?"

„Damit ist sie mal in der Clique aufgetaucht. Zur Erklärung hat sie gesagt, sie sei in der Nähe eines Steinbruchs spazierengegangen. Wahrscheinlich haben sich Simone und Thorsten bewusst weiter weg getroffen – an ungewöhnlichen Plätzen in der freien Natur."

„Matsch", wiederholte Max nachdenklich.

„So spannend ist das jetzt auch wieder nicht."

„Ich habe da eine Assoziation", Max war mit seinen Gedanken weit weg. Das war sogar durchs Telefon zu spüren. „Es gibt im Zusammenhang mit Thorsten Hillebrandt Dateien – oder besser Dateinamen – die Dateien selber haben wir nämlich leider nicht gefunden. „Dreckschleuder" heißen die."

„Dreckschleuder?", wiederholte ich. „Dreckschleuder sagt man, wenn jemand Müll erzählt. Wenn jemand bösartig etwas über einen anderen verbreitet. Was Vorhoff heute mit mir gemacht hat, das könnte man unter dem Kapitel „Dreckschleuder" abheften."

„Naja, ich meinte es eigentlich anders. Konkreter. Ein altes Auto, das stinkende Auspuffgase ausstößt, nennt man Dreckschleuder. Eine Fabrik, bei der die Schornsteine qualmen. Thorsten Hillebrandt war ein Mensch, der Wortspiele liebte, wurde uns erzählt. Vielleicht hat es mit den Dateinamen eine besondere Bewandtnis", Max grübelte wieder. „Ach, lassen wir das", er kam zu seinem ursprünglichen Thema zurück, „weißt du sonst noch etwas über die Mutter?"

„Sie war hier", erklärte ich, „sie hat mich besucht. Um Anhaltspunkte zu finden, wo Simone sein könnte."

„Sie hat dich besucht?"

„Ja, sie wollte wissen, was Simone am Telefon genau gesagt hat – in der Mordnacht."

„Und was war das?"

„Max", beschwerte ich mich, „das habe ich der Polizei jetzt hundertmal erzählt."

„Trotzdem."

Ich versuchte mir die Situation wieder einmal ins Gedächtnis zu rufen. „Ich sagte, wir müssten jetzt die Polizei verständigen, worauf Simone etwas stammelte. Deshalb fragte ich, *ob* sie bereits die Polizei verständigt habe. Und Simone antwortete: ‚Meine Mutter, meine Mutter.' Ich fragte nach: ‚Ihre Mutter hat die Polizei verständigt?' Darauf antwortete sie nicht. Nach einer Weile schrie sie noch: ‚Nein, nein!' Dann war das Gespräch plötzlich beendet. Insgesamt wirkte Simone die ganze Zeit über völlig verwirrt. Sie stand unter Schock und schaffte es kaum, meine Fragen zu beantworten."

Max schwieg. Ich hielt mich ebenfalls zurück, um seine Gedanken nicht zu stören.

„Das ist interessant", sagte er schließlich. „Sie war kaum in der Lage, deine Fragen zu beantworten. Was ist, wenn Simone das auch gar nicht getan hat? Wenn sie einfach gesagt hat: ‚Meine Mutter! Meine Mutter! Nein! Nein!'?"

„Du meinst – ", ich hielt inne, „Simone hat ihre Mutter in Verdacht – oder mehr noch, sie hat ihre Mutter *gesehen*?"

„Wäre das nicht möglich?"

„Aber warum sollte ihre Mutter ... und vor allem: wie? Thorsten Hillebrandt ist erschossen worden. Wie sollte Simones Mutter an eine Waffe gekommen sein? Wisst ihr etwas Genaueres über die Waffe?"

„Es gibt natürlich ein ballistisches Gutachten. Frag mich jetzt nicht nach dem Kaliber. Gemerkt habe ich mir nur, dass es nicht allzu oft vorkommt. Lediglich bei einer *Nagant*."

„Gab es denn am Tatort noch andere Spuren? Fingerabdrücke, DNA-Material? Etwas, was man der Mutter zuordnen könnte?"

„Es gibt viel zu viele Spuren. Das ist das Problem. Die Leute im Labor arbeiten sich tot. Das Blut übrigens, das du an der Tür gesehen hast, stammt vom Opfer. Darüber hinaus hat man vier DNA-Sätze analysiert, die wir bislang nicht zuordnen konnten. Wenn sich herausstellt, dass einer davon von Simones Mutter ist ... Aber Vincent", Max sprach jetzt sehr eindringlich, „all das hätte ich dir natürlich gar nicht erzählen dürfen. Behalt es für dich! Sonst bin ich meinen Job los."

„Max, du weißt, dass du mir vertrauen kannst."

„Ja, das weiß ich. Aber ich weiß auch, dass ich mit einem großen Vertrauensvorschuss in den Fall wieder hineingekommen
bin, und den möchte ich nicht verspielen. Ich muss jetzt auch
Schluss machen. Sobald es etwas Wichtiges im Zusammenhang mit Simone gibt, melde ich mich. Ciao, bis bald." Max
legte auf.

Ich selbst schloss die Augen. Simones Mutter. Selbst wenn sie
in den Besitz einer Waffe gekommen wäre, warum sollte sie
Thorsten Hillebrandt umgebracht haben? Weil sie herausgefunden hatte, dass er der Freund ihrer Tochter war? Ein Mann,
ungefähr so alt wie sie selbst. Mir schien das nicht ausreichend
als Grund für einen Mord. Außerdem war doch Thorsten Hillebrandts Laptop verschwunden. Warum sollte Simones Mutter
ihn mitgenommen haben? Das passte nicht zusammen.

Hoffentlich kam Simone bald zurück. Es gab so vieles aufzu-
klären.

27

Simone zitterte. Das war nicht gut, was hier ablief. Am Anfang
hatte sie sich wohlgefühlt. Hatte gedacht, das ist der einzige
Mensch, der mich versteht. Aber jetzt war das anders. Sven
machte ihr ein schlechtes Gewissen. Und er hatte einen Tonfall
drauf, der ihr nicht gefiel. Zunächst hatte sie es gut gefunden,
dass er sehr bestimmt mit ihr sprach. Er hatte ihr das Gefühl gegeben, zu wissen, was zu tun war. Aber das war jetzt umgeschla-
gen. Inzwischen fühlte sie sich von ihm drangsaliert.

Auch wie er ihr eben das Gesicht gestreichelt hatte – das war
nicht gut, das mochte sie nicht. In ihr wuchs beständig das Gefühl: lieber hier weg.

Klar, sie hatte Zuflucht gesucht nach den schrecklichen Ereignissen. Alles hatte sie sich vorstellen können – nur nicht zurück
zu ihrer Mutter. Von seiner Wohnung aus hatte sie der Sache
auf den Grund gehen wollen. Hatte herausfinden wollen, ob
ihre Ahnungen stimmten. Aber letztlich war sie in der Sache gar
nicht weitergekommen! Den Samstag über hatte sie eigentlich

nur geheult, bis Sven ihr ein Beruhigungsmittel gegeben hatte. Danach hatte sie zwar weitergeheult, aber es war nicht mehr so schlimm gewesen. Sie hatte sich wegheulen, wegträumen können in eine andere Welt. Eine Welt mit Thorsten. So, wie sie das früher getan hatte. Das meiste von dem, was wirklich wichtig war in ihrem Leben, hatte sie sich erträumt, ausgedacht. Gemeinsame Urlaube. Begegnungen am Strand. Eine gemeinsame Einladung zu einem Ball ... Umso unvorstellbarer war es dann gewesen, dass mit Thorsten alles wahr geworden war. Dass er sie nicht nur im Traum geliebt hatte, sondern in der Realität. Dass er sie *wirklich* berührt hatte. Dass er ihr *wirklich* gesagt hatte, wie sehr er sie mochte. Dass er sie *wirklich* geküsst hatte. Dass er *wirklich* ...

Simone schluckte. Sie wusste, dass sie alles falsch gemacht hatte. Sie hätte ihrer Mutter nicht davon erzählen dürfen. Sie hatte es Thorsten versprochen. Und dann hatte sie es doch getan – aus Trotz. Mein Gott, sie war 17. Und ihre Mutter hatte einen Aufstand gemacht, weil sie abends noch weggewollt hatte. Von wegen – sie wäre in der Woche jeden Abend aus dem Haus gewesen. Und am Vortag viel länger als sie eigentlich gedurft hätte! Simone hatte sich so etwas nicht mehr sagen lassen wollen. Zumal sie sich am Freitag nur mit ihren Freundinnen hatte treffen wollen! Nach langer Zeit endlich mal wieder mit ihren Freundinnen!

Es war schon verkorkst. Immer wenn sie sich mit Thorsten getroffen hatte, hatte sie erzählt, sie sei mit ihren Freundinnen verabredet. Aber ihre Mutter war misstrauisch geworden, weil Simones Schwindel einmal aufgeflogen war. Ihre Freundin Nina hatte sich bei ihr zu Hause gemeldet, obwohl Simone behauptet hatte, sich ausgerechnet mit Nina treffen zu wollen. Daraufhin hatte ihre Mutter sich immer ganz genau erkundigt.

Es war einfach nervig. Simone hätte die Sache mit Thorsten nicht mehr lange geheimhalten können. Und auch nicht mehr geheimhalten wollen! Als ihre Mutter dann herumgemotzt hatte, war Simone einfach geplatzt und hatte alles erzählt. Dass sie eh nicht mehr lange zu Hause wohnen wollte, weil sie mit Thorsten zusammenziehen würde; mit ihm sei sie schon seit mehreren Wochen liiert. Ihre Mutter hatte heftig reagiert.

„Bist du verrückt?", hatte sie gebrüllt. „Der Mann ist fast zwanzig Jahre älter als du. In dem Alter will man eine Familie gründen."

„Na und?", hatte Simone trotzig geantwortet. „Und was, wenn ich schon schwanger bin?"

„Wie bitte?" Ihre Mutter hatte sie angestarrt. „Du bist 17! Du weißt ja nicht, wovon du redest. Willst du etwa das Gleiche erleben wie ich?"

Simone wusste, dass sie ihre Mutter wie versteinert angeblickt hatte.

Das Gleiche erleben wie sie. Nie hatte ihre Mutter ihr so deutlich gesagt, dass sie sie nicht gewollt hatte. Dass sie, Simone, eine Belastung gewesen war. Dass man so etwas wie Simone niemandem gönnen konnte.

„Thorsten liebt mich!", hatte Simone deshalb zurückgebrüllt. „Du weißt ja gar nicht, was das bedeutet. Dich hat ja niemals jemand geliebt!"

Diesmal war es ihre Mutter gewesen, der die Worte gefehlt hatten. Es hatte eine ganze Weile gedauert, bis sie ihre Sprache wiedergefunden hatte.

„Er liebt dich?", hatte sie irgendwann gesagt – mit einer Stimme, die eiskalt gewesen war. „Du weißt ja gar nicht, was Liebe ist. Simone, du träumst!" An dieser Stelle hatte ihre Mutter sie an den Oberarmen gepackt. „Dieser Kerl ist doppelt so alt wie du. Und es ist ein Wahnsinn, sich von jemandem wie ihm sein Leben kaputtmachen zu lassen. Wenn du das selbst nicht kapierst, werde ich mit ihm reden!"

„Das wirst du nicht!" Simone hatte sich mit einem Ruck losgemacht. Dann war sie einfach in ihr Zimmer gegangen und hatte sich eingeschlossen. Ihre Mutter hatte noch einmal versucht, mit ihr zu sprechen – kurz bevor sie losgefahren war. Aber Simone hatte nicht reagiert. Vielleicht hätte sie es besser getan. Vielleicht hätte sie dadurch etwas verhindert!

Simone wurde es plötzlich schlecht. Sie wusste, was ihre Mutter getan hatte. Schließlich hatte sie die Waffe selber gesehen.

Ihre Mutter hatte sie immer mitgehabt, wenn sie in Urlaub gefahren waren. Sie hatte sie ihr gezeigt, als Simone einmal nachts vor Angst geweint hatte. Sie hatten wild gezeltet. In Südfrankreich.

„Du musst doch keine Angst haben", hatte ihre Mutter geflüstert. „Ich pass schon auf dich auf."

Und dann hatte sie ihr diesen Revolver gezeigt. Einen wirklichen, echten Revolver, der aussah wie die in den Filmen.

Simone musste ziemlich erschrocken geschaut haben. „Wo hast du den her?"

Ihre Mutter hatte gelächelt – so, als hätte Simone gerade unter dem Strauch ein paar Ostereier gefunden.

„Den hab ich von meiner Mutter. Mein Großvater hat ihn aus dem Krieg mitgebracht. Eine belgische Waffe."

„Und die geht?"

„Natürlich. Ich habe sie ausprobiert. Meine Mutter hat mir schließlich auch Patronen gegeben. Sie ist nicht mal besonders laut."

Nicht mal besonders laut! Simone schluckte, jetzt, da sie daran dachte. Vielleicht hatte deshalb in den Wohnungen über der Redaktion niemand etwas gehört. Und ihr fiel noch etwas ein. Als ihre Mutter die Waffe weggepackt hatte, da hatte Simone gemeint, das ginge doch nicht. Sie dürften doch nicht einfach eine Waffe mit sich herumschleppen. So ganz ohne Waffenbesitzschein.

„Merk dir eins, Simone", hatte ihre Mutter gesagt und sie dabei eindringlich angeschaut. „Man kommt gut allein zurecht als Frau. Wenn man sich nichts gefallen lässt. Und wenn man die Mittel kennt, mit denen man sich verteidigen kann."

Simone zog sich der Magen zusammen. So hatte ihre Mutter den Mord an Thorsten verstanden. Sie hatte Simone verteidigt. Gegen einen Mann, der drauf und dran war, Simones Leben zu zerstören.

Und nicht nur Simones.

Auch ihr eigenes.

28

„Es tut mir leid, was passiert ist!" Heike Jablonskis Stimme war belegt. „Ich möchte Ihnen nur sagen, dass Vorhoffs Stil nicht charakteristisch für unsere Zeitung ist." Die Redakteurin zögerte einen Augenblick. „Und dass ich persönlich zutiefst missbillige, was über Sie geschrieben worden ist."

„Danke."

„Ich kann nur hoffen, dass Vorhoff Druck bekommt. Es hat heftige Beschwerden gegeben. Sie haben viele Fans."

„Wie bitte?"

„Ja, es haben sich etliche Leser beschwert – sogar hier bei uns in der Redaktion."

„Im Ernst?"

„Sonst würde ich es nicht sagen. Und auch innerhalb unserer Redaktion hat sich Widerstand gebildet."

„Das freut mich. Das freut mich wirklich sehr."

„Ich hoffe, Sie haben sich das Ganze nicht allzu sehr zu Herzen genommen?"

„Ich würde lügen, wenn ich behauptete, es machte mir nichts aus. Und ich frage mich die ganze Zeit, was Vorhoff da treibt."

„Um ehrlich zu sein, er hat etwas gegen Lehrer."

Ich rief mir in Erinnerung, wie selbstgefällig Vorhoff bei meinem Praktikumsbesuch hinter seinem Schreibtisch gesessen hatte.

„Das mag zwar sein", gab ich zu, „aber kann das ernsthaft der Grund sein?"

„Naja, für eine reißerische Story ist ihm halt jedes Mittel recht. Selbst mich wollte er gestern anbohren – so als Ex-Freundin."

„Kann es nicht auch sein, dass er von etwas anderem ablenken will?"

„Sie meinen – von sich selbst?"

„Zum Beispiel."

Heike Jablonski stutzte. „Darüber habe ich noch nicht nachgedacht."

„Naja, ich habe den halben Nachmittag im Bett gelegen und mir Gedanken gemacht. In dem Zusammenhang hätte ich sowieso noch eine Frage." Max' Dreckschleuder-Assoziation war mir nicht mehr aus dem Kopf gegangen.

„Nur zu!"

„Eine Mitschülerin von Simone hat mir erzählt, dass Simone und Thorsten sich vermutlich mal in einem Steinbruch getroffen haben. Können Sie sich vorstellen, wo das gewesen sein könnte?"

Heike Jablonski zögerte einen Moment. „Tut mir leid, mit mir ist Thorsten nie in einem Steinbruch gewesen. Vielleicht hat er diese Variante mit seinen jüngeren Liebhaberinnen bevorzugt."

Wups. Ein Fettnäpfchen.

„Es tut mir leid, ich wollte Sie nicht verletzen. Es ist nur – ich dachte, vielleicht hat ein Steinbruch auch journalistisch mal eine Rolle gespielt."

„Journalistisch? Wie meinen Sie das?"

„Sie wissen ja – ich suche eine ältere Geschichte. Ist mal aus irgendwelchen Gründen über einen Steinbruch berichtet worden?"

Wieder zögerte Heike Jablonski auffallend lange.

„Es gab mal einen Unfall", sagte sie dann. „Ein LKW-Fahrer ist im Borketal abgestürzt. Er war sofort tot."

„Ein Unfall im Borketal?", wiederholte ich ungläubig. „Ich lese regelmäßig Zeitung. Warum weiß ich davon nichts?"

„Es stand schon in der Zeitung", verteidigte sich die Redakteurin, „sonst könnte ich ja nichts dazu sagen."

„Wann war das?"

„Irgendwann im Sommer. Vielleicht sind Sie gerade im Urlaub gewesen."

„Ja, das kann sein", murmelte ich nachdenklich. „Ein tödlicher Unfall in einem Borketal-Steinbruch."

„Ehrlich gesagt verstehe ich nicht, warum Thorsten deshalb mit seiner neuen Freundin in diesem Steinbruch herumspaziert sein sollte."

„Um der Sache genauer auf den Grund zu gehen?", mutmaßte ich.

„Soweit ich weiß, gab es da nicht viel zu recherchieren. Die Sache ist polizeilich untersucht worden. Arbeitsunfälle passieren an solchen Gefahrenpunkten leider ab und zu. Aber vielleicht hat der Steinbruch ja eine ganz besondere Bedeutung", Heike Jablonskis Tonfall wurde plötzlich sarkastisch, „vielleicht hält sich darin Simone Reinold versteckt."

Als ich ein Klicken hörte, wusste ich, das Gespräch war beendet.

29

„Ja?" Max' Ton war ein Bellen. Er konnte mit Walter konkurrieren.

„Du hast auch schon mal netter geklungen."

„Du hast auch schon mal in günstigeren Situationen angerufen."

„Liegst du schon im Bett?"

„Nein, im Gegenteil – warte, ich mache mal eben die Tür zu." Ich hörte durch den Hörer, wie Max eine Tür schloss. „Wir sind gerade bei Frau Reinold", sagte er anschließend in halblautem Ton.

„Warum?"

„Ein anonymer Anrufer hat sich bei uns gemeldet, um zu berichten, dass Reinolds eine Waffe besitzen", Max sprach so leise, dass ich mich sehr konzentrieren musste, um ihn verstehen zu können. „Daraufhin haben wir uns die Mutter noch einmal vorgeknöpft und tatsächlich: Es gibt eine Waffe."

„Das ist nicht dein Ernst!" Ich war sprachlos. Und dankbar, dass Frau Reinold sie bislang nicht zum Elternsprechtag mitgebracht hatte.

„Ein Erbstück. Nicht registriert. Ganz nebenbei ist sie plötzlich nicht mehr auffindbar."

„Aber Frau Reinold hat kein Motiv."

„Seit neuestem schon: Simone hat ihrer Mutter am Freitag gesagt, dass sie mit Thorsten Hillebrandt zusammen ist. Die beiden haben heftig gestritten. Simone hat gesagt, dass sie sich sogar vorstellen könnte, mit Thorsten ein Kind zu haben."

„Wie bitte?" Ich fasste es nicht. „Warum hat die Mutter das nicht früher gesagt?"

„Gute Frage! Jedenfalls ist sie explodiert und hat angekündigt, selbst mit Thorsten Hillebrandt zu sprechen."

Ich konnte kaum glauben, was ich da hörte. Ich hatte Max angerufen, um mit ihm Steinbruchgeschichten zu erörtern!

„Das mit dem Kind", stammelte ich, „wie war das gemeint? War das rein theoretisch – oder ist Simone womöglich schon schwanger?"

„Das fragt sich inzwischen sogar Frau Reinold."

„Moment!" wehrte ich mich gegen das, was sich da aufdrängte, „Thorsten Hillebrandts Laptop ist verschwunden. Das deutet doch auf ein ganz anderes Mordmotiv hin."

„Das mag sein", Max seufzte, „aber leider kann ich das jetzt nicht weiter diskutieren. Wie gesagt, ich bin im Arbeitszimmer der Reinolds. Zwei Kollegen sind mit Frau Reinold aufs Revier gefahren, um ihre Aussage zu protokollieren und eine Speichelprobe zu entnehmen. Die Mordermittlungen und die Suche nach Simone verbinden sich jetzt. Deshalb fuckelte ich am Computer herum, um etwas über ihren Aufenthaltsort herauszufinden."

„Du checkst die Mails?"

„Das ist schon passiert. Mir geht es um Chatkontakte. Aber ich komme nicht weiter. Da muss jemand dran, der sich auskennt. Vor morgen früh wird das nichts werden."

Ich überlegte einen Augenblick.

„Würde es dir helfen, wenn ich jemanden besorge?"

„Wen – jemanden?"

„Einen Freak. Einen, der sich auskennt. Der alles knackt. Einen Schüler."

„Nein, das ist unmöglich."

„Es war nur ein Angebot. Weil er wahrscheinlich sofort erreichbar wäre."

Ich hörte förmlich, wie es in Max' Gehirn ratterte.

„Ich müsste das erst klären", sagte er dann.

„Wie du willst. Du kannst mich noch eine Weile erreichen."

„In Ordnung. Danke."

Als ich aufgelegt hatte, fiel mir ein, dass ich Max gar nicht gesagt hatte, warum ich ihn hatte sprechen wollen. Andererseits konnte ich mit Max' Neuigkeiten auch nicht im Ansatz konkurrieren.

30

Er konnte nicht schlafen. Er konnte eigentlich überhaupt nicht mehr schlafen. Jedenfalls nicht mehr lange am Stück. Ständig wachte er auf und grübelte nach, bis sich alles im Kreis drehte. Morgens fühlte er sich dann wie gerädert. Hing herum, war übellaunig, konnte sich nicht konzentrieren. Seine Leute merkten das. Bertram hatte ihn neulich gefragt, was mit ihm los sei. Ob er sich krank fühle. Das hatte ihn alarmiert. Er durfte sich nicht hängenlassen, nicht signalisieren, dass etwas nicht stimmte. Da hatte Steffie schon recht. Er musste Stärke ausstrahlen. Normalität. „Ja, ich glaub, mir sitzt eine Grippe in den Knochen", hatte er gesagt. „Das braucht ein paar Tage. Dann bin ich wieder ganz auf dem Damm." Bertram hatte genickt, und dann hatte er vom Fußball erzählt.

Er drehte sich auf den Rücken. Falls er jetzt einschlafen würde, würde er schnarchen. Dann würde Steffie ihn wecken und auf die Seite drehen. Aber er würde sowieso nicht einschlafen. Er konnte ruhig auf dem Rücken liegen bleiben. Dann plötzlich spürte er, dass er Durst hatte. Er sollte etwas trinken. Leise stand er auf und ging ins Badezimmer hinüber. Der Zahnputzbecher war voll mit Zahnbürsten und Tuben. Ein Glas wollte er nicht extra holen. Also ließ er sich Wasser in die Hand rinnen und trank einen Schluck. Er musste das Ganze ein paarmal wiederholen, dann hatte er seinen Durst gelöscht. Weil er gerade einmal im Bad war, ging er noch zur Toilette. Er setzte sich sogar – wie Steffie es ihm eingetrichtert hatte. Ein Kinderbuch lag auf der Heizung neben dem Klo. Jenny oder Lena hatten es dort liegenlassen. Er nahm es in die Hand. „Die Geschichte vom guten und vom bösen Hasen." Guter Hase, böser Hase. Was war das für ein Titel? Gab es böse Hasen? Hasen waren nicht böse. Hasen waren immer nur Hasen. Nur Menschen konnten böse sein. Nur unter Menschen gab es gute und böse. Böse, dachte er. Böse. Dann begann er zu weinen. Er weinte, wie er nicht mehr geweint hatte, seit er ein Kind gewesen war.

31

Während ich Marius zusah, fragte ich mich, ob der Ausdruck „Computerhacker" damit zu tun hatte, wie diese Leute auf die Tastatur einhackten oder eher damit, dass Computerhacker fremde Programme zerstören konnten. Vielleicht beides.

Auf jeden Fall waren Computerhacker ziemlich schweigsam. Die Fahrt zur Wohnung von Simones Familie hatte vor allem darin bestanden, dass ich durch lockeres Fragen ein Gespräch hatte anregen wollen und Marius jede Frage nur mit *Ja* oder *Nein* beantwortet hatte. Nach einer Viertelstunde hatte ich es aufgegeben und ebenfalls geschwiegen.

Jetzt schwiegen wir im Arbeitszimmer der Familie Reinold weiter. Er am Computer, Max auf dem Gästebett, ich auf einem Korbstuhl in der Ecke. Bislang hatte Marius immer nur irgendwelche Zahlen eingegeben, hatte Kombinationen kopiert und auch mal etwas mit der Hand aufgeschrieben. Das Ganze war langweilig anzusehen.

Simone ging mir durch den Kopf. War sie womöglich wirklich schwanger? War es das, was sie „klären" musste? Diese „Klärung" konnte unterschiedliche Gesichter haben, die ich mir nicht näher ausmalen wollte. Ich verlegte mich daher auf die stumme Betrachtung des Arbeitszimmers. Ein blauer, angenehmer Teppichboden und eine Reihe Billy-Regale. An der Wand hingen anspruchsvolle Fotos in Schwarzweiß, von Simone und ihrer Mutter, außerdem drei Karikaturen – witzigerweise über Lehrer. Der Schreibtisch war abgeräumt, wahrscheinlich hatte hier die Polizei schon ganze Arbeit geleistet. Im Flur waren mir ein paar große, sehr expressive Bilder aufgefallen. Leider hatte Max mir nicht viel Zeit zur Betrachtung gelassen. Ich war schon froh, nicht mit Augenbinde an diesem Vorhaben teilnehmen zu müssen. Die Einführung von Privatpersonen in Reinolds Wohnung hatte extra genehmigt werden müssen.

„Ich hab's", sagte Marius plötzlich und strich sich seinen Zopf zurück.

Die Schweigeunterbrechung kam so unvorbereitet, dass Max hochfuhr. Er musste sich erst einen Moment orientieren, bevor er zuhören konnte.

„Ich hab das Passwort geknackt. Hier ist eine Liste von Leuten, mit denen von diesem Computer aus über CSQ gechattet worden ist."

Max trat an den Bildschirm. „Wie viele sind das?"

„88."

„Puh!" Max fuhr sich durchs Haar. Er sah nicht gerade glücklich aus. Dann las er mit gerunzelter Stirn vor, was auf dem Bildschirm zu sehen war: *„Brittaspatz, Nicegirl, Annekind, Blindheart, Pansen, Teddybear, Macke, Chatmouse* – das sind die Nicknames. Darunter werden wir sie leider kaum im Telefonbuch finden."

„Es gibt zu jedem Nickname weitere Informationen", erklärte Marius. „Sofern die Teilnehmer bei der Anmeldung korrekte Angaben gemacht haben, liegen sie hier vor."

„Kannst du mir eine Auflistung machen?"

„Kein Problem – über alle 88?"

„Sagen wir – über die, mit denen Simone in den letzten zwei Wochen Kontakt hatte."

Marius nickte. Dann begann er wieder, in die Tasten zu donnern.

32

Wolfgang schaute auf den Bildschirm. Er hatte das gar nicht gewusst. Sie musste versehentlich mitkopiert worden sein – als Thorsten für Annegret einige Beispiele zum neuen Buchhaltungsprogramm übertragen hatte.

Dreckschleuder1.doc stand dort zwischen den Dateien *Deckkosten.doc* und *Duenger.doc*. Wolfgang schaute auf die Uhr. Nach zwölf. Er konnte die Polizei jetzt nicht mehr anrufen. Zumindest diesen Kripomann nicht, diesen Schneidt. Vielleicht war es auch gar nicht nötig. *Wahrscheinlich* war es gar nicht nötig. Er würde einfach mal reinschauen.

Als er die Datei öffnete, zeigte sich nicht viel. Nur ein kurzer Text. Eine Art Liste. Eine Liste mit Daten und Stichworten. Es sah schon wie eine Recherche aus – aber wie eine weitgehend verschlüsselte Recherche.

– 6.7.: Unfall
– 7.7.: Berichterstattung A: Unfall, Ermittlungen, keine Namen
– 10.7.: Berichterstattung B: Ergebnis, keine Namen
– Aussagen: Zmann: „Angehörige schonen": welche?
– Sprengerin in MV: „Großzügige Abfindung"

FRAGEN:
– Früher Arbeitsbeginn – warum?
– Transport von wo?
– Beziehung Zmann – SSBmann?

– Gisela fragen?
– ggf Holger Wenniges anrufen
– Heike einbeziehen???

Wolfgang las den Text dreimal durch. Und immer blieb er beim letzten Satz hängen. *Heike einbeziehen???* Heike. Thorsten hatte überlegt, ob er sie hinzuziehen sollte. Wie er sich wohl entschieden hatte? Ob sie inzwischen von den Zusammenhängen wusste? Ob sie eine Ahnung hatte, wer *Zmann* und wer *SSBmann* war und was es mit *Dreckschleuder* auf sich hatte?

Ob er sie – fragen sollte? Der Gedanke, Heike anzurufen oder vielleicht sogar zu treffen, machte ihn augenblicklich nervös. Aber es war eine angenehme Aufgeregtheit. Der Gedanke ein angenehmer Gedanke. Er würde darüber nachdenken. Er hatte ja noch die ganze Nacht Zeit.

33

Wir standen im Flur, Max und ich. Ich wollte ihn kurz allein sprechen – erklären, warum ich am späten Nachmittag angerufen hatte.

„Ich weiß, dass ihr euch in den Ermittlungen auf Frau Reinold konzentriert", begann ich, „aber diese Schmutz-Assoziation ist mir nicht aus dem Kopf gegangen."

Max' Blick zeigte mir, dass er nicht wusste, wovon ich eigentlich sprach.

„Du weißt schon", erklärte ich ungeduldig, „die Dreckschleuderdatei, die matschigen Schuhe – "

„Ach so!" Max nickte.

„Dazu ist mir etwas eingefallen. Eine Kollegin von Hillebrandt hat mich darauf gebracht, und dann habe ich nachrecherchiert. Vor einem guten halben Jahr hat es bei den *Sauerländer Steinbrüchen* einen Unfall gegeben. Ein LKW ist abgestürzt, ein 30-Tonner, der Fahrer ist bei dem Unfall tödlich verunglückt. Wäre es nicht möglich, dass Hillebrandt diese Sache nachrecherchiert hat?"

„Wie kommst du darauf? Nur, weil er mit seiner Freundin einen Steinbruch aufgesucht hat?"

„Und wegen dieser Datei, von der du erzählt hast. Dreckschleuder. Außerdem würde der verschwundene Laptop dazu passen."

„Hm, ziemlich spekulativ", Max zeigte nicht ganz die Begeisterung, die ich mir erhofft hatte, „gut, vielleicht kann man dem nachgehen."

Dann plötzlich rief Marius. Max ging eilig ins Arbeitszimmer zurück.

Als ich dazukam, nahm Max gerade ein paar Blätter in Empfang. „Das ist großartig. Vielen Dank!" Er klopfte meinem Freak auf die Schulter. Der konnte sich zumindest zu einem Lächeln durchringen.

„Das war gar nichts", sagte er. Es klang fast ein wenig enttäuscht. „Man muss lediglich das Programm bedienen können."

„Das Passwort hätten wir ohne dich nie im Leben geknackt."

Marius zuckte die Achseln.

„Und?" Ich versuchte, einen Blick auf die ausgedruckten Papiere zu werfen. Im selben Moment faltete mein Freund sie zusammen.

„Ich denke, ihr fahrt jetzt besser nach Haus", sagte er freundlich, aber bestimmt. Dann wandte er sich an Marius. „Ich hoffe, dass wir deine Mitschülerin auf diesem Wege finden!"

Marius nickte kurz und sah mich dann an.

Ich nestelte meinen Autoschlüssel aus der Hosentasche.

„Na dann", sagte ich und nickte Max leicht grumpig zu. Es war wie früher. Immer musste man ins Bett, wenn es am spannendsten wurde.

34

Er hatte kaum ein Auge zugetan. Hatte sich tausendmal zurechtgelegt, was er sagen könnte, wenn er sie traf. Es sollte locker klingen. Thorsten war auch sehr locker gewesen. Frauen mochten das. Männer, die so gehemmt waren wie er, mochten sie nicht.

Vielleicht war es sowieso Quatsch. Vielleicht sollte er einfach nach Hause zurückfahren und sich um den Hof kümmern, um die Tiere. Er hatte die Tiere heute früher versorgt als sonst, um rechtzeitig hier sein zu können. Mutter war noch gar nicht auf gewesen.

„Wo willst du denn hin?", hatte sie gefragt, als er sich nach dem Füttern geduscht und umgezogen hatte. „Musst du zum Arzt?"

Er hatte genickt. „Zum Zahnarzt", hatte er gemurmelt und damit weitere Nachfragen umschifft.

Wolfgang blickte an sich hinunter. Er hatte lange überlegt, was er anziehen sollte. Dann hatte er sich für eine Jeans und ein kariertes Hemd entschieden. Seine Jacke war nicht so toll. Eine Nullachtfünfzehn-Multifunktionsjacke in einem Farbton, der irgendwo zwischen Grau, Dunkelgrün und Braun lag. Er verwendete auf die Auswahl seiner Klamotten nicht viel Zeit. Genaugenommen brachte ihm seine Mutter die meisten Sachen mit. Einmal war Annegret mit ihm einkaufen gegangen, und sie hatten eine Jeansjacke für ihn ausgesucht. Die hätte er jetzt gerne angezogen. Aber für Jeansjacken war es im Februar zu kalt.

Wolfgang öffnete die Autotür, dann zögerte er. Er wusste gar nicht, ob Heike nicht längst einen neuen Freund hatte. Ob sie jemanden wie ihn überhaupt wollte. Schließlich hatte sie vorher Thorsten gehabt. Wenn man auf Männer wie Thorsten stand, konnte man jemanden wie Wolfgang eigentlich kaum mögen. Andererseits – vielleicht hatte Heike genug von Typen, die nur ein schnelles Abenteuer suchten. Vielleicht hatte sie inzwischen Interesse an etwas anderem. An Typen wie ihm. Nein, nein, eigentlich war das unmöglich. Heike war eine hübsche Frau. Eine nette, offene, interessante Person. Wenn sie wollte, konnte sie hundert Freunde haben, die viel attraktiver waren als er.

Wolfgang war kurz davor, die Autotür wieder zu schließen und nach Hause zu fahren, als ihm die Datei wieder einfiel und die Ausdrucke, die er in seiner Tasche herumtrug. Er würde es versuchen. Viel deprimierter, als er jetzt schon war, konnte er durch eine Abfuhr eigentlich nicht werden.

An der Tür standen zwei Namen, das verunsicherte ihn. *Jablonski* und *Schürmann*. Womöglich war Heike schon wieder liiert. Wohnte hier mit einem Mann zusammen. Und er stand vor ihrer Tür – morgens um acht – und machte sich verzweifelte Hoffnungen. Wolfgang schluckte. Das war alles so – das war –

Als sich plötzlich die Tür öffnete, fuhr er zusammen. Eine Frau stand vor ihm, die offenbar gerade die Wohnung verlassen wollte. Sie sah ihn ebenso überrascht an wie er sie.

„Was wollen Sie denn hier?"

„Ich wollte – ich – ähm –" Die Frau war blond. Sehr blond. Bonde Frauen mochte Wolfgang nicht. „Blond ist falsch" hatte seine Mutter früher immer gesagt. Er wusste, dass das Quatsch war, und trotzdem hatte es ihn geprägt.

„Ich wollte zu Hei – zu Frau Jablonski wollte ich."

„Um diese Zeit?" Die blonde Frau sah ihn misstrauisch an. Dann rief sie in die Wohnung hinein. „Heike?"

„Ja?" Als Wolfgang Heikes Stimme hörte, durchfuhr es ihn sofort. Er war jetzt hier. Er musste mit ihr sprechen. Sie würde ihn wahrscheinlich für verrückt halten.

„Kannst du mal kommen? Hier ist jemand für dich!" Die blonde Frau hatte eine Jacke an und eine Tasche am Arm. Sie wollte weg, wahrscheinlich zur Arbeit. Aber sie mochte ihn nicht allein hier an der Tür stehen lassen, das merkte er. Sie wollte ihn lieber im Auge behalten.

„Sagen Sie mal – kenne ich Sie irgendwoher?" Die blonde Frau sah ihn stechend an. Ihre Stirn war gerunzelt. Sie versuchte sich zu erinnern.

„Nein, bestimmt nicht", Wolfgang wurde rot. „Ich war noch nie hier. Ich war – ich bin – "

„Was ist denn?" Als Heike hinter der blonden Frau auftauchte, blieb ihm plötzlich die Spucke weg. Heike trug die Haare offen, und sie hatte einen Morgenmantel an. Womöglich hatte sie gar nichts darunter. Zumindest schien es ihm so.

„Wolfgang!" Ihre Stimme barg Überraschung. Ob sie auch Freude beinhaltete, wusste er nicht.

Die blonde Frau sah Heike an. „Alles klar dann?"

Heike fuhr sich durchs Haar. „Jaja, das ist Thorstens Bruder."

„Ach so." Die blonde Frau musterte ihn ein weiteres Mal. „Deshalb. Ich geh dann jetzt mal."

Wolfgang war irritiert. Einmal, weil er Thorsten gleichen sollte, was zuvor noch nie jemand zu ihm gesagt hatte. Zum anderen, weil er nicht wusste, wie es jetzt weitergehen sollte. Heike war gar nicht richtig angezogen. Was sollte er jetzt tun?

„Tut mir leid, dass ich einfach so – ", er merkte, dass er stammelte, und verwünschte sich im selben Moment dafür.

„Ist schon in Ordnung!" Heike lächelte ihn zaghaft an. „Ich bin nur so überrascht, dass du hier bist!"

„Ja."

Ja! Man konnte nicht einfach nur *ja* sagen. Man musste mehr sagen. Ein Gespräch führen. Wolfgang schluckte wieder. Er verschluckte sich beinah.

„Ich habe da etwas gefunden", er nestelte an seiner Tasche herum. Es schien ihm sicherer, sich an das zu halten, was man in die Hand nehmen konnte. „Eine Datei. Etwas, woran Thorsten gearbeitet hat."

Heike hob überrascht eine Augenbraue. „Wie kommst du daran?"

„Er war zu Hause, letzten Sonntag. Und er war an meinem Computer. Er hat die Datei versehentlich auf meinen Rechner kopiert."

„Verstehe!" Heike sah ernst auf die Papiere, die er endlich vollständig aus seiner Tasche gezogen hatte. „Mensch, Wolfgang, komm erst mal rein! Ich bin so überrumpelt, dass ich dich nicht mal hereingebeten hab."

„Wenn ich dich nicht allzu sehr störe."

„Nein, nein, ich bin nur noch nicht fertig", Heike lachte verlegen. Das gefiel ihm. Wenn andere verlegen waren, half ihm das sehr. „Ich habe eben mit Petra gefrühstückt, aber angezogen bin ich noch nicht. Vielleicht wartest du einen Moment, ich zieh mir was an."

Wolfgang, der hinter Heike durch einen schmalen Flur in eine Küche stolperte, hätte gerne gesagt, dass es ihm nichts ausmachte. Dass er es nicht schlimm fand, dass sie nur einen Morgenmantel trug, mit wenig darunter.

„Vielleicht willst du derweil einen Kaffee trinken?" Heike sah ihn fragend an. Er antwortete nicht. Nicht, weil er keinen Kaffee wollte, sondern weil sie ihn so ansah. So stark, so ganz intensiv. „Du hast etwas von Thorsten", sagte sie dann. Ihre Augen füllten sich mit Tränen. „Du hast – du hast seine Augen." Dann begann sie zu weinen. Er überlegte, auf sie zuzugehen. Doch er traute sich nicht. Sie hatte ja gar nicht viel an. Sie war so hilflos, und sie kannten sich kaum.

„Mensch, Wolfgang!", schluchzte Heike auf einmal. „Was ist mit Thorsten passiert?"

Er stand immer noch da. Dann ging er doch einen Schritt vor. Heike nahm es offenbar wahr. Sie fiel ihm beinahe in die Arme. Als er sie hielt und ihre nasse Wange an seiner spürte, dachte er, wie wunderbar es sein müsste, diese Frau für immer halten zu dürfen. Dass sich durch den Morgenmantel hindurch ihre feste Brust an seinen Oberkörper drückte, ließ ihn an etwas denken, das ihn beinahe schwindelig machte.

35

Als Simone erwachte, hatte sie Kopfschmerzen. So sehr, dass sie kaum ihren Kopf heben konnte. Sie blinzelte mühsam. Ihre Umgebung schien hinter einem grauen, verwaschenen Schleier verborgen zu liegen. Sie versuchte sich an den vergangenen Abend zu erinnern. Offenbar hatte sie noch einmal von dem Beruhigungsmittel genommen. Allerdings wusste sie nicht, wann. Sie hatte mit Sven gestritten, der ihr vorgeworfen hatte, unüberlegt zu handeln. Im Eifer des Gefechts hatte sie abhauen wollen, sich dann aber von Sven zurückhalten lassen.

„Wir essen jetzt erst mal", hatte Sven gesagt, „dann sehen wir weiter." Sven hatte aufwendig gekocht. Hühnchen und Reis und überbackenes Gemüse. Simone hatte keinen Hunger gehabt, aber da sie Sven nicht verärgern wollte, hatte sie doch ein wenig genommen. Danach konnte sie sich an nichts mehr erinnern.

Als Simone klarwurde, was das bedeutete, bekam sie einen Schweißausbruch. Sie schloss die Augen und versuchte sich zu konzentrieren. Es schien ihr unmöglich. Allein, sich den vergangenen Abend ins Gedächtnis zu rufen, war schon unendlich anstrengend gewesen. Sie war müde. Gleichzeitig war ihre innere Erregung so stark, dass ihr der Gedanke kam, innere Schwere und Unruhe müssten sich wie massige Sumo-Ringer gegenüberstehen, um sich gegenseitig den Garaus zu machen.

Krampfhaft bemühte sie sich, klare Gedanken zu fassen. Sven. Sven kannte sie schon lange. Seit einigen Monaten. Vom Chat. Als *Teddybear* hatte er sie mal angeschrieben in einer Diskussion um Stress mit den Eltern. Er kenne das, hatte er ihr geschrieben. Er habe viele Jahre allein mit seinem Vater gelebt und wüsste, was das bedeute, wenn sich ein Elternteil ständig einmische. Simone war anfangs noch zurückhaltend gewesen, aber es hatte sich schnell herausgestellt, dass Sven keiner von denen war, die nur auf Anmache aus waren. Er hatte sie nicht nach einem Foto gefragt, nicht nach einem Treffen, und schon gar nicht war er auf schlüpfrige Sachen zu sprechen gekommen. Sie hatten einfach gequatscht – nur eben nicht live, sondern per Internet. Und später hatten sie auch telefoniert.

Sven war älter als sie – Ende zwanzig. Wenn er denn sein Alter richtig angegeben hatte. Als Simone ihm persönlich gegenübergestanden hatte, war sie sicher gewesen, dass er älter sein musste als Ende zwanzig. Vielleicht sogar älter als Thorsten.

Als Simone an Thorsten dachte, überkam sie eine Welle der Trauer mit solcher Wucht, dass sie dachte, jetzt und hier sofort eindämmern, einschlafen, sterben zu müssen. Das war immer so. Ihre Trauer, ihre unendliche Sehnsucht war wie eine schwarze Wolke, die ihre Sinne umgab und sie schier regungslos machte. Anfangs war es nur Schock gewesen. Sie hatte Thorsten gesehen – in dieser Blutlache – und nicht glauben können, was sie dort sah. Dann hatte sie ihn – trotz der Wunde am Hinterkopf – in die Arme genommen, hatte ihn wachküssen wollen, bis sie realisierte, dass es wirklich so war, wie es schien. Thorsten regte sich nicht. Seine Lippen waren fast durchscheinend, sein Gesicht von einer Blässe, wie Simone sie noch nie gesehen hatte, sein Blut ganz frisch, rot, fast warm. Thorsten war tot. Dann war sie panisch geworden. Hatte Thorsten abgelegt und sich an der Hose die verschmierten Hände abgewischt. War herumgelaufen im Zimmer, hatte nach ihrem Handy gegriffen, ihre Mutter anrufen wollen – bis ihr schließlich aufgegangen war, was hier passiert war. Wer Schuld war an Thorstens Tod. Danach war der Schock noch größer geworden, sie hatte auf dem Handy nachgeschaut, wen sie anrufen könnte. Und dann hatte sie Svens Namen gesehen, Sven Jaeger, und sie hatte gedrückt, aber falsch – und dann war Herr Jakobs am Apparat gewesen – und sie hatte herumgestammelt – er hatte von Polizei gesprochen, aber sie konnte doch nicht sagen, wer – sie musste doch erst selbst – sie musste doch – dann hatte sie aufgelegt. Und Sven angerufen – und Sven war total lieb gewesen – und hatte gesagt, klar könne sie zu ihm kommen – oder ob er sie irgendwo abholen solle, es sei ja mit dem Auto nur eine Dreiviertelstunde – so hatten sie es dann gemacht – und seitdem war sie hier – hatte viel geschlafen – und genauso viel geweint, ohne zu wissen, wie es weitergehen sollte. In ihren wachen Momenten hatte sie gewusst, dass sie Klarheit schaffen musste, deswegen war sie ja hier, aber sie hatte nicht die Kraft gehabt, das anzuge-hen, nicht die Kraft und nicht die Konzentration.

Allein sich schon gegen Sven durchzusetzen! Wie hatte sie kämpfen müssen, um überhaupt telefonieren zu dürfen! Erst mit Manuela. Und dann mit Herrn Jakobs. Und dann hatte sie es auch noch vermasselt. Sie hätte fragen sollen, womit Thors-ten erschossen worden war. Ob das mit einer belgischen Waffe gewesen war. Mit einem Revolver. Vielleicht hätte Herr Jakobs das gewusst! Aber dann hatte sie gar nichts gefragt – nur das Fal-sche gesagt – und Sven hatte die ganze Zeit hinter ihr gestan-den – sie solle besser Schluss machen –

Jetzt war sie schon so lange hier und hatte noch gar nichts er-reicht. Womöglich dachte die Polizei, sie habe mit der Sache et-was zu tun. Vielleicht zusammen mit ihrer Mutter. Sie musste aus ihrem Versteck kommen. Sie musste unbedingt hier raus! Aber mit Sven war das nicht so einfach zu machen. Er übte Druck auf sie aus – am Anfang ganz zaghaft, aber inzwischen immer direkter – und falls er ihr wirklich ein Schlafmittel gege-ben hatte, ohne dass sie es wollte, …

Wenn ja, wann war das gewesen? Gestern – nach dem Es-sen – am Abend? War dann jetzt Morgen? Wie spät war es über-haupt? Und was genau war seit dem Essen geschehen? Eine Welle der Panik überkam Simone. Sie wollte sich aufsetzen. Als sie es aber versuchte, wurde sie von unbändigen Schmerzen zu-rückgehalten. Ihr Kopf schien zu platzen. Es schien unmöglich, ihn auch nur ein bisschen zu bewegen. Simone rang nach Luft. Die ganze Schwere ihrer Situation wurde ihr erst jetzt richtig be-wusst. Was, wenn sie gefangengehalten wurde, ohne es über-haupt gemerkt zu haben? Was, wenn Sven ihren Zustand miss-braucht hatte? Was war geschehen, als sie geschlafen hatte?

Plötzlich hörte Simone ein Geräusch. Sie schloss reflexartig die Augen. Sie musste denken. Erst denken, dann handeln. So wie ihre Mutter immer gesagt hatte. Aber das Denken war so schwer mit diesem Kopf. So unglaublich schwer.

Als eine Hand sie an der Stirn berührte, zuckte sie unweiger-lich zusammen. Sie hatte ihn gar nicht hereinkommen hören. Er musste sich lautlos fortbewegt haben.

„Simone, du bist ja wach." Seine Stimme. Sven hatte eine angenehme Stimme. Meistens jedenfalls. Vorsichtig öffnete sie die Augen.

„Hast du gut geschlafen?" Sven hockte vor ihrem Bett wie eine Mutter, die ihrem Kind *Gute Nacht* sagt.

Simone versuchte zu nicken. Es gelang ihr nicht.

„Hoffentlich geht es dir heute besser!" Er streichelte ihr nicht länger die Stirn, sondern die Wange.

„Was – was hast du – " Ihre Worte waren verwaschen – wahrscheinlich nicht zu verstehen –

„Pst!" Sven hielt ihr seinen Zeigefinger auf den Mund. Er lächelte sie an. Dann bewegte sich sein Finger auf ihrem Mund. Er fuhr an ihren Lippen entlang und zeichnete sie nach. Simone war die Berührung unangenehm. Aber sie fühlte sich nicht in der Lage, sie zu verhindern.

„Du musst dich noch ein wenig ausruhen", flüsterte Sven. „Möchtest du etwas trinken?"

Simone wollte wieder nicken. Das Wort *trinken* hatte sie merken lassen, wie durstig sie war. Dann fiel ihr etwas ein. Was, wenn dort wieder etwas drin war? Wenn er ihr mit einem Glas Wasser erneut etwas einflößte?

„Du musst nicht antworten, ich hole gleich etwas", Sven rückte näher an sie heran. Sein Finger verließ ihren Mund und fuhr über das Kinn an ihren Hals. Simone spürte, dass sich ihr die Nackenhaare aufstellten. Ihr Herz schlug in der Brust. Doch fühlte sie sich noch immer nicht in der Lage, irgendetwas zu tun.

Seine Hand glitt weiter an ihr entlang in Richtung Schulter. Erst jetzt fragte sie sich, was sie überhaupt anhatte. Sie trug sein Hemd. Ein altes Hemd, das er ihr am ersten Tag zum Schlafen gegeben hatte. Der nächste Gedanke machte sie noch starrer, als sie ohnehin schon war. Sie hatte dieses Hemd gestern beim Essen nicht angehabt. Sie hatte ihre eigenen, ganz normalen Sachen getragen. Wenn sie jetzt das Hemd anhatte, dann musste *er* sie umgezogen haben. Übelkeit machte sich in Simone breit. Die Ausweglosigkeit ihrer Situation machte sie krank. Er hatte sie berührt. Überall vermutlich. Womöglich hatte er – er hatte –

137

Seine Hand fuhr jetzt an der Schulter unter das Hemd und streichelte sie vorsichtig am Schulterblatt. Sie musste etwas tun. Sie konnte nicht hier liegen und das alles über sich ergehen lassen. Sie musste schreien, um sich schlagen, ihn anspucken. Wie zum Spott all ihrer Gedanken hatte Sven jetzt seine zweite Hand hinzugenommen und öffnete den obersten Knopf ihres Hemdes.

„Nein!", sagte sie. Es war verwaschen, aber verständlich. „Nein!"

„Pst!", brummte Sven wieder. „Nicht sprechen! Du musst dich entspannen, du solltest – "

„Nein!"

Sie sah, wie Sven die Stirn runzelte. Seine Hände blieben, wo sie waren. Er zog sie nicht zurück.

„Ich – ich – muss mal aufs Klo."

36

„Alarmstufe Rot!", sagte Gisela, als Heike das Sekretariat betrat.

„Was ist los?"

„Vorhoff ist da. Drüben beim Chef!"

„Gibt es schon Tote?" Heike biss sich auf die Lippen. Manche Redensarten waren unmöglich geworden.

„Er tobt, weil unsere Redaktion sich in der Zentrale beschwert hat. Angeblich will er – "

In diesem Moment, öffnete sich nebenan die Tür. Vorhoff schoss heraus und knallte die Tür zu. Alarmstufe Rot war mehr als zutreffend gewesen. Sein Gesicht ähnelte dem einer Tomate. Er würdigte niemanden eines Blickes und rauschte durch die Haupttür ab.

„Wunderbare Arbeitsbedingungen derzeit", murmelte Gisela. „Ich kann mir schon vorstellen, wie der Chef gleich drauf ist. Manchmal freue ich mich richtig, dass ich nur noch ein paar Monate habe. Sorry, aber da passe ich lieber auf meine Enkelkinder auf."

Gisela betrachtete den Bilderrahmen auf ihrem Schreibtisch. Heike kannte das Bild. Giselas Tochter mit Familie. Zwei kleine, süße Mädchen und ein hübscher Ehemann. Giselas ganzer

Stolz – und mit Sicherheit ihre zukünftige Lebensaufgabe. Die Sekretärin hatte sogar mal angedeutet, demnächst im Betrieb ihres Schwiegersohns als Bürokraft aushelfen zu wollen. Wenn ihr die Enkelkinder Zeit dazu ließen.

„Kann ich verstehen", sagte Heike. Sag mal, Gisela, hat Thorsten dich in letzter Zeit mal – angesprochen?"

Die Sekretärin lehnte sich in ihrem Bürostuhl zurück. „Wie meinst du das – angesprochen?"

Heike überlegte, wie sie ihre Frage formulieren sollte, ohne zu viel zu verraten. „Hat er dich um Rat gefragt? In Bezug auf Tasch?"

„In Bezug auf Tasch?" Gisela runzelte die Stirn. „Hatte Thorsten denn Ärger mit Tasch?"

„Nicht direkt. Ich frag lieber anders: Hat Thorsten sich bei dir mal nach dem Steinbruch-Unfall erkundigt?"

„Nach welchem Steinbruch-Unfall?"

Heike trat den Rückzug an. Thorsten hatte die Sekretärin *nicht* einbezogen. Genauso wenig wie er sie einbezogen hatte.

„Vergiss es. Es war nur ein Gedanke."

„Meinst du diesen LKW-Unfall vor ein paar Monaten?"

„Genau den."

„Aber was hat Tasch damit zu tun? Oder Thorsten?"

„Überhaupt nichts. Ich spinne bloß herum. Überhaupt gehe ich mal besser. Ich habe nämlich keine Lust, Tasch nach diesem Hahnenkampf als Erste über den Weg zu laufen."

„Nee, ist klar", erwiderte Gisela frustriert, „ich mach das dann schon."

Als Heike im Flur stand, sah sie auf die Uhr. Halb zehn. Um zehn war Redaktionskonferenz. Blieb ihr also eine halbe Stunde, um bestimmte Dinge zu sichten.

Im Archiv war es so kalt, dass Heike sich ärgerte, ihre Jacke nicht mit heruntergenommen zu haben. Es war nicht schwer, die Ausgaben zu finden. Thorsten hatte die Daten der Berichterstattung ja selbst aufgelistet. Heike hatte Wolfgangs Ausdruck in der Tasche.

Ihr Blick huschte über die letzten zwei Worte. *Heike einbeziehen?* Thorsten hatte es nicht getan. Warum wohl nicht? Um sie zu schützen? Weil er ihr nicht vertraute?

Trotzdem spürte Heike so etwas wie Freude über die Notiz. Sie war in Thorstens Gedanken vorgekommen. Immerhin.

Unter dem 7.7. fand Heike den Artikel, den Thorsten als *Berichterstattung A* bezeichnet hatte.

Tragischer Unfall bei den Sauerländer Steinbrüchen

32jähriger stürzt mit LKW in die Tiefe

(Tasch) Ein folgenschwerer Unfall ereignete sich am gestrigen Freitag auf dem Betriebsgelände der Sauerländer Steinbrüche. Am frühen Vormittag geriet ein betriebseigener LKW nach der Abkippung von Füllboden ins Rutschen und stürzte mehrere Meter in die Tiefe. Der 32jährige Fahrer Maik S. war auf der Stelle tot. Die sich anschließende Bergung des LKW dauerte mehrere Stunden. Erste Ermittlungen ergaben, dass feuchter Boden nach einem heftigen Wolkenbruch die Zufahrtstraße unwegsam gemacht hatte. Eine kleine Unachtsamkeit des Fahrers hat dann wahrscheinlich zum Abrutschen des 30-Tonners geführt. Henning Grothaus, Pressesprecher der Sauerländer Steinbrüche, zeigte sich angesichts des dramatischen Unfalls überaus betroffen. Man wolle eingedenk des verunglückten Mitarbeiters am nächsten Tag für eine halbe Stunde die Arbeit niederlegen. „Die Sicherheitsvorkehrungen werden immer umfangreicher", erklärte Grothaus das Geschehen, „doch wo Menschen mit schweren Maschinen arbeiten, wird es bedauerlicherweise immer wieder zu brenzligen Situationen kommen, besonders bei Arbeiten im Steinbruch, die von den Bedingungen der Natur abhängig sind." In der Tat ist es bundesweit im vergangenen Jahr bei der Arbeit in Steinbrüchen vierzehnmal zu schweren Unfällen gekommen – viermal allein mit tödlichem Ausgang.

Der Artikel vom 10. Juli, ebenfalls geschrieben von Tasch, war noch kürzer als der vorherige. Er berichtete, dass die Untersuchungen in Sachen Arbeitsschutz und Sicherheitsbedingungen abgeschlossen seien, dass keinerlei Fremdverschulden vorliege und beim Fahrer kein Alkohol im Spiel gewesen sei. Tragischer Unfall. Fertig. Aus.

Heike legte die Mappe mit den Zeitungen beiseite und versuchte sich zu erinnern, was sie selbst über die Vorkommnisse wusste. Sie war in der besagten Zeit im Urlaub gewesen. Thorsten hatte sich sechs Wochen zuvor von ihr getrennt. Es war ihr schlechtgegangen, so dass ihre Freundin sie kurzerhand zu einem Urlaub überredet hatte. In der Redaktion war das kein Problem gewesen. Der Juli war sowieso Saure-Gurken-Zeit. Man berichtete über die neuesten Eissorten und die bestblühenden Geranien. Lokalpolitik, Schule und Vereinswesen lagen größtenteils lahm. Die Arbeit eines Lokalredakteurs bestand zu dieser Zeit vor allem darin, sich möglichst geschickt etwas aus den Fingern zu saugen.

Thorsten hatte ihr nach dem Urlaub jedoch in zwei, drei Sätzen von seinem Ärger erzählt. Tasch war ihm bei der Berichterstattung über den Unfall zu laff gewesen. Das hatte dieser Vincent Jakobs schon richtig erkannt.

Zmann war jedenfalls Tasch, so viel war klar. Wahrscheinlich bedeutete es *Zeitungsmann*, und beinhaltete eine Anspielung auf Taschmann. Das passte zu Thorsten. *SSBmann* schien jemand aus den *Sauerländer Steinbrüchen* zu sein.

Heike blickte erneut auf den Zettel. Wolfgang hatte erzählt, dass es mehrere Dateien mit dem Namen *Dreckschleuder* gegeben hatte. *Dreckschleuder1* bis *Dreckschleuder8* oder *9*. Was sie hier vorliegen hatte, waren mit Sicherheit nur Thorstens erste Notizen gewesen. Die anderen Dateien würden viel mehr darüber verraten, was er herausgefunden hatte. Ob diese Dateien noch irgendwo vorlagen? Naja, vorerst schien sie sich mit dem begnügen zu müssen, was sie von Wolfgang bekommen hatte.

– *Aussagen: Zmann: „Angehörige schonen": welche?*

Das ließ sich erschließen. Tasch hatte argumentiert, er wolle keine große Berichterstattung, um die Angehörigen des verstorbenen Fahrers zu schonen. Der aber – Heike blickte noch einmal in den Artikel –, Maik S., hatte offenbar gar keine engen Angehörigen gehabt. Mit der Notiz konnte Heike gar nichts anfangen, außer dass irgendwohin Geld geflossen war. Dann gab es noch die Fragen, die Thorsten sich gestellt hatte:

– Früher Arbeitsbeginn – warum?
– Transport von wo?
– Beziehung Zmann – SSBmann?

Thorsten schien davon auszugehen, dass die Hintergründe des Unfalls fragwürdig waren. Heikes Blick fiel auf die Worte „Sprengerin" und „großzügige Abfindung". Hatte es im Steinbruch illegale Sprengungen gegeben? War irgendjemand für sein Schweigen bezahlt worden – vielleicht die Gutachter, die nach dem Unglück dem Unfallhergang nachgegangen waren?

Heike drückte ihr Kreuz durch. Sie musste sich überlegen, wie sie weiter vorgehen wollte. Die Polizei einschalten? Selbst recherchieren? Jemanden einbeziehen? Etwas hielt sie zurück, sich an die Polizei zu wenden. Es war das Gefühl, eine große Geschichte vor sich zu haben. Eine Geschichte, die sie für sich verbuchen wollte. Und für sich nutzen konnte.

„Alles in Ordnung?"

Heike fuhr herum. Klaus Zacharias stand hinter ihr, der Fotograf.

„Klaus, hast du mich erschreckt!" Heike klappte die Archivmappe zu.

„Suchst du etwas Bestimmtes?" Klaus warf einen interessierten Blick auf die Mappe.

Heike hätte am liebsten geantwortet, nein, sie sei einfach nur hier, um ein bisschen zu blättern. Neben dem Abstauben von Straßenschildern gehöre das zu ihren Lieblingsbeschäftigungen.

„Wir warten auf dich, wir haben zehn Uhr. Aber hetz nicht! Tasch ist jetzt doch noch eine rauchen gegangen."

„Woher weißt du, dass ich hier bin?"

„PUK hat dich hinuntergehen sehen. Wieso? Bist du in geheimer Mission hier?"

Heike antwortete nicht.

Klaus kam noch näher. Er betrachtete den Rücken der Archiv-mappe, auf dem die Daten der abgehefteten Zeitungen eingetra-gen waren. „Juli vergangenen Jahres – was war denn da?"

Heike überlegte einen Augenblick. Vielleicht war das ein Kompromiss. Wenn sie in der Redaktion jemandem trauen konnte, dann Klaus.

„Der Unfall im Steinbruch – erinnerst du dich?"

Klaus runzelte die Stirn. „Du meinst den abgestürzten LKW?"

„Ja, den meine ich. Was hast du davon mitgekriegt?"

„Ich bin hingefahren, um Fotos zu machen."

„Wie bitte? Ich habe die Artikel durchgeschaut. Es ist kein Foto dabei."

„Man hat mich nicht aufs Grundstück gelassen. Ich habe dann von einem Aussichtspunkt aus ein paar Bilder geschossen. Aber Tasch hat sie nicht haben wollen. Er wollte die Berichterstattung kleinhalten wegen der Angehörigen."

„Wegen der Angehörigen, die es nicht gibt. Das hat zumindest Thorsten behauptet."

„Thorsten?"

„Er hat in dem Fall nachrecherchiert. Irgendetwas muss ihm spanisch vorgekommen sein. Jedenfalls hört es sich so an, als habe es gar keine Angehörigen gegeben."

Klaus runzelte die Stirn. „Was war Thorstens Ansatz? Wem unterstellt er da was?"

„Das weiß ich noch nicht. Aber –", Heike zögerte. Sie war nicht sicher, wie viel sie erzählen sollte. „Tasch scheint in dem Ganzen eine nicht so rühmliche Rolle zu spielen."

„Der Chef?" Klaus war verdutzt. „Du meinst, weil er nicht hart genug vorgegangen ist?"

„Das weiß ich noch nicht."

Klaus sah Heike durchdringend an. Er schien zu ahnen, dass Heike nicht mehr sagen wollte.

„Tasch ist weich", sagte er schließlich, „aber Tasch ist in Ord-nung."

„Wenn du es sagst!" Es sollte gar nicht so schnippisch klingen. Wie um ihre Bemerkung zurückzunehmen, schob sie die Archivmappe ins Regal und hakte Klaus unter. „Komm, wir gehen zur Redaktionskonferenz!"

Klaus hatte immer noch die Stirn gerunzelt. Er ließ sich nicht so leicht unterhaken. Disharmonie in der Redaktion war das Letzte, womit Klaus leben konnte.

„Hey", versuchte Heike ihn aufzumuntern. „Was stellst du dir jetzt vor? Meinst du, ich glaube, Tasch ist nach Lentrop gefahren, um Thorsten niederzuschießen?"

Klaus sah sie erschrocken von der Seite an. Mit dieser Bemerkung hatte sie alles noch viel schlimmer gemacht. Sie wusste, was er jetzt sagen würde: Wie sie so etwas überhaupt nur aussprechen konnte! Umso erstaunter war sie über das, was Klaus sagte:

„Du weißt, dass Tasch lange Jahre im Schießsportverein war?"

37

Er hatte sie gehen lassen. Oder vielmehr: Er hatte sie hingebracht zur Toilette. Sie hatte sich zunächst nicht vorstellen können, überhaupt stehen, geschweige denn laufen zu können. Aber mit seiner Hilfe und dem inneren Drang, der Situation zu entkommen, hatte sie es tatsächlich ins Badezimmer geschafft. Sie hatte ihn sogar dazu gebracht, sie allein zu lassen. Mit wenigen Worten und eindringlichen Blicken hatte sie ihn angefleht, ihr diesen Intimbereich zu lassen. Jetzt saß sie hier, auf der Toilette, hielt ihren dröhnenden Kopf und zwang sich nachzudenken. Sie musste aus dieser Wohnung heraus. Und zwar auf dem schnellsten Wege! Sie hatte sich von ihm mit dieser fürsorglichen Art zuquatschen lassen, ohne zu merken, dass er eigene Ziele verfolgte. Sie musste hier raus! Sofort! Sofort! Sofort!

Wie um sich selbst ihren festen Willen zu bestätigen, riss sie den Kopf hoch. Der Ruck bestrafte sie mit unbändigem Schmerz und einem Schwindelanfall. Reflexartig griff sie nach der Toilettenbrille und hielt sich daran fest, so gut es ging. Sie musste mit Bedacht vorgehen, durfte sich nicht überfordern. Wenn sie eine winzige Chance besaß, dann so. Nach zwei, drei Sekunden ließ der Schwindel nach. Eine aufkommende Übelkeit versuchte sie zu ignorieren. Sie sah sich in dem kleinen Badezimmer um. Es gab links oberhalb der Toilette ein Fensterchen, das jetzt auf Kippe stand. Allerdings war es so klein, dass bestenfalls ein fünfjähriges Kind hindurchgepasst hätte. Simones Blick wanderte über das Waschbecken zur Tür. Es steckte kein Schlüssel darauf. Das war schon die ganzen Tage über so gewesen. Am Anfang hatte es sie gestört, schließlich aber hatte sie gemerkt, dass das Abschließen nicht unbedingt nötig war, wenn man zu zweit in der Wohnung war. Man bekam immer mit, wenn der andere sich im Bad aufhielt. Allerdings hatte sie bislang auch nicht das Gefühl gehabt, sich vor Sven schützen zu müssen.

Ihr fiel das Hemd wieder ein. Die Unsicherheit, was während ihrer Bewusstlosigkeit passiert war. Als sie ein Geräusch hörte, verjagte sie den Gedanken. So schrecklich auch alles war, sie hatte jetzt keine Zeit, dem nachzuhängen. Wie sagte ihre Mutter immer? Man konnte eine Situation bejammern, man konnte sich aber auch aus ihr befreien. Simone musste schlucken, als ihr einfiel, was das im Fall von Thorsten bedeutet hatte. Aber jetzt, jetzt passte das. Sie musste sich befreien.

„Alles klar, Simone?" Sie fuhr zusammen, als sie Svens Stimme hörte.

„Ja, alles klar! Ich brauche noch einen Moment." Sie war erstaunt, dass ihre Stimme wieder mitspielte. Sie klang zwar immer noch zittrig, aber immerhin konnte sie verständlich ausdrücken, was sie sagen wollte.

„Sag einfach Bescheid, wenn du Hilfe brauchst!" Svens Tonfall war nett. Unkompliziert. Ob sie sich einfach nur in etwas hineingesteigert hatte? Verdammt, Sven hatte sie aufgenommen in einer höchst fragwürdigen Situation. Er hatte nicht gefragt, ob es für ihn von Nachteil sein konnte, Simone in seine Wohnung zu lassen. Er hatte nicht den großen Ratgeber gespielt. Zumindest anfangs nicht. Er hatte –

Seine Hände fielen ihr wieder ein. Seine Hände unter ihrem Hemd! Sie musste hier weg!

Vorsichtig stand sie auf und näherte sich dem Fenster, das in Kopfhöhe eingelassen war. Simone schätzte die Größe ab. Es war an der langen Seite bestenfalls 30 Zentimeter hoch – die Länge eines Schullineals. An der kurzen Seite war es etwas mehr als die Hälfte. Sie blickte hinaus. Trostlos. Etwas heruntergekommen. Grau. Hier wollte nicht einmal ein Hund begraben sein.

„Es gibt auch schöne Ecken", hatte Sven ihr erklärt, „aber die sind teurer als das hier." Dann hatte er erläutert, dass es für ihn egal sei, wie seine Umgebung aussah. Er bewege sich sowieso fast ausschließlich im Internet.

„Verstehe!", hatte Simone geantwortet. Aber sie hatte gar nichts verstanden – außer, dass sie depressiv werden würde, wenn sie so wohnen müsste wie er. Da sie aber seit Thorstens Tod sowieso depressiv war, schien es ihr für den Moment ziemlich egal. Die Wohnung selbst war ja in Ordnung. Sauber. Sie war froh gewesen, hier untergekommen zu sein.

Vorsichtig versuchte sie, das Fenster richtig zu öffnen. Es gab einen Hebel, der jetzt offenbar auf Kippfunktion eingestellt war. Als Simone ihn umstellte, knarzte es etwas. Immerhin ließ sich die Luke jetzt ganz aufschieben. Simone steckte den Kopf hinaus. Ihr Blick fiel auf einen Häuserblock gegenüber, dazwischen eine geteerte Fläche. Es war kein Mensch zu sehen. Nur einen Fernseher konnte man hören. Offenbar hatte jemand das Fenster geöffnet und die Kiste auf volle Lautstärke gestellt. Simone fragte sich, wie spät es wohl war. Warum in einem Wohnblock, in dem so viele Menschen lebten, niemand zu sehen war. Dann fiel ihr ein, warum sie an diesem Fenster stand. Dass sie keine Zeit hatte, sich Gedanken über die Lebensgewohnheiten der Leute in diesem Wohnblock zu machen. Dass sie eine Möglichkeit finden musste, um aus dieser Wohnung zu kommen. Ihr Kopf hämmerte. Sie spürte, dass sie nicht stringent denken konnte. Dass sie sich immer wieder ablenken ließ, weil sie noch unter dem Einfluss eines Schlafmittels stand. Dass sie antriebsschwach war – und unglaublich müde.

Ob sie schreien sollte? Ob jemand sie hören würde? Ob jemand helfen würde? Ob schreien nicht übertrieben war? Plötzlich spürte Simone, dass ihre Wangen nass waren. Erschrocken fuhr sie mit der Hand darüber und fühlte ihre eigenen Tränen.

„Was machst du denn da?"

Simone erschrak so sehr, dass sie sich in dem engen Fensterrahmen den Kopf stieß. Bei dem Anstoß schien ihr Kopf zu explodieren, so dass sie nur mit Mühe die Augen aufhalten konnte. Sven stand in der Tür, *Teddybear*. Er sah sie mit einem Blick an, der einerseits Unverständnis signalisierte und gleichzeitig vorwurfsvoll war.

„Ich – mir – mir war auf einmal schlecht."

Sven kam auf sie zu. „Warum lügst du mich an?"

Simone schluckte. „Ich möchte nach Hause", sagte sie dann.

„Nach Hause?" Sven hatte eine Augenbraue hochgezogen. „Zu deiner Mutter?"

Simone nickte. „Ich muss das klären. Ich kann mich hier nicht verstecken."

„Und du meinst, dazu bist du in der Lage?" Sven kam auf sie zu, so dass Simone zu zittern begann. „Sieh dich doch an! Du stehst doch völlig neben dir."

„Aber –"

„Du glaubst allen Ernstes, du bist dem gewachsen?" Sven kam noch näher. Simone war eingesperrt. In einem Badezimmerwinkel. Sie atmete tief durch.

„Was hast du mir gegeben?", fragte sie dann. „Und was hast du mit mir gemacht?"

Sven sah sie an. Seine Augen hatte er zu Schlitzen verzogen. Er fokussierte sie. Aber sie hielt seinem Blick stand.

„Was willst du damit sagen?"

„Ich will wissen, was du mit mir gemacht hast."

Sein Gesicht verzog sich zu einem Grinsen. „Nichts, was du nicht gewollt hättest."

Simone spürte einen gewaltigen Kloß in ihrem Hals. Einen Kloß, der Übelkeit verursachte. Der ihr die Luft zum Atmen nahm.

„Wie willst du das wissen?", presste sie hervor.

„Ich hatte den Eindruck, dein Körper wusste sehr wohl, was er von mir wollte!"

Simone konnte nichts sagen. Svens Worte drangen in sie ein wie eine brennende, giftige Flüssigkeit. Ihre Abscheu, ihre Fas-

147

sungslosigkeit, ihre Hilflosigkeit schienen grenzenlos. Sven stand vor ihr, die Arme verschränkt und mit einem Grinsen auf dem Gesicht, das Überlegenheit und Kaltschnäuzigkeit zur Schau trug. Simone hörte plötzlich die Worte ihrer Mutter: *Man kann eine Situation bejammern, aber man kann sie auch –*

Der Stoß, den sie ihm zufügte, überraschte ihn total. Er taumelte zwei Schritte nach hinten, wo er gegen das Waschbecken prallte. Im selben Moment schoss Simone los in den Flur. Sie spürte, dass sie wieder von Schwindel überfallen wurde, lief aber weiter in Richtung Wohnungstür. Sven war sofort hinter ihr. Sie erreichte die Klinke und stürzte sich darauf. Die Tür war verschlossen. In diesem Augenblick sprang Sven sie von hinten an und riss sie zu Boden. Sie schrie auf, versuchte unter ihm wegzurobben, doch er lag auf ihr, auf ihrem Rücken, und versuchte ihre Arme zu umklammern. Verzweifelt kämpfte sie, um die Arme freizubehalten. Doch konnte sie sich keinen Zentimeter unter ihm vorwärtsbewegen. Neue Übelkeit überkam sie mit Macht.

Nicht ohnmächtig werden! Nicht ohnmächtig werden!

Sven umgriff jetzt ihre Brust. Er hatte erkannt, dass sie mit ihren rudernden Armen nichts auszurichten vermochte, dass er sich so, während sie auf dem Bauch lag, von hinten über sie hermachen konnte.

Nein, nicht noch einmal, nicht noch einmal!

Er riss ihr das Hemd mit einem Ruck auf. Simone schnappte nach Luft. Aber vielleicht war es besser, ohnmächtig zu sein und nichts von all dem mitzubekommen …

Das Klingeln der Wohnungstür ließ beide erstarren. Es war direkt über ihnen. Laut und schrill, und es verhinderte, dass Simone wegsacken konnte. Simone reagierte schneller als Sven, sie warf die Arme nach vorn und schlug gegen die Tür. Es hatte ein Pochen werden sollen, wurde aber nicht mehr als ein Kratzen am untersten Bereich der Wohnungstür. Sven griff sofort zu und hielt jetzt fest ihre Arme zusammen. Simone bekam kaum noch Luft, trotzdem bäumte sie sich mit aller Kraft auf und schrie. Sie schrie nicht *Hilfe*, sie schrie einfach los. Sven versuchte sofort, sie zu stoppen. Aber sie schaffte es, ihren Mund vor ihm zu schützen. Es gelang ihr, so lange zu schreien, bis plötzlich die Tür splitterte.

38

Ich schreckte hoch, als es schellte. Zwei, drei Sekunden, dann hatte ich mich orientiert. Ich hatte mich hingelegt und war offenbar sofort eingeschlafen. Es war still im Haus. Alexa musste mit den Kindern das Haus verlassen haben. Während ich zur Tür eilte, warf ich einen Blick auf meine Armbanduhr. Halb vier. Ich musste länger als eine halbe Stunde geschlafen haben.

„Max!" Der Anblick meines Freundes versetzte mich sofort in Aufregung. Es musste etwas passiert sein – sonst wäre er nicht extra vorbeigekommen.

„Wir haben Simone!"

„Ihr habt sie?" Ich war unendlich erleichtert.

„Sie ist jetzt zu Hause. Und sie ist wohlauf."

„Das ist nicht dein Ernst. Sie ist – ich bin so froh – Danke, Max, danke, dass du gekommen bist."

„Soll das eine Verabschiedung sein? Ich bin eigentlich gekommen, um bei dir eine Tasse Kaffee zu trinken."

„Komm herein!" Ich war so glücklich, dass ich meinen Kumpel am liebsten umarmt hätte. Simone war da. Und es ging ihr offenbar gut! Max folgte mir in die Küche bis zu unserem neuen Kaffeeautomaten.

„Was möchtest du? Espresso, Cappuccino, Latte Macchiato?"

„Einen Kaffee. Einen ganz normalen Kaffee."

„Ich werde mir alle Mühe geben, aber es kann sein, dass das unser vollautomatisches Gerät überfordert."

Ich machte mich an der Maschine zu schaffen. Schon nach drei Anläufen schien alles richtig eingestellt zu sein.

„Simone war also wirklich unter einer der Adressen zu finden, die Marius herausgefunden hat?"

Max rieb sich die Augen. „Ja, war sie. Sie ist bei *teddybear* untergekrochen."

„*Teddybear?*"

„Leider war der Name nicht Programm."

Ich sah Max an. Und Max sah mich an. Vor Unwohlsein vergaß ich, auf den Startknopf zu drücken.

„Wie meinst du das?"

„So, wie ich es sage. Simone ist von diesem Kerl mit drogenähnlichen Beruhigungsmitteln vollgestopft worden. Sie war völlig verstört, als wir sie fanden. Es ist nicht auszuschließen, dass sie in ihrer Bewusstlosigkeit missbraucht worden ist."

„Nein!"

„Es ist *möglich*, aber nicht sicher."

„Wo ist sie jetzt?"

„Im Krankenhaus."

„Hier im Pankratius?"

„Nein, nein, sie hat sich in Hagen aufgehalten. Dort ist sie auch in der Klinik. Sie muss wegen der eingenommenen Medikamente dringend untersucht werden. Außerdem benötigt sie psychologische Unterstützung. Tragischerweise hat sie auch noch beim Stürmen der Wohnung etwas abbekommen. Wir hatten ein Schreien aus dem Inneren gehört. Deshalb haben wir die Tür eingetreten. Im letzten Moment, so scheint es. Leider sind die Tür und ein Beamter auf sie gestürzt."

„Mein Gott, das hört sich ja turbulent an."

„Das war es auch. Kann ich trotzdem einen Kaffee?"

„Oh, Entschuldigung." Endlich drückte ich die Starttaste. Der Kaffeeautomat begann unter einem Heidenlärm mit der Arbeit. Ich kehrte gedanklich zurück zu dem, was ich eben gehört hatte. Simone war wieder da. Aber damit war noch lange nicht alles gut. Ich wollte mir nicht vorstellen, was passiert sein konnte. Sie würde Zeit brauchen, um all das zu verarbeiten. Den Tod ihres Freundes. Die Auseinandersetzung mit der Mutter ... Dann fiel mir plötzlich etwas anderes ein.

„Konnte Simone etwas sagen?"

Max hielt die Hand ans Ohr. Er hatte mich nicht verstanden.

„Ob Simone etwas zu dem Tathergang sagen konnte", brüllte ich.

Max wartete, bis der Krach ein Ende hatte.

„Sie hat nicht viel gesprochen", murmelte er dann. „Sie war total in sich gekehrt."

Ich war mir nicht sicher, ob Max nicht mehr sagen konnte oder sagen wollte.

„Allerdings hat sie ausgesagt, dass sie keinen Täter gesehen hat. Sie ist gekommen, als ihr Freund schon tot war. Und nun bildet sie sich ein, dass sie für den Mord an Thorsten verantwortlich ist."

„Weil sie ihrer Mutter von der Beziehung erzählt hat?"

Max nickte. „Und weil sie eine Schwangerschaft angedeutet hat."

„Das stimmt also nicht?"

„Simone sagt, nein. Angeblich wollte sie damit ihre Mutter nur provozieren."

„Das dürfte ihr gelungen sein. Aber was ist jetzt mit der Mutter? Meinst du, Simone hat recht?"

„Die verschwundene Waffe ist natürlich arg belastend. Zumal die Ballistiker sagen, das Kaliber sei eindeutig einem Revolver der belgischen Marke *Nagant* zuzuordnen. Frau Reinold behauptet, den Namen ihres Revolvers gar nicht zu kennen. Sie wisse nur, dass ihr Großvater ihn aus Belgien mitgebracht hat."

„Das passt ja auffällig gut."

„Andererseits hat sie ein Alibi. Sie war bei einer Freundin zum Essen."

„Hast du Simone das sagen können?"

„Ja, aber ich glaube, sie ist nicht endgültig überzeugt. Oder sagen wir so: Sie ist zu verwirrt von allem, als dass sie es so annehmen könnte."

„Verstehe." Eigentlich verstand ich gar nichts. Simone war nicht schwanger, hatte dies aber ihrer Mutter erzählt. Ihre Mutter hatte gedroht, mit Hillebrandt zu sprechen, hatte es aber letztlich nicht getan.

„Und sonst hat sie nichts gesagt? Über eine Zeitungsstory? Über Leute, mit denen ihr Freund sich angelegt hatte?'"

Max sah mich ein. „Du hast eine falsche Vorstellung davon, wie es ihr geht. Es wird mindestens einen Tag dauern, bis wir ausführlicher mit ihr sprechen können. Sie ist praktisch vor unseren Augen zusammengebrochen."

Die Beschreibung von Simones Zustand machte mich immer bedrückter.

„Verstehe", sagte ich erneut und schwieg eine Weile.

„Du hast ein Muster auf der Wange", sagte Max irgendwann.

„Ich habe eben einen Moment geschlafen", entschuldigte ich mich, „auf dem Sofa."

„Schlafen würde ich auch gern", erklärte Max. „Aber vorher wollte ich gern mit dir sprechen. Und mich bedanken."

„Bedanken – wofür?"

„Für deine Hilfe. Ohne deinen Schüler hätten wir das nicht so schnell hingekriegt. Und es war wirklich dringend."

„Ich werde es weitergeben."

„Marlene hat sich sogar ausdrücklich bei mir bedankt."

„Holla."

„Ja, es geschehen noch Zeichen und Wunder. Marlene ist derzeit milde gestimmt. Daher werde ich auch weiterhin in dem Fall mitarbeiten."

Beinahe hätte ich ein drittes Mal „verstehe" gesagt.

„Hast du in der Sache mit dem Steinbruch schon etwas erreicht?", erkundigte ich mich stattdessen.

„Oh, Mist, das hab ich vergessen über diese ganze Simone-Reinold-Befreiungsaktion."

„Ist ja vielleicht auch nicht so wichtig."

„Was wichtig ist, weiß man immer erst am Schluss."

„Wie weise", spöttelte ich.

„Wie müde", konterte Max und nahm einen Schluck. „Leider nützt da auch kein Kaffee mehr."

39

Heike wählte die Nummer. 922002. Sie hatte ein gutes Zahlengedächtnis. Es war kein Problem gewesen, sich die Nummer zu merken. Nach dem zweiten Klingeln hob jemand ab.

„Grothaus."

Heike drückte das Gespräch weg. Grothaus. Henning Grothaus. Mitglied der Betriebsleitung der *Sauerländer Steinbrüche*. Sie hatte die Homepage des Betriebes vor sich auf dem Bildschirm. In der Rubrik *Wir über uns* waren die wichtigsten Mitarbeiter mit Foto, aber ohne Telefonnummer aufgeführt. Grothaus stand ihr genau vor der Nase.

Wie sie seinem Profil entnehmen konnte, war er schwerpunktmäßig für Öffentlichkeitsarbeit und Kommunikation verantwortlich. Ein Mann um die vierzig, dunkelblondes Haar, gepflegtes Gesicht. Der Mensch, der sich nach dem tödlichen Unfall im Steinbruch vor der Presse geäußert hatte. Der Mann, der offenbar mit ihrem Chef Norbert Taschmann in direktem Kontakt stand.

Heike massierte sich die Stirn. Was war im Steinbruch geschehen? Was hatte Thorsten herausgefunden, das ihn das Leben gekostet hatte? Etwas musste beim Tod des LKW-Fahrers nicht mit rechten Dingen zugegangen sein. Grothaus schien für etwas verantwortlich zu sein, wovor er sich drücken wollte. Und Tasch musste versucht haben dieses zu vertuschen. Was war das? Verflixt noch mal – was war das?

Heike nahm sich Thorstens Notizen noch einmal vor. *Sprengerin in MV* – Was bedeutete das? Sie musste etwas über den Toten herausfinden. Angehörige schien es nicht zu geben, wenn sie Thorstens Aufzeichnungen Glauben schenken durfte. Aber innerhalb der Firma musste etwas bekannt sein. Unter den Arbeitern. Bei den Fahrern. Sie musste hin, zum Steinbruch, und mit den Leuten sprechen.

40

Sie war zu Haus. Aber war sie zu Haus? War sie da, wo sie sein wollte? Sie war froh, dass sie ihr Bett hatte. Ihre Decke. Ihr Kissen. Dass alles so roch wie immer. Dass sie abschließen konnte. Ein Foto herausnehmen. Weinen. Nicht reden.

Im Krankenhaus hatten sie alles Mögliche gefragt. Wie sie sich fühle. Ob sie bedrängt worden sei. Ob er etwas getan habe, was sie nicht wollte. Ob sie sich erinnern könne an dies oder jenes. Sie hatten gefragt und gefragt und gefragt. Aber sie wollte nicht reden. Sie wollte einfach nur daliegen und sich vorstellen, dass Thorsten noch lebte.

Sie hatten sie auch untersucht. Lange hatten sie sie untersucht. Lange und überall. Dann hatten sie miteinander gesprochen. Erst anschließend hatte man sich ihr zugewandt.

„Wie es aussieht, hat man Ihnen nichts angetan", hatte eine Ärztin gesagt.

„Nichts angetan?", hatte sie gesagt, als wüsste sie nicht, was gemeint war.

„Sie sind wahrscheinlich nicht vergewaltigt worden", sagte die Frau. „Ich könnte mir vorstellen, dass das beruhigend für Sie ist."

Sven hatte also möglicherweise geblufft und sie nicht vergewaltigt. Sie hätte erleichtert sein sollen. Beruhigt. Aber wenn sie ehrlich war, fühlte sie nichts. Vergewaltigung war mehr als das, was man bei einer Untersuchung feststellen konnte.

„Ich will nach Haus", war das Einzige, was sie von sich gegeben hatte. „Ich will nach Haus."

Dann hatten sich wieder Leute angeschaut. Sie hatten nicht gewusst, ob Simone es wirklich so meinte.

„Zu Ihrer Mutter?", hatte schließlich eine Polizistin gefragt.

Und sie hatte genickt. Nicht weil sie das wirklich wollte, sondern weil sie wusste, dass es unumgänglich war.

Jetzt war sie hier. Nach einer Nacht im Krankenhaus war sie endlich hier. Ihre Mutter hatte mit ihr zu reden versucht. Sie hatte geweint, ihre Mutter. Es musste ihr schlechtgehen. Ihre Mutter weinte sonst nie. Sie hatte ihr fast leid getan.

„Dass du denken konntest –", hatte sie gesagt, „dass du denken konntest, ich hätte etwas mit dem Mord an Thorsten zu tun."

Man kann eine Situation bejammern, man kann sie aber auch ändern.

„Ich war überrascht, ja, ich gebe es zu, ich war entsetzt. Dein ganzes Leben liegt vor dir. Ich hatte plötzlich das Gefühl, all deine Pläne, all deine Träume würden dir nichts mehr bedeuten. Du würdest dein Leben wegwerfen, nur um mit diesem Mann zusammmen zu sein."

„Und deswegen hast du ihn getötet?"

„Ich habe ihn nicht getötet!" Ihrer Mutter hatte vor lauter Tränen kaum sprechen können. „Und ich weiß, dass es falsch war, dir Vorschriften zu machen. Es ist *dein* Leben, *deine* Zukunft! Und selbst wenn du dir ein Kind wünschtest –"

Ihre Mutter hatte eine Pause gemacht. Simone hatte gespürt, dass in ihrem Satz eine Frage versteckt lag, auf die sie gern eine Antwort wollte.

„Ich bin nicht schwanger."

Ihre Mutter hatte ihre Erleichterung nicht verbergen können.

„Aber auch wenn –", hatte sie dann gesagt. Simone hatte es nur noch verlogen gefunden. Und als ihre Mutter versucht hatte, sie in die Arme zu nehmen, hatte sie sich steif gemacht. Steif wie ein Brett. Bis ihre Mutter von ihr abgelassen hatte.

„Ich weiß nicht, was du denkst, Simone. Ich möchte nur, dass du eins weißt!" Ihre Augen waren noch immer voller Tränen gewesen. „Ich liebe dich so, wie du bist, und egal, was du tust. Das ist schon immer so gewesen. Ich habe dich von ganzem Herzen gewollt. Und was Thorsten Hillebrandt angeht, deinen – deinen Freund. Ich habe mit seinem Tod nicht das Geringste zu tun. Ich bin am Freitagabend bei Isa zum Essen gewesen. Das weiß die Polizei, das weiß Isa. Du kannst gern bei ihr anrufen. Noch lieber wäre mir allerdings, wenn du mir einfach so glauben würdest. Glaubst du mir, Simone?"

Das war der Moment, in dem sie auf ihr Zimmer gegangen war. Und da war sie jetzt noch.

Hatte Musik gehört. Und geträumt.

Nachher würden die Polizisten noch einmal kommen. Das hatten sie gesagt. Dass sie noch einmal kommen würden, um mit ihr zu sprechen. Vielleicht könnte sie helfen, den Mörder zu finden. Das wäre ihr doch wichtig, hatten sie gesagt.

War ihr das wichtig? Es machte Thorsten nicht mehr lebendig.

Eben hatte ihre Mutter die Wohnung verlassen. Sie hatte es gehört, weil gerade das Lied gewechselt hatte.

Ihre Mutter ließ sie allein. War es richtig, die Tochter allein zu lassen, wenn die sich fühlte, wie sie sich jetzt fühlte? War es richtig zu glauben, dass die eigene Mutter eine Mörderin war? War es richtig, die Polizisten zu fragen, ob das Alibi der Mutter auch stimmte?

Sie lauschte an der Tür. Es war ruhig in der Wohnung. Vielleicht war ihre Mutter einkaufen gegangen. Vielleicht wollte sie ihr etwas kochen. Ihre Lieblingsspeise zum Beispiel, weil es ihr schlechtging. Lasagne. Das gab es auch immer an ihrem Geburtstag. Ob sie ausziehen sollte, wenn sie 18 war? Ob es dann nie wieder Lasagne geben würde?

Vorsichtig öffnete sie die Tür. Dann lauschte sie wieder. Es war immer noch ruhig. Sie war allein in der Wohnung. Ihre Mutter war wirklich gegangen. Sie strich in der Wohnung herum, sah sich um. Die Wohnung war nicht aufgeräumt. Ihre Mutter hatte sich um gar nichts gekümmert. Weil sie sich Sorgen gemacht hatte? Weil sie Gewissensbisse hatte?

Sie wollte nach draußen. An die Luft. Aber sie wollte ihre Mutter nicht treffen. Sie sah aus dem Fenster. Nichts zu sehen. Vielleicht kaufte ihre Mutter gerade Gehacktes. Für die Lasagne.

Instinktiv nahm sie den Müll mit, der an der Tür stand. Das war eine stille Absprache. Wer hinausging, nahm den Müll mit. Warum hatte ihre Mutter den Müll nicht mitgenommen? Galten Absprachen nicht mehr, wenn man weg gewesen war? Sie fühlte sich schummrig, aber sie nahm trotzdem den Müll mit. Die Tüte war leicht. Verpackungen.

Simone ging nach draußen, sog die kühle Luft ein, den Beutel an der Hand. Ging hinüber zur Hecke, klappte den Mülldeckel hoch, warf die Tüte hinein. Klappte den Mülldeckel zu. Stutzte. Machte den Mülldeckel wieder auf und schaute hinein, zog den frisch eingeworfenen Beutel zur Seite und erstarrte.

Wurden Waffen neuerdings in der Gelben Tonne entsorgt?

41

Als ich vor der Tür stand, war ich plötzlich unsicher. Vielleicht war Simone zu sehr angeschlagen, um schon Besuch empfangen zu können. Noch konnte ich einfach wieder verschwinden, ohne gesehen worden zu sein. Noch konnte ich … Ich klingelte.

– und sofort wurde die Tür aufgerissen. Ich erstarrte. Vor mir stand Simone – mit einem Revolver in der Hand.

„Simone!" Mir kam kaum das Wort über die Lippen.

Simone war ähnlich erstaunt wie ich selbst.

„Herr Jakobs!"

Sie ließ die Waffe sinken. Ein beruhigendes Gefühl.

„Simone, was machen Sie da? Warum haben Sie diesen Revolver in der Hand? Wo haben Sie ihn überhaupt her?"

„Aus dem Mülleimer!"

„Wie bitte?"

„Er lag in der Gelben Tonne."

„Moment! Diese Waffe lag in der Gelben Tonne?"

„Ja, ich hab sie eben gefunden. Und ich bin sicher, dass meine Mutter sie hineingeworfen hat."

„Aber, Simone – warum sollte Ihre Mutter das tun?"

„Um sie loszuwerden natürlich."

„Und Sie haben sie herausgeholt?" Ich starrte auf die Waffe. „Sie haben sie angefasst?"

„Ach so!" Simone lenkte ihren Blick jetzt ebenfalls darauf. „Das hätte ich wohl besser nicht tun sollen."

„Das kann man so sagen."

„Aber der Fall ist doch klar", Simone fing an zu schluchzen. „Meine Mutter hat Thorsten erschossen. Ihr Alibi stimmt nicht. Ich habe das von Anfang an gewusst."

Plötzlich überkam mich ein seltsames Gefühl. „Wo ist denn Ihre Mutter überhaupt?"

Simone schluchzte weiter. „Sie ist nicht da. Weggegangen. Keine Ahnung, wo sie hingegangen ist."

Ich nahm eine Fußgängerin wahr, die die Straße entlangging. Ich konnte nur hoffen, dass sie kurzsichtig war und den Gegenstand in Simones Hand nicht erkannte.

„Simone", sagte ich eindringlich, „vielleicht gehen wir mal lieber hinein."

Drinnen legte Simone die Waffe auf eine Kommode und verschwand wortlos in eins der Zimmer. Ich stand ziemlich hilflos im Flur, war aber froh, dass ich zunächst die Waffe in Sicherheit bringen konnte. Ich wickelte sie in ein Tempo und verstaute sie hoch oben auf der Garderobe im Flur. Dann rief ich Max an. Ich erwischte ihn just auf dem Weg nach Lentrop. Er und seine Kollegin wollten Simone noch einmal befragen.

„Die Waffe", murmelte er, als ich ihm das Neueste berichtet hatte. „Dir ist ja wohl klar, dass das für Simones Mutter nicht gerade glücklich ist."

„Ich denke, sie hat ein Alibi."

„Das wir jetzt mit Sicherheit noch einmal überprüfen werden. Allerdings", fügte Max nachdenklich hinzu, „ist die Situation für deine Schülerin noch weitaus schlechter. Sie hat nämlich überhaupt kein Alibi."

„Sie war doch bei diesem Kerl. Oder hat ihn angerufen."

„Anschließend, genau!"

„Max, das ist nicht dein Ernst. Simone hat die Waffe gefunden. Meinst du, sie hätte sie angeschleppt, wenn sie sich damit selbst belasten würde? Wenn sie die Täterin wäre, hätte sie den Revolver schon zigmal anderweitig entsorgen können."

„Vielleicht hofft sie, dass wir genau das denken." Dann legte Max auf.

Kaum war das Gespräch beendet, hörte ich, wie sich der Schlüssel in der Haustür drehte. Frau Reinold. Sie schaute verdattert, als sie mich in ihrem Flur stehen sah.

„Nicht erschrecken!", beruhigte ich sie. „Ich bin nur vorbeigekommen, um nach Simone zu sehen."

Frau Reinold wirkte immer noch sehr mitgenommen. Sie hatte zwei Taschen am Arm. Offenbar war sie einkaufen gewesen.

„Ist Simone wach?", fragte sie irritiert.

„Das kann man so sagen. Sie ist – sie hat – "

Simone beendete meine Wortfindungsstörung, indem sie aus ihrem Zimmer herausschoss.

„Ich hab sie gefunden!", kreischte sie.

Ihre Mutter ließ die Taschen auf den Boden sinken.

„Was hast du gefunden?"

„Was du in der Gelben Tonne versteckt hast!"

Simones Mutter schaute irritiert. Schließlich blickte sie mich an – und bettelte mit ihrem Blick um eine Erklärung.

„Simone hat in der Gelben Tonne einen Revolver gefunden", vermittelte ich, *„Ihren* Revolver, wie Simone sagt."

„Wie bitte? Was?" Entweder war Frau Reinold wirklich verdutzt oder sie war eine verdammt gute Schauspielerin.

„Gib doch zu, dass du es warst!" Simone schluchzte hysterisch. „Ich habe es von Anfang an gewusst. Du wolltest ihn aus meinem Leben verdrängen. Weil du meintest, dass er zu alt ist für mich. Weil du wolltest, dass ich so lebe wie du, ohne Mann, ohne Bindung – und am besten noch: ohne Kind."

Frau Reinolds Stimme zitterte, als sie zu sprechen begann. „Simone, ich habe dir gesagt, dass nichts davon stimmt. Weder habe ich mit Thorsten Hillebrandts Tod irgendetwas zu tun noch habe ich jemals bereut, dich bekommen zu haben. Wie kannst du überhaupt so etwas denken? Weißt du denn nicht, dass du das Einzige bist, was ich habe?"

„Und genau deshalb wolltest du mich mit niemandem teilen!"

„Moment mal!" Ich konnte nicht länger ertragen, wie Simone sich da in etwas hineinsteigerte. „Meinst du ehrlich, deiner Mutter würde im Falle des Falles nichts Besseres einfallen, als den Revolver in der Gelben Tonne zu entsorgen? Die Waffe muss ganz obenauf gelegen haben, wenn du sie beim Mülleinwerfen entdeckt hast. Denk doch mal nach! Die Tonne steht draußen, für jedermann zugänglich. Da wollte jemand, dass die Waffe gefunden wird. Jemand, der deine Mutter in Verdacht bringen will. Oder dich selbst!"

„Mich selbst?" Offenbar hatte ich Simone erreicht. Sie dachte nach.

Dann hörte man ein Auto anrauschen. Ich atmete auf. Selten hatte ich mich so über Max' Kommen gefreut wie in diesem Augenblick.

42

„Ja, das ist aller Wahrscheinlichkeit nach meiner." Frau Reinolds Stimme wankte. Die ganze Frau schien zu wanken. Sie war in ihren Grundfesten erschüttert.

„Eine *Nagant*", murmelte Max. „Haben Sie eine Erklärung, wie diese Waffe in Ihre Mülltonne gelangt sein könnte?"

Simones Mutter schüttelte den Kopf.

„Frau Reinold, wir würden Sie dann noch einmal mit auf die Wache nehmen wollen." Max' Stimme war sehr bestimmt und doch irgendwie warm. Er sah dasselbe wie ich. Eine Frau, der alles zu entgleiten schien.

„Vielleicht packen Sie ein bisschen was zusammen, meine Kollegen nehmen Sie dann mit. Kriminalhauptkommissarin Oberste möchte selbst die Befragung durchführen."

Frau Reinold ging. Sie packte ein paar Sachen zusammen. Sie war wie betäubt. Ich überlegte derweil, was mit Simone werden sollte. Sie konnte nicht allein in der Wohnung bleiben. Sie konnte wahrscheinlich genauso wenig mit der Mutter in der Wohnung bleiben, falls die zurückkam. Simone musste hier weg.

Inzwischen war die Spurensicherung eingetroffen und wurde von Max' Kollegin Richtung Mülltonne geschickt. Zwei Streifenkolleginnen packten sich Frau Reinold ins Auto. Schließlich wurde es ruhiger. Ich stand bei Simone in der Küche und kochte Kaffee. Irgendwie hatte ich das Gefühl, dass das Mädchen gleich zusammenklappen würde.

„*Sie* müssten wir natürlich auch noch mal sprechen", sagte Max, als er zu Simone und mir in die Küche kam.

Simone nickte. Ich schüttete derweil Kaffeemehl in den Filter. Es war eine angenehme Vorstellung, dass es gleich keinen Krach geben würde.

„Als Sie bei Herrn Jakobs angerufen haben", begann Max und stand dabei locker an der Küchenanrichte – bei jedem anderen Thema hätte es glatt gemütlich werden können, „da haben Sie bestätigt, dass Thorsten Hillebrandt an einem bedeutenden Artikel gearbeitet hat. Über eine Geschichte, die schon länger zurückliegt."

„Ja, das stimmt", Simone sprach sehr nasal, „da ging es um die Berichterstattung über einen LKW-Fahrer. In einem Steinbruch."

Treffer versenkt. Ich verkniff es mir, Max einen freudigen Blick zuzuwerfen.

„Thorsten und ich sind zweimal dort gewesen. Einmal haben wir uns die Unfallstelle angeschaut, an einem Sonntag, als der Bruch geschlossen war. Ein anderes Mal hatte Thorsten ein Gespräch mit jemandem aus dem Betrieb. Das war ein Vormittag, an dem ich mehrere Freistunden hatte. Ich habe über eine halbe Stunde im Wagen gewartet."

„Was hat Ihr Freund anschließend von dem Gespräch erzählt?"

„Mein Freund – ", der Ausdruck schien Simone anzugreifen. Sie hatte eine heimliche Beziehung geführt. Obwohl sie unsterblich verliebt gewesen war, hatte sie niemals „mein Freund" sagen können. Simone riss sich zusammen. „Ihm käme da einiges komisch vor. Als der Unfall passierte, war der LKW-Fahrer der Einzige, der schon im Einsatz war am frühen Morgen. Außerdem ist er riskant gefahren. Hat Thorsten gesagt."

Max runzelte die Stirn. „Wissen Sie, mit wem genau Thorsten Hillebrandt gesprochen hat?"

Simone überlegte einen Moment. „Hohaus – oder so ähnlich. Aber ehrlich gesagt kann ich mir nicht vorstellen, dass diese Sache mit dem Mord zu tun hat. Thorsten hat daran gearbeitet, ja, aber er hat nicht das Gefühl vermittelt, dass das eine ganz heiße Kiste ist. Thorsten hat sich mit vielem beschäftigt. Er interessierte sich für alles. Einmal hat er mein halbes Chemiebuch durchgelesen, als ich meine Schultasche dabeihatte."

„Wann haben Sie denn zuletzt mit Ihrem Freund über diese Steinbruch-Sache gesprochen?"

Simone überlegte wieder. „Vor zwei, drei Wochen. Genau kann ich das nicht sagen."

„Und seitdem hat er nie wieder etwas erwähnt?"

„Nein! Allerdings – ", Simone wand sich, „allerdings war er sowieso irgendwie anders in der letzten Zeit."

„Wie meinen Sie das?" Max sah meine Schülerin aufmerksam an.

„Er war verschlossen. Manchmal sogar genervt", Simone blickte jetzt mich an. „Ich fürchte, ihm wurde das zu eng mit uns beiden. Er hatte ständig Ausreden, warum er sich nicht mit mir treffen wollte. Er sagte, dass ich für die Schule lernen müsse. Ich würde sonst absacken. Er meinte, wir sähen uns zu viel. Er brauche erst mal etwas Abstand."

„Ist es also möglich, dass Thorsten Hillebrandt sehr wohl weiter an der Sache dran war, sich Ihnen aber nicht mehr mitgeteilt hat?"

Max' Frage klang für Simone offenbar sehr hart. Sie schluckte sichtlich und kämpfte wieder mit den Tränen. Schließlich sagte sie fast trotzig: „Das mag schon sein. Trotzdem hat diese Steinbruch-Geschichte nichts mit dem Mord an Thorsten zu tun."

„Wieso sind Sie da so sicher?"

„Weil – weil – "

„Weil Sie Ihre Mutter verdächtigen."

Simone antwortete nicht.

Max überging ihr Schweigen. „Was wissen Sie über Thorstens Familie?"

„Wenig", Simone hörte sich fast kleinlaut an. „Ich hätte seine Familie gerne kennengelernt. Aber Thorsten hat das nicht gewollt. Noch nicht."

Max und ich dachten dasselbe. Simone war für Thorsten nichts weiter als eine nette Affäre gewesen. Er hatte überhaupt kein Interesse gehabt, sie in seine Familie einzuführen.

„Hat er nie etwas erzählt? Von seinem Bruder zum Beispiel?"

„Wolfgang? Nicht viel. Er hat mal gesagt, dass Wolfgang in Rixen vereinsamt. Dass er so ein Übriggebliebener sei – und das sei in einem Dörfchen wie Rixen nicht gerade spaßig." Simone zog die Stirn kraus, dann löste sie sich, als käme ihr ein heiterer Gedanke. „Einmal hat Thorsten gemeint, wir könnten Wolfgang ja mit meiner Mutter verkuppeln."

Max und ich schwiegen. Thorsten Hillebrandt schien einen etwas schrägen Humor gehabt zu haben.

„Außerdem hat Thorsten sich beklagt, dass Wolfgang ihn und seine Schwester noch nicht ausbezahlt habe. Zumindest sein Pflichtteil wollte er haben."

„Das hat er gesagt?" Max war sehr interessiert. „Haben er und sein Bruder sich darüber gestritten?"

„Das weiß ich nicht genau. Allerdings war Wolfgang da, als ich Thorsten angerufen habe – am Freitagabend."

Ich stutzte und sah zu Max hinüber. Für den schien diese Aussage nicht überraschend zu sein.

„Als Sie anriefen und Thorsten von dem Streit mit Ihrer Mutter erzählten?"

Simone blickte nach unten. „Ja." Sie sah plötzlich aus wie ein kleines Schulmädchen. „Das war das letzte Mal, dass ich mit ihm gesprochen habe."

„Hat Ihr Freund Ihnen am Telefon erzählt, warum Wolfgang da war? Ging es vielleicht an diesem Tag auch um das Erbe?"

„Keine Ahnung. Er hat nur gesagt, er könne wegen Wolfgang nicht länger mit mir sprechen."

„Und deswegen sind Sie später einfach zu ihm gegangen?"

„Ja, zu ihm nach Hause. Ich bin gegen viertel vor zehn losgegangen."

„So spät?"

„Ich wusste ja, dass Thorsten arbeiten musste. Aber als ich ankam, war er immer noch nicht da. Ich habe eine Weile gewartet –"

„Sie haben einen Schlüssel?"

„Ja, Thorsten hat ihn mir mal gegeben, damit wir unabhängig voneinander in die Wohnung gehen konnten. Er –", Simone zögerte, „er hatte es nicht so gern, wenn man uns zu viel zusammen sah."

„Sie waren also bei ihm in der Wohnung. Ist Ihnen dort irgendetwas aufgefallen? Hat jemand angerufen?"

„Ich war nur zehn Minuten da – höchstens. Ich würde auch nicht einfach ans Telefon gehen. Thorsten ist da sehr eigen. Überhaupt hatte ich irgendwann Angst, dass Thorsten sauer sein könnte, wenn ich einfach ohne Absprache in seiner Wohnung wartete. Er war ja ohnehin schon stinkig – nachdem wir telefoniert hatten."

„Was haben Sie dann gemacht?"

„Ich bin zur Redaktion gegangen. Ich wollte unbedingt noch mit Thorsten sprechen – weil wir uns gestritten hatten."

„Darf ich mal eine Zwischenfrage stellen", unterbrach ich, „Sie sagten am Telefon, Sie seien „wegen so einer Geschichte" in die Redaktion gegangen. Damit meinten Sie die private Geschichte zwischen Thorsten und Ihnen? Die Klärung des Streits?"

Simone nickte. Manchmal waren die Dinge so banal. Es war Simone gar nicht um „eine brisante Story" gegangen, sondern um ihren Beziehungsknatsch.

„Wann waren Sie dort?", kam Max wieder auf den Verlauf des Abends zurück.

„Kurz vor halb elf."

„Und Sie sind zu Fuß zur Redaktion gegangen."

„Es ist ja nicht weit."

„Haben Sie abends keine Angst?"

„In Lentrop?"

„Und Sie haben niemanden gesehen?"

„Nein, das sagte ich doch schon. Ich bin ins Gebäude gegangen, die Türe war auf, und im Büro – da – da lag er dann in einer Pfütze von Blut und bewegte sich nicht", Simone schluckte. Sie würde jeden Moment wieder zu weinen anfangen. „Ich habe ihn angefasst. Ihn in die Arme genommen. Ich konnte nicht glauben, dass Thorsten wirklich tot war."

„Und dann?"

„Ich habe sofort gedacht, das war Mama. Und dann habe ich überlegt, was ich tun könnte. Wen ich anrufen könnte."

„Warum haben Sie denn nicht die Polizei angerufen?"

„Die Polizei?" Simone sah Max überrascht an. Mir fiel ein, dass Simone das auch gefragt hatte, als sie nach Auffinden der Leiche mit mir gesprochen hatte: „Die Polizei?"

„Darauf wäre ich niemals gekommen", sagte sie leise, „wegen Mama. Und irgendwie war ja auch ich daran schuld."

„Und da ist Ihnen Frau Jablonski eingefallen? Warum?"

Simone schlug wieder die Augen nieder. „Nein, mir ist nicht Frau Jablonski eingefallen. Sondern Sven. Sven Jäger. Mit dem ich gechattet habe. Und telefoniert. Ich habe nur Herrn Jakobs gesagt, dass ich Frau Jablonski anrufen wollte, damit – damit er eine Erklärung hat, ohne den Namen desjenigen zu wissen, bei dem ich mich aufhalte."

„Moment! Moment!", mischte ich mich jetzt ein. „Verstehe ich das richtig? Sie wollten nicht etwa Heike Jablonski, sondern diesen Sven Jäger anrufen, haben dann die falsche Taste gedrückt und sind bei mir gelandet?"

„Genau! Heike Jablonski kenne ich doch gar nicht richtig. Ich weiß nur, dass Thorsten mal kurz was mit ihr hatte. Nichts Ernstes."

„Aha."

Ich war gespannt, welche Versionen zu dieser Anrufgeschichte mir von Simone noch aufgetischt wurden.

Max sah mich an. Übermüdet. Fertig. Am Ende.

„Ist der Kaffee durch?", fragte er zu meiner Überraschung.

Ich schaute auf die leere Kanne. Nichts war passiert. Ich hatte vergessen, die Maschine anzustellen.

43

Zu ihren Freundinnen wollte Simone nicht.

„Mir ist das peinlich", erklärte sie stockend, „ dass ich sie über Wochen permanent angelogen habe. Das muss ich erst mal in Ruhe mit ihnen klären. Es wäre mir komisch, jetzt bei ihnen ins Haus einzufallen."

Ich musste das hinnehmen, wusste aber nicht, worauf das Ganze dann hinauslaufen konnte.

„Bärbel", sagte sie schließlich, „das ist eine Cousine von Mama. Die ist in Ordnung. Da hinzugehen, könnte ich mir vorstellen."

Simone rief bei ihr an und stellte auf unser Drängen hin das Telefon laut. Diese Bärbel schien unglaublich froh, dass sie Simone gesund am Telefon hatte.

„Klar kannst du kommen", versicherte sie. Dann stutzte sie. „Allerdings muss ich morgen Nachmittag weg. Ich gebe ein Wochenendseminar in Heidelberg."

Max und ich sahen uns an. Wir waren uns stillschweigend einig, dass Simone möglichst wenig allein sein sollte.

„Vielleicht finden wir dann morgen eine andere Lösung", schlug Max vor. „Vorerst scheint mir das hier ganz günstig zu sein."

Ich nickte. Zwischendurch hatte ich daran gedacht, Simone bei uns übernachten zu lassen, hielt das aber nicht für eine wirklich gelungene Lösung.

„Okay, morgen sehen wir weiter."

Simone machte die Sache fest und begann ihre Tasche zu packen.

Es passierte, als ich die Tasche in den Kofferraum stellte. Ich weiß nicht, wo er hergekommen war. Ich hörte es nur plötzlich rascheln. Vorhoff stand etwa zehn Meter entfernt hinter einem Auto und fotografierte. Ich war selbst überrascht über meine körperliche Leistung. Drei Schritte und ich war bei ihm. Mit einem Stoß rammte ich ihm die Kamera in die Nase. Vorhoff jaulte. Ich versuchte, ihm den Fotoapparat zu entwenden, schließlich fiel er zu Boden.

„Sind Sie verrückt?" Vorhoffs Nase blutete. Ich konnte nur ahnen, was das für Schlagzeilen geben würde. Vorhoff bückte sich nach der Kamera. Ich schoss sie mit dem Fuß einige Meter über den Asphalt. Im selben Moment stand Max hinter mir und hielt mich zurück.

„Schluss jetzt!", brüllte er.

Vorhoff funkelte mich an. „Das wird ein Nachspiel haben!" Er spie die Worte beinahe aus.

„Halten Sie den Mund!" Max ließ mich los und griff nach der Kamera.

„Ihr fahrt jetzt los!", herrschte er mich an.

Auf der Autofahrt mit Simone sprach ich kein einziges Wort. Es reichte, mir vorzustellen, welche Schlagzeilen am nächsten Tag im *Sauerländer Anzeiger* zu lesen sein würden.

„Lehrer Vincent J. schlägt unschuldigen Journalisten zusammen", war sicherlich noch weit untertrieben.

44

„*Biegen Sie nach zweihundert Metern links ab!*"

„Quatsch!", sagte Max. „Fahr besser geradeaus!"

„Aber wenn er es sagt …"

„Ina, ich bin in dieser Gegend über zehn Jahre lang Taxi gefahren. Wenn nicht ich den schnellsten Weg zu den *Sauerländer Steinbrüchen* weiß, dann weiß ihn niemand!"

„Ah, ich verstehe", Ina verdrehte die Augen, „der liebe Gott sitzt in meinem Auto."

Max stöhnte vernehmlich. Schon nach wenigen Sekunden ertönte wieder die männlich-smarte Navistimme.

„Biegen Sie nach hundert Metern links ab!"

Max bemühte sich, möglichst ruhig zu sprechen. „Ina, dieses Navi erzählt Müll!"

„Himmelherrgott, lass es mich doch einfach ausprobieren. Es ist neu! Kannst du nicht verstehen, dass ich es mal austesten will?"

„Von mir aus – fahren wir eben einen Umweg!" Max verschränkte trotzig die Arme vor der Brust.

„Stell dich nicht so an!" Ina bog links ab.

Eine Weile sagte niemand etwas.

„Bitte halten Sie sich rechts!"

„Häh?" Max stob ungläubig nach vorn. „Hier *kann* man überhaupt nicht links fahren. Wie sollen wir uns dann rechts halten?"

Ina bemühte sich nicht um eine Antwort.

„Bitte fahren Sie nach dreihundert Metern rechts!"

„Ich geb's auf!" Max schmiss sich zurück in den Sitz. „Von mir aus: Hör auf diesen Dummschwätzer! Wenn du dem nächstbesten Mann trauen möchtest, obwohl du mich schon viel länger kennst!"

„Max, du wirst doch nicht etwa eifersüchtig sein!"

„Natürlich! Ich finde es abartig, dass du dieser Weichei-Stimme mehr glaubst als mir."

„Soll ich die weibliche Stimme einstellen? Kannst du dann besser damit umgehen?"

„Nein danke, ich kann mir schon denken, wie die klingt."

„Und die Männerstimme findest du weicheiig?" Ina sah amüsiert zu ihrem Kollegen hinüber.

„Biegen Sie rechts ab!"

„Wie würdest du sie denn beschreiben? Der Typ klingt, als hätte er eine Popperfrisur."

„Max, Popper hat es zuletzt vor 20 Jahren gegeben."

„Heute heißen sie nicht mehr so. Heute tragen sie die Haare halblang, haben ständig eine Strähne im Gesicht hängen und geben 30 Euro für eine Unterhose aus."

Ina lachte. „Woher willst du wissen, dass der Typ in meinem Navi 30 Euro für eine Unterhose ausgibt?"

„Er klingt so. Im Übrigen nennt er sie natürlich nicht Unterhosen. Er kauft Boxer Shorts, klar. Von Calvin Klein wahrscheinlich."

„Wie viel gibst du denn für eine Unterhose aus?"

„Zumindest keine 30 Euro!"

„Du kaufst sie im Dreierpack, stimmt's?" Ina amüsierte sich mittlerweile prächtig, Max eher weniger.

„Ist dagegen etwas einzuwenden?"

„Deshalb klingt deine Stimme auch wie die eines Cowboys."

„Du verstehst das nicht."

„Und wie! Du hast ein interessantes Männerbild!" Ina grinste. „Ganz nebenbei sollte man deine Idee aufgreifen und unterschiedliche Navistimmen einbauen – nicht nur Mann und Frau."

„Wie meinst du das?"

„Na, es könnte zum Beispiel die Stimme für Alt-68er geben." Ina gab ihrer Stimme einen verständnisvollen, diskussionserprobten Klang, der von zehn Jahren WG-Erfahrung zeugte:

„Ich fände es echt dufte, wenn du jetzt rechts abbiegen würdest!"

Max lachte. „So meinst du das. Dann schlage ich als Gegengewicht eine Stimme für Angehörige der Bundeswehr vor: **Reeeechtsum! Marsch!!**"

„Nicht schlecht", feixte Ina. Sie wurde immer aufgekratzter. „Wie wäre es außerdem mit einer Stimme für junge Mütter mit Kindern im Auto? *Eins zwei drei im Sauseschritt, die nächste Kreuzung ist der Hit!*"

„Außerdem noch eine Version für unsere Senioren. Für den Fall eingetretener Schwerhörigkeit eine automatische Lautstärkeerhöhung: **„Hallo? Sind Sie noch da? Dann fahren wir jetzt mal links ab! Haben Sie gehört? Links ab! Aber noch nicht hier – nein, nicht hier! – erst, wenn tatsächlich eine Abbiegung kommt!"**

„Max, das war politisch nicht korrekt. Man nennt das Altersdiskriminierung."

„Nein, man nennt das: Max ist überdreht."

„Als Gegengewicht jetzt eine politisch korrekte Ansage: *Wir bitten die Fahrerin oder den Fahrer dieses Wagens, an der nächsten Kreuzung rechts abzubiegen, was keiner politischen Stellungnahme gleichkommt. Vielmehr sollte es sich um eine selbstbestimmte Entscheidung in Einklang mit den Fahrzielwünschen der Fahrerin oder des Fahrers unter Einbeziehung der Straßenverkehrsordnung handeln.*"

„Und jetzt die sauerländische Variante", konterte Max. „Wenn ihr tatsächlich nach Bestwig wollt", bollerte er los, „dann fahrt ihr erst mal auf Ahnsberch, bis Ende Autobahn, dann an der Kiache rechts ab", Max sprach *Kirche* mit einem seeehr kehligen *ch* aus, „dann biegt ihr ab, wo vorher diese Kneipe war, wisst ihr, woll, wo ganz früher mal die Post drin war, als Schneiders Hubbert das noch gemacht hat, da ab und dann eigentlich immer geradeaus. Wisst ihr Bescheid, woll?"

Ina gluckste, wurde aber vom Navi unterbrochen.

„Bitte wenden Sie bei nächster Gelegenheit!"

Es gab keinen Zweifel – Ina hatte die Abfahrt verpasst.

Max machte sich vor Lachen fast in die Hose.

Als sie endlich das Betriebsgelände der *Sauerländer Steinbrüche* befuhren, kam ihnen ein Auto entgegen. Max streifte die Fahrerin nur mit einem Blick. Es dauerte daher einen Moment, bevor er das Gesicht einordnen konnte. Dann endlich wusste er, woher er die Fahrerin kannte. Heike Jablonski war gerade an ihnen vorbeigefahren. Die Redakteurin des *Sauerländer Anzeigers*.

45

Sie war entsetzt. Alles wankte. Ihr ganzes Leben schien zusammenzubrechen.

Sie hatte nie viel gewollt für sich. Und sie hatte noch weniger bekommen.

Alles, was sie gewollt hatte, war, dass es ihrer Tochter besser erging als ihr selbst. Dass sie das private Glück erlebte, das sie sich immer gewünscht hatte.

Warum war das nicht möglich? Warum war jetzt alles anders gekommen?

Sie war am Ende. Vielleicht war sie wirklich am Ende.

46

Kalk war nicht gerade ein sauberes Geschäft, wie es schien. Überall Staub. Kurz nachdem er und Ina aus dem Auto ausgestiegen waren, waren ihre Schuhe auch schon mit einer leichten Staubschicht überzogen gewesen. In den Büroräumen ebenfalls dieser dünne Film. Henning Grothaus jedoch schien gegen jegliche Staubschicht immun. Sauber, dachte Max. Zumindest gibt er sich so. Dann endlich realisierte er, warum Henning Grothaus der Kalkstaub nichts anhaben konnte. Er war in exakt dieser Farbe gekleidet: ein beigefarbener, eher sommerlicher Anzug. Dazu beigefarbene Schuhe. Der ganze Mann war beige. Sogar seine Haare. Wahrscheinlich war er als Kind in einen Kalkbottich gefallen. Auch eine Möglichkeit der Berufsfindung.

„Mir ist durchaus bekannt, dass Herr Hillebrandt sich für den Unfall auf unserem Gelände interessiert hat." Eine smarte Stimme.

Kreide gefressen, dachte Max.

„Er ist also hier gewesen, um sich zu erkundigen", fragte Ina nach. Dankenswerterweise schrieb diesmal sie mit.

„So ist es. Allerdings dürfte unser Gespräch schon etwa zwei, drei Wochen zurückliegen."

„Könnten Sie uns das genaue Datum sagen?" Ina war unerbittlich. „Sicherlich haben Sie den Termin doch in Ihrem Kalender stehen."

„Keineswegs!" Grothaus hob die Augenbrauen. „Herr Hillebrandt kam unangekündigt. Ich hatte daher auch nicht allzu viel Zeit für ihn."

„Sie können also nicht nachvollziehen, wann genau Hillebrandt hier war?"

„Nun", Grothaus atmete durch. Er gab sich bemüht. „Ich könnte natürlich versuchen, aus dem Gedächtnis heraus –"

„Da wären wir Ihnen sehr dankbar!" Max kannte diesen Ton bei Ina. Sie hatte für sich entschieden, dass sie den Kerl nicht ausstehen konnte.

Grothaus griff nach einem elektronischen Dater. „Lassen Sie mich überlegen", er runzelte die Stirn, „es war Ende Januar, glaube ich. War das vor dem Meeting in Wülfrath?", er murmelte etwas, das Max nicht verstehen konnte. Dann ging er ein paar Termine durch. „Jetzt erinnere ich mich", er sprach jetzt wieder klar und deutlich, „ich musste Herrn Hillebrandt entlassen, weil ich anschließend einen Termin mit einem Kunden hatte. Dieser Termin war am Dienstag, dem 29. Januar, um 11 Uhr. Vorher war Herr Hillebrandt hier, vielleicht so gegen halb elf."

„Na also!" Ina schrieb den Termin auf.

„Was genau wollte Herr Hillebrandt von Ihnen?" Max sah den Kalk-Betriebsmenschen aufmerksam an.

„Er wollte sich den Unfallhergang erklären lassen."

„Warum? Was war der Anlass?"

„Ich mache mir nichts vor", Grothaus verschränkte die Arme vor der Brust, „der Mann war Journalist. Ich nehme an, er witterte eine Mitschuld unseres Unternehmens."

„Gab es die? Oder besser: Hatte Herr Hillebrandt Anlass zu denken, dass es sie gab?"

„Keineswegs. Das Einzige, was Herr Hillebrandt hatte, war die Tatsache, dass in der Presse eher dezent über den Unfall berichtet worden war. Er mutmaßte dahinter eine Verschwörung."

„Eine Verschwörung?" Ina sah interessiert hoch.

Grothaus lachte. „Nun, Verschwörung ist wahrscheinlich das falsche Wort. Er dachte – warum auch immer – es müsste einen Grund haben, dass recht sachlich und dezent berichtet worden war."

„Und? Gab es den?"

Grothaus verzog die Miene. „Natürlich nicht. Ich sage mal so: Man kann einen solchen Unfall pressemäßig aufbauschen. Die armen Angehörigen – Mußmaßungen über den Unfall – womöglich die Frage, ob es gar kein Unfall war ..." Grothaus hob die Augenbraue. „Gott sei Dank ist eine solche Berichterstattung hier eher unüblich. Zumal das Urteil des Gutachters eindeutig war. Tatsächlich nur ein Unfall. Da ist es für die Angehörigen angenehmer, wenn der Fall nicht groß in der Presse erscheint."

„Und Thorsten Hillebrandt wollte das nicht einsehen?"

„Ein junger, impulsiver Mann. Es fehlte ihm deutlich an Erfahrung."

„Aha." Max sah Grothaus an. „Er hatte also keine Hinweise, dass etwas mit dem Unfall nicht stimmte?"

„Überhaupt nicht. Er hat ins Blaue hinein recherchiert."

„Konnten Sie seine Bedenken zerstreuen? Hat er Ihnen geglaubt, dass alles mit rechten Dingen zugegangen ist?"

„Ich denke schon. Die Fragen, die er hatte – zum Beispiel, ob wegen Restalkohol ein Bluttest gemacht worden ist, ob an einer üblichen Kippstelle abgeladen worden war – all das konnte ich ihm einwandfrei erklären."

Max dachte einen Augenblick lang nach.

„Glauben Sie, dass Hillebrandt weiterrecherchiert hat?"

„Das kann ich natürlich nicht sagen. Aber ich hatte nicht den Eindruck, dass er darin noch einen Sinn sehen konnte."

„Meinen Sie nicht, dass er vielleicht die Angehörigen befragt hat?"

Grothaus nahm sich etwas Zeit für die Antwort. „Eher nicht. Die Angehörigen stammen nicht von hier."

„Moment! Moment!" Max horchte auf. „Eben sagten Sie, die Presse hätte die Angehörigen schonen wollen. Nun heißt es, sie leben gar nicht vor Ort."

Grothaus geriet ins Schleudern. „Nun, ich kann jetzt nicht über alle Verwandten etwas sagen. Und schon gar nicht über mögliche Freunde und Bekannte, die das Opfer hier hatte –"

„Geben wir ihm doch einfach einen Namen", mischte sich Ina ein. „Wie hieß der Fahrer?"

„Maik Sprenger."

„Wohnhaft hier?"

„Ja, in Hesperde. Aber er kommt ursprünglich aus dem Osten. Aus Mecklenburg-Vorpommern. Seine Familie lebt dort."

„Seine Familie?"

„Seine Eltern."

172

„Haben Sie Kontakt zu ihnen?"

„Nach dem Tod hatten wir natürlich mehrfach Kontakt. Wir haben unser Beileid in aller Form zum Ausdruck gebracht. Im Übrigen gibt es in einem solchen Fall ja auch einiges zu klären. Rein versicherungstechnisch."

„Können Sie uns die Adresse bitte heraussuchen?" Ina blieb dran.

Grothaus stutzte. „Das ist natürlich kein Problem, wenngleich ich das ehrlich gesagt nicht gerne tue. Herr Sprengers Eltern sind schon alt. Wenn sich dort die Polizei meldet, bringt das einige Unruhe." Grothaus wirkte verunsichert. „Verstehen Sie mich nicht falsch! Aber ich glaube, dass der schreckliche Mord an Thorsten Hillebrandt nichts, aber auch gar nichts, mit dem Unfall auf unserem Betriebsgelände zu tun hat."

„Haben Sie eine andere Idee?" Inas Auftreten war keck.

„Ich kenne Herrn Hillebrandt nicht persönlich – von unserem einen Treffen einmal abgesehen. Daher möchte ich mir da kein Urteil erlauben."

„Und solange auch wir uns noch kein Urteil erlauben können, ermitteln wir in alle Richtungen."

Grothaus sah denkbar unglücklich aus. „Unser Unternehmen hat natürlich kein Interesse, mit diesem Mord in Verbindung gebracht zu werden. Sie können sich denken, der Unfall war schädlich genug."

„Schädlich", wiederholte Max.

„Das ist vielleicht nicht das richtige Wort. Aber wir sind natürlich an einer positiven Außendarstellung interessiert – wie jedes andere Unternehmen auch", beeilte Grothaus sich zu sagen.

„Naja, die Presse haben Sie ja auf Ihrer Seite", Max' Bemerkung klang spöttisch. Grothaus verschloss deutlich das Gesicht. „Apropos: Wie ich gerade gesehen habe, hatten Sie heute schon Besuch von der Presse."

Jetzt war Grothaus wirklich erstaunt. „Wie kommen Sie darauf?"

„War Frau Jablonski nicht bei Ihnen?"

„Nicht dass ich wüsste", Grothaus produzierte ein künstliches Lächeln. „Nein, im Ernst. Ich kenne gar keine Frau Jablonski."

„Eine Redakteurin des *Sauerländer Anzeigers*." Max hielt den Kopf schief. „Nun, dann wird sie anderswo auf dem Gelände zu tun gehabt haben."

Ina ruckte nach vorn. „Trotzdem sollten wir die Adresse nicht aus den Augen verlieren!"

Max sah amüsiert zu seiner Kollegin hinüber. Die Frau ließ nicht locker. Dann plötzlich spürte er, dass es in seiner Brusttasche vibrierte. Er entschuldigte sich und verließ eilig das Zimmer. Auf dem Display war die Nummer seiner Chefin zu sehen.

„Marlene!" Er versuchte, freundlich zu klingen. Es fiel ihm auch nicht allzu schwer.

„Max! Wo seid ihr?"

„Wir sprechen mit jemandem aus der Geschäftsführung der *Sauerländer Steinbrüche*. Wie besprochen."

„Ich wollte euch nur sagen: Das Alibi der Mutter ist zusammengebrochen."

„Das ist nicht dein Ernst!"

„Ihre Freundin hat falsch ausgesagt, um sie zu schützen."

„Was ist mit der Waffe?"

„Die Tatwaffe. Nach der Tat wurde sie fein säuberlich abgewischt. Mit einem Spezialreiniger."

„Das heißt …"

„Das heißt, die Schlinge um ihren Hals ist fast zu. Wir nehmen sie gerade in die Mangel."

„Aber warum?"

„Wenn ich das wüsste", Marlenes Stimme klang frustriert, „aber gut, ich bin keine Mutter. Ich habe keine Ahnung, was Mütter tun, wenn sie das Gefühl haben, ihre Kinder schützen zu müssen."

Max stutzte. Ihm war gerade ein ganz anderer Gedanke gekommen.

„Hast du schon mal drüber nachgedacht, wie jung Frau Reinold ist?", fragte er seine Chefin. „Sind wir eigentlich ganz sicher, dass sie und Thorsten Hillebrandt sich nicht gekannt haben?"

174

47

Heike stand auf der Straße und sah nach oben. Wann, verflixt noch mal, ging endlich das Licht aus?

Sie trat von einem Bein auf das andere. Ihr war kalt. Die Jacke war nicht warm genug. Thorsten hatte immer gelästert, wenn sie aus Eitelkeitsgründen etwas Schickes angezogen hatte und sich nachher einen abgefroren hatte. Oder als sie bei der Wanderung über den Rothaarsteig die dünnen Turnschühchen angehabt hatte und nachher vor lauter Blasen kaum mehr hatte laufen können. Thorsten! Er hatte anziehen können, was er wollte, und trotzdem immer gut ausgesehen. Es war verrückt gewesen zu glauben, so jemanden halten zu können.

Heike hauchte in die Luft und produzierte eine Nebelschwade. Sie wollte Taschs Schreibtisch durchsuchen, sein Regal. Vielleicht fand sich dort etwas, was die Beziehung zwischen Tasch und Grothaus näher erklärte.

Heike durchdachte, was sie bislang erreicht hatte. Sie hatte den Namen recherchiert, den Thorsten auf seiner Liste angeführt hatte. *Holger Wenniges*. Sie hatte über das Telefonbuch im Internet einen Holger Wenniges in Werdohl aufgetan. Als sie es bei ihm versucht hatte, hatte sich leider nur ein Anrufbeantworter gemeldet. Heike hatte um einen Rückruf gebeten. Worum es sich handelte, hatte sie dabei noch nicht erwähnt.

Viel spannender aber war ihr Trip zum Steinbruch gewesen. Heike war zunächst zur Zentrale gefahren, um sich dort zu erkundigen, mit wem der verunglückte Fahrer zusammen gearbeitet hatte. Als sie jedoch den Wagen gerade abgestellt hatte, war ihr in den Sinn gekommen, dass das nicht so geschickt war. Sie wollte es lieber direkt probieren. Die Zufahrt zum Steinbruch war durch eine Schranke versperrt gewesen. Kurzerhand hatte sie den Wagen abgestellt und war zu Fuß weitergelaufen, zunächst an einem riesigen künstlichen Hügel vorbei. Brauner Mutterboden, zum Teil schon bewachsen. Das musste Aushub gewesen sein, der nachher wieder irgendwo eingefüllt wurde. Nach 500 Metern schließlich hatte sie das riesige Abbaugebiet vor Augen gehabt. Es gab mehrere Brüche, aber nur in einem wurde gearbeitet. Heike hatte eine Weile zugesehen. Aus einer Entfernung von fast einem Kilometer war das gut möglich gewesen. Man hatte Sprenggeräusche gehört. Heike erinnerte sich, dass sie das mal gelesen hatte: Der Kalkstein wurde abgesprengt, per Förderband abtransportiert und anfallende Abfallprodukte mit 80 Tonner-LKWs weggefahren.

Besagte Mega-LKWs, die sogenannten „Schotterbomber", hatte Heike in der Ferne längst ausgemacht. Vier Stück, brav in einer Reihe. Daneben zwei gigantische Bagger und eine Reihe kleinerer LKWs, immer noch viel zu groß für den Straßenverkehr und nur für den Einsatz auf dem Gelände. Mit so einem schien der Unfallfahrer damals abgestürzt zu sein.

„Was machen Sie hier?"

Heike hatte sich erschrocken umgedreht. „Ich – äh – ich gucke nur ein bisschen."

„Das ist Betriebgelände. Sie dürfen sich hier nicht aufhalten."

Gesprochen hatte jemand, der mit dem Fahrrad unterwegs war. Allerdings hatte er in Arbeitsklamotten gesteckt. Heike war sicher gewesen, dass er sich im Gegensatz zu ihr dort aufhalten durfte.

„Sie arbeiten hier?"

Der Typ hatte jetzt milder geschaut. Er hatte etwas längeres Haar und einen Schnauzbart gehabt. Sein Körper hatte ausgesehen, als würde er fünfmal in der Woche ins Fitnessstudio gehen.

„Mhm. Auf einem der O & K-Bagger dort drüben." Er hatte zu den Fahrzeugen hinübergezeigt. „Ist ja eigentlich nicht meine Art. Aber wir sollen Privatpersonen, die sich hier unrechtmäßig aufhalten, ansprechen. Das hier ist kein Freizeitgelände. Hier wird gesprengt und gefahren. Das ist gefährlich."

„Kann ich mir denken", Heike hatte sich bemüht, Bewunderung in ihren Tonfall zu legen. „Ich verschwinde auch sofort. Ich bin nur mal gekommen, um zu sehen, wie – wie – wissen Sie, ich bin eine Freundin von – Maik." Gerade noch rechtzeitig war ihr der Name eingefallen, der im Artikel gestanden hatte.

„Von Maik?" Der O & K-Fahrer hatte jetzt noch freundlicher gewirkt. „Das wusste ich ja nicht."

„Sie machen schon einen verdammt harten Job", hatte Heike gesagt. „Mit Maik, ich kann das noch immer nicht fassen."

„Man steckt nicht drin", hatte der Arbeiter geantwortet, „er muss abgerutscht sein."

„Waren Sie auch da – an dem Tag?"

„Ja, schon, aber noch nicht, als es passierte."

„Maik hatte eine andere Schicht?"

„Das nicht, aber er war sehr zeitig da, und hat schon mit der ersten Tour begonnen. Er hat sich sogar selbst aufgeladen. Gleich bei der ersten Tour ist es dann passiert. Er muss noch halb im Schlaf gewesen sein."

„Er hat sich selbst aufgeladen?"

„Maik war ein Arbeitstier. Der hat geschafft für drei. Allerdings – dass er sich selbst den Bagger anschmeißt, das war schon außergewöhnlich. Ich hab erst gedacht, der hatte noch Sprit im Blut vom Vorabend. War aber nicht. Die Polizei hat ja das Blut untersucht."

Heike war sehr nachdenklich geworden. „Was für Touren waren das?", hatte sie dann gefragt. „Ich meine, von wo nach wo?"

„Man kann das von hier aus nicht sehen", hatte der Muskelmann erklärt. „Wir haben angeschüttet, einen Bruch, der sich erschöpft hat. Der Abraum lag dort hinten." Er hatte in die Ferne gezeigt.

„Verstehe", Heike hatte gezögert, „waren eigentlich Maiks Eltern mal hier? Haben die sich angeschaut, wo Maik zu Tode gekommen ist?"

„Die Sprengers? Nicht dass ich wüsste. Unser Chef ist wohl hingefahren zur Beerdigung. Die Beerdigung fand ja in Mecklenburg-Vorpommern statt."

„Ich weiß", hatte Heike sich beeilt zu sagen. Innerlich hatte sie gejubelt über alles, was sie jetzt schon kapiert hatte. *Die Sprengerin.* Wahrscheinlich Maik Sprengers Mutter. *MV* – Mecklenburg-Vorpommern.

„Ich muss dann jetzt mal", hatte der Typ schließlich gesagt und sich aufs Fahrrad geschwungen.

Na dann, hatte Heike gedacht. Das war ja verdammt gut gelaufen!

Tief sog Heike jetzt die Abendluft ein. Es hatte etwas geschneit vorhin. Nichts war liegen geblieben, aber es hatte ihr Hoffnung gemacht, dass es so etwas Ähnliches wie Wintermonate vielleicht doch noch gab.

Wieder warf sie einen Blick nach oben. Wie lange sollte sie noch warten? Ob PUK einfach vergessen hatte, das Licht auszuschalten? Dann kam ihr eine Idee. Sie zog ihr Handy aus der Tasche und stellte es an. Sobald sie Empfang hatte, zeigte das Display eine Meldung an. Heike wusste, wer das war. Tasch. Er hatte schon zweimal angerufen. Dann wählte sie die Nummer der Lokalredaktion. Dass sie darauf nicht schon eher gekommen war! Sie ließ es achtzehnmal schellen. Niemand nahm ab. Heike dachte nach. Entweder wollte da oben jemand seine Ruhe haben – oder PUK hatte tatsächlich vergessen, das Licht auszuschalten. Auf dem Parkplatz hatte Heike schon nachgeschaut und kein bekanntes Auto entdeckt. Sie würde nicht länger warten, sondern endlich hinaufgehen.

Als Heike vor der Redaktionstür stand, lauschte sie einen Moment. Auf keinen Fall wollte sie Tasch begegnen. Nichts zu hören. Wenn nicht gerade jemand den Drucker betätigte oder wild herumbrüllte, war das eigentlich immer so. Vorsichtig drehte sie den Schlüssel im Schloss und schob leise die Tür auf. Der kleine Flur war spärlich beleuchtet. Niemand da. Nachdem sie eingetreten war, sorgte sie dafür, dass die Tür nicht laut ins Schloss fiel. Dann schlich sie sich weiter Richtung Großraumbüro. Die Tür war auf. Heike nahm ihr eigenes Herzklopfen wahr, als sie sich umsah. Verflixt, sie arbeitete hier! Aber jetzt kam sie sich vor wie eine Einbrecherin!

Der riesige Raum war leer. Es sei denn, es verbarg sich jemand unter dem Schreibtisch. Heike atmete durch. Sie fing schon an zu spinnen. Und das Spannendste stand ihr noch bevor: Taschs Büro.

Vorsichtig schlich sie über den Flur. An einer Stelle knarzte der Linoleumboden. Sofort blieb sie wie angewurzelt stehen. Als sich nichts tat, tastete sie sich weiter. Giselas Büro stand offen. Heike schob ihren Kopf langsam um den Türrahmen herum. Nichts. Im besten Fall waren die Büros aus unerklärlichen Gründen in diesen Abendstunden festlich beleuchtet. Dann plötzlich ging Heikes Handy los. Sie erschrak so sehr, dass sie nicht wusste, was sie zuerst machen sollte. Weglaufen? Wegdrücken? Sie entschied sich für das Letzte, als mit einem Schwung die Tür von Taschs Büro aufgerissen wurde. Heike machte instinktiv einen Schritt zurück. Sie war auf alles gefasst. Als Gisela im Türrahmen erschien, war das Gefühl der Erleichterung so groß wie vorher der Schreck.

„Heija!" Gisela sah ebenfalls erschrocken aus.

„Bist du allein?" Heike zeigte auf Taschs Büro. Gisela sah sich um. „Ach, du meinst ... nein, der Chef ist nicht da."

„Na, Gott sei Dank!"

„Er hat den ganzen Tag hinter dir her telefoniert."

„Ich weiß."

„Er hat getobt."

„Kann ich mir denken."

„Der Chef tobt ja sonst nicht so oft. Was ist los mit euch beiden?"

„Ach, Gisela, kann ich dir jetzt gerade nicht sagen."

Die Sekretärin schnaubte unglücklich. Sie sah abgekämpft aus.

„Was machst du eigentlich noch hier? Um diese Uhrzeit, meine ich jetzt? Ich hab eben angerufen, aber niemand ist drangegangen."

„Ach, du warst das", Gisela machte eine wegwerfende Handbewegung. „Ich sorge für eine problemlose Übergabe. Dabei wollte ich mich nicht stören lassen."

„Aber es dauert doch noch."

„Schon, aber es dauert auch, bis ich alles in Ordnung gebracht habe", Gisela rieb sich das Gesicht. Dann blickte sie hoch. „Und was ist mit dir? Warum geisterst du noch hier herum? Spätdienst jedenfalls hat PUK."

„Ich weiß, ich will nur etwas nachschauen."

„Heute Abend noch?" Gisela blickte Heike vorwurfsvoll an. Sie hatte immer etwas von einer Mutter: *Kinder, arbeitet nicht so viel. Husch, husch, ins Bett!*

„Ich möchte das in Ruhe machen."

„Verstehe!" Gisela wollte sich gerade zurückziehen, als sie sich doch noch einmal an Heike wandte. „Nein, eigentlich verstehe ich dich nicht. Was tust du, Heike? Kann es sein, dass du dich ganz fürchterlich in etwas hineinsteigerst?"

Heike fuhr sich durchs Haar. „Kann sein. Kann aber auch nicht sein."

„Geht es um Thorsten?"

Heike nickte stumm.

„Heija!" Gisela kam auf Heike zu. „Du bist völlig verwirrt. Erst die Trennung. Jetzt dieser Mord. Du kannst doch nicht ernsthaft glauben, dass du zur Aufklärung des Ganzen irgendetwas beitragen kannst."

„Ich habe etwas gefunden."

Gisela sah Heike besorgt an. „Du hast etwas gefunden?"

„Thorsten hat eine Story nachrecherchiert. Und zwar diesen Unfall in den *Sauerländer Steinbrüchen*. Du erinnerst dich. Das Schlimme ist: Tasch scheint da irgendwie verwickelt zu sein."

„Tasch?" Gisela machte große Augen. „Das ist nicht dein Ernst!"

„Ich weiß noch nicht, wie alles zusammenhängt, aber irgendetwas stimmt da nicht."

Gisela schluckte. Sie schien geradezu fassungslos. Es ging hier um den Mann, mit dem sie seit Jahren Tür an Tür zusammenarbeitete. „Heija, ich will mich nicht einmischen, aber wir kennen beide unseren Chef. Tasch ist absolut ..." Ihr fehlten die Worte. „Er ist absolut ..."

„Ja?"

„Es ist undenkbar!"

„Nichts ist undenkbar."

Gisela schüttelte den Kopf.

Heike schien es, als habe die Sekretärin Tränen in den Augen. Sie streckte die Hand aus. „Gisela, ich will dich da nicht hineinziehen."

Als wieder ihr Handy klingelte, erschrak sie erneut. Sie blickte aufs Display. Gott sei Dank war es nicht Tasch, sondern Klaus. Heike nahm sofort an.

„Klaus, gut, dass du zurückrufst."

„Heike, wo bist du? Tasch hat dich überall gesucht."

„Ich weiß, aber darum geht es jetzt nicht. Ich habe eine Bitte. Du sagtest, du hättest Fotos gemacht – kurz nach dem Unfall im Steinbruch. Wo sind die?"

„Wo sollen sie schon sein? Auf dem Rechner in der Redaktion."

„Nein, da sind sie nicht. Ich habe gestern nachgeschaut."

„Dann hast du nicht richtig geguckt."

„Klaus, ich bin nicht deppert. Sie sind nicht da. Es sei denn, du hast sie unter einem falschen Datum und unter einem falschen Namen abgespeichert. Ich habe die Fotodateien aus drei Wochen angeschaut und nichts gefunden."

Klaus stutzte. „Komisch!"

„Ja, das finde ich auch. Gibt es jetzt noch eine andere Möglichkeit daranzukommen?"

Klaus überlegte kurz. „Ich habe irgendwann mal die Festplatte kopiert", sagte er schließlich. „Ich weiß jetzt nur nicht, wann das war – ob vor oder nach dieser Geschichte."

„Überleg!" forderte Heike.

„Ich glaube, nachher", sagte Klaus schließlich.

„Was heißt das?"

„Ich habe die Kopie hier zu Hause."

„Dann bin ich in zehn Minuten bei dir."

Heike drückte das Telefonat weg. Gisela starrte sie an.

„Mach dir keine Sorgen. Ich pass schon auf mich auf."

„Das sagst du so!"

„Ich bin jetzt weg."

„Aber du wolltest doch hier noch etwas nachgucken!"

Heike stutzte. Ihr eigentliches Anliegen hatte sie schon fast wieder vergessen. „Nicht jetzt", sagte sie schließlich „das andere drängt mehr!"

48

Heike wusste von Klaus' exzentrischem Hobby. Aber da sie noch nie in seiner Wohnung gewesen war, hatte sie keine Ahnung gehabt, wie sehr es sein Leben bestimmte. Das Ganze war umso interessanter, als Klaus nach außen hin ein völlig unscheinbarer Typ war. Er erinnerte sie immer an Christoph aus der „Sendung mit der Maus" – Sweatshirt, Jeans, lichter werdendes Haar, ein paar Kilo Übergewicht. Ein netter, teddyhafter Typ halt, aber niemand, den man im Gedächtnis behielt, wenn man ihn nur einmal gesehen hatte.

Als Heike sah, womit Klaus sich umgab, wurde ihr auf einmal klar, dass er neben seinem realen Leben ein zweites Leben führte, das ihm unter Umständen viel wichtiger war.

„Du weißt ja, was es damit auf sich hat", sagte Klaus ein bisschen verlegen, als Heike sich unverhohlen umsah. Während er sprach, schloss er hinter Heike die Wohnungstür ab.

„Jaja, ich wusste nur nicht, dass du sooo ..."

„Es hat sich in den letzten Jahren ein bisschen was angesammelt."

Das war nett formuliert. Klaus' Wohnung war eine Gruft. Mit schwarzen Tüchern und Hunderten von Utensilien hatte er aus einer Kleinstadtwohnung eine Zaubererhöhle gemacht.

„Ich dachte, du bist Druide", sagte Heike verständnislos. „In eurer Welt, meine ich jetzt. Beim Live-Rollenspiel."

„Ich habe im letzten Jahr eine charakterliche Veränderung durchgemacht. Meine dunkle Seite kommt jetzt stärker zum Ausdruck."

„Aha."

Heike war unsicher, ob er jetzt über sich sprach oder über Gandulus, den Druiden, den er während seiner Mittelalter-Wochenenden spielte. Als Heike und Thorsten sich getrennt hatten, hatte Klaus sie unbedingt ins Live-Rollenspiel einführen wollen. Er hatte gemeint, gerade in Zeiten einer Krise sei es wunderbar, in eine ganz andere Rolle schlüpfen zu können. Er hatte ihr sogar Vorschläge gemacht. Sie könne Zofe werden, Burgfräulein, Gauklerin oder eine Hexe. Heike hatte sich allerdings nicht mit dem Gedanken anfreunden können, mit einem Hexenbesen durch die Gegend zu laufen und mit Styroporblitzen Zaubereien nachzuspielen.

„Als Gandulus habe ich mich den dunklen Künsten verschrieben, nachdem Hausus mich aus dem Druidenkreis ausgeschlossen hat."

„Hat er?", sagte Heike irritiert. Sie fand es besonders grotesk, dass die Mittelalterspieler immer dieselbe Rolle spielten, die sich aber über die Zeit weiterentwickelte. Klaus jedenfalls hatte offenbar tatsächlich im Moment seine dunkle Phase. Da konnte man nur hoffen, dass er demnächst einem holden Burgfräulein begegnete, welches ein bisschen Licht in sein tristes Druidenleben bringen würde. Im Übrigen roch es komisch in der Wohnung. Wahrscheinlich hatte Klaus ein paar mittelalterliche Räucherstäbchen entzündet.

„Ich bin ja wegen der Fotos hier", erinnerte Heike an ihr eigentliches Vorhaben.

„Ich hab schon nachgeguckt, sie sind tatsächlich dabei."

Heikes Herz hüpfte. Klaus führte sie ins Nebenzimmer – sein Schlafzimmer offenbar, das allerdings auch seinen Schreibtisch beherbergte. Das Zimmer wurde lediglich von drei großen Kerzen erleuchtet, was das Mittelalterambiente erst richtig zur Geltung brachte. Der Raum wirkte schaurig.

„Hier ist es ja stockdunkel", beschwerte sich Heike. „Kannst du nicht mal ein Licht anmachen?"

„Ich dachte, du wolltest auf den Bildschirm gucken." Klaus machte sich trotzdem die Mühe und schaltete einen Deckenfluter ein. Immer noch viel zu funzelig, aber doch so viel mehr, dass Heike jetzt plötzlich eine Waffe auffiel, die an der Wand hing. Ein Schwert von gewaltigen Ausmaßen. Heike ging vorsichtig darauf zu. Doch je näher sie kam, desto unechter schien es. Als sie es anfasste, fühlte sie Schaumstoff.

„Was ist das denn?", gluckste sie.

Klaus hatte sich schon vorm Computer niedergelassen.

„Mein Schwert. Auch als Druide muss man gewappnet sein."

„Mit Schaumstoff?"

„Wäre es dir lieber, wenn wir uns mit echten Klingen den Schädel einschlagen würden?"

„Natürlich nicht", Heike lachte. „Ich stelle mir nur gerade vor, wie erwachsene Männer mit solchen Schaumstoffpinnen aufeinander losgehen. Du wirst zugeben, Klaus, das ist ziemlich albern."

„Ich finde andere Dinge alberner." Klaus war beleidigt. Eindeutig.

Heike ging auf ihn zu. „Tut mir leid. War nicht so gemeint." Versöhnlich strich sie ihm über den Oberarm. Klaus schien einen Moment irritiert. Deshalb zog Heike ihre Hand schnell zurück.

„Du hast die Bilder also tatsächlich gefunden", überspielte sie die Situation mit Blick auf den Bildschirm. Das erste Bild war schon geladen.

„Setz dich am besten hier auf meinen Stuhl!" Klaus stand auf. „Dann kannst du besser sehen."

Heike nahm sein Angebot an, ohne den Blick vom Bildschirm zu wenden. Zu sehen war der Steinbruch, wie sie ihn noch heute in natura gesehen hatte. Die riesige, quadratkilometergroße Fläche mit mehreren terrassenförmig angelegten Abgrabungsstellen, in einem dieser Krater ein See – Grundwasser wahrscheinlich – das Ganze eingebettet in die sauerländische Landschaft.

„Von wo hast du das gemacht?"

Klaus war in den Flur gegangen. Als sie ihn ansprach, kam er zurück.

„Von einem Hochsitz oberhalb der Hauptabgrabungsstelle."

„Gute Aufnahme", sagte Heike, weil sie etwas Nettes sagen wollte. ,Aber wertlos', dachte sie.

„Guck mal!"

Heike drehte sich um. Klaus hatte etwas herbeigeholt.

„Von wegen echte Waffen. Es ist ja nicht so, dass ich mich dafür nicht auch interessieren würde."

Ihr Kollege hatte ein Schwert in den Händen, das nicht ganz leicht zu sein schien, so, wie er es trug.

„Wo hast du das denn her?" Heike berührte die Waffe vorsichtig.

„Für so etwas gibt es einen Markt."

„Das ist ja scharf!"

„Stumpf finde ich es persönlich uninteressant." Klaus' Augen funkelten. Im Flackerlicht der Kerzen sah er fast interessant aus, aber auch ein bisschen unheimlich.

„Ist schon imposant", bestätigte Heike. Allerdings gefiel ihr die Schaumstoffvariante im Nachhinein besser.

„Warte mal, ich schalte dir den Diashow-Modus ein. Dann brauchst du nicht weiterzuklicken." Klaus beugte sich über ihre Schulter. Sein Schwert legte sich dabei an ihren Oberarm. Noch durch ihre Bluse spürte Heike das kalte Metall.

„So!"

Das Bild wechselte. Die Kalkwerke als solche. Das war besser. Die Bebauung war größer, als Heike gedacht hatte. Sie hatte keine Ahnung, wie die Gesteinsmassen verarbeitet wurden, aber irgendwie schien das viel Platz zu benötigen. Ein Förderband führte von außen in eins der Gebäude hinein. Das nächste Bild. Klaus hatte bislang immer von derselben Stelle aus fotografiert, aber unterschiedliche Ausschnitte in den Blick genommen.

„Die wichtigsten Bilder kommen jetzt erst", erklärte Klaus. Heike nahm mit Erleichterung wahr, dass er sein Schwert auf das Bett legte.

Auf der nächsten Aufnahme war die Unglücksstelle zu sehen. Krankenwagen, Notarztwagen, Streifenwagen. Alle Fahrzeuge waren als winzige Miniaturautos zu erkennen. Sie standen auf einer der Trassen. Winzig klein waren auch Menschen zu sehen.

„Warum war das auf den vorherigen Bildern nicht drauf?", erkundigte sich Heike.

„Hier habe ich die Perspektive gewechselt. Die Stelle, wo der Unfall passierte, war vom Hochsitz aus nicht einsehbar. Das war eher so ein kleiner Nebenbruch."

„Ein Nebenbruch", wiederholte Heike monoton. Die Bildershow ging weiter. Offenbar eine spätere Aufnahme, einige riesige Bagger waren jetzt im Einsatz, wahrscheinlich um den Unfallwagen herauszuziehen.

„Wann hast du die Bilder gemacht?"

„Ich glaube, der Unfall ist in aller Frühe passiert", erinnerte sich Klaus, „ich bin losgefahren, als wir die Nachricht bekamen – so gegen zehn."

„Danke, das könnte mir helfen. Kannst du mir die Bilder kopieren?"

„Willst du schon gehen?" Klaus runzelte die Stirn. „Ich dachte eigentlich, du bleibst noch ein bisschen."

„Ich bin tierisch im Stress. Tut mir leid."

„Ich hätte dir gern noch ein paar andere Sachen gezeigt."

„Was meinst du – weitere Schwerter? Oder hast du womöglich auch eine Kanone unter dem Bett?"

„Du machst dich wieder lustig."

„Nein, überhaupt nicht. Wenngleich mich dein Hobby schon überrascht. Ich hätte nicht gedacht, dass es so wichtig für dich ist. Und was du eben gesagt hast – über diese dunkle Seite, das finde ich befremdlich."

„Jeder hat eine dunkle Seite."

„Das mag schon sein. Aber ich hänge mir deshalb die Wohnung nicht mit schwarzen Tüchern voll."

„Ich lasse das Böse nach draußen. Ich gebe ihm eine Gestalt."

Heike sah Klaus an. Sein stets etwas ungepflegtes Haar, sein volles Gesicht. Er war ihr auf einmal unheimlich.

„Klaus, ich glaube, es hat jetzt keinen Sinn, das zu vertiefen. Ich hab genug um die Ohren – ich hab – "

„Was ist los mir dir, Heike?"

„Weißt du, Klaus", Heike wandte sich ein wenig ab. „Ich blicke da durch einiges nicht durch."

„Vielleicht erzählst du es mir?"

„Ich weiß nicht. Ich will dich da nicht hineinziehen!"

„Und wenn ich hineingezogen werden möchte?"

„Klaus Zacharias!", seufzte sie, ein bisschen wie eine große Schwester. „Lass mich einfach in Frieden!"

Zacharias! Plötzlich kam ihr ein Gedanke. *Z-mann.* Wer war *Z-mann?* Vielleicht war es gar nicht ihr Chef, vielleicht war es Klaus?

„Heike?"

Heike hatte plötzlich Probleme, Klaus in die Augen zu sehen.

„Ich wäre dir sehr dankbar, wenn du mich endlich einmal ernstnehmen würdest!" Er sah Heike mit einem Blick an, den sie nicht kannte. Nicht sanft und nett wie sonst. Sondern fordernd.

Gekränkt. Entschlossen. Heike lief ein Schauer über den Rücken. Was lief hier ab? War das seine dunkle Seite? Was wollte Klaus ihr sagen?

Ihr Blick fiel auf die Kerzen, dann auf Klaus' Bett. Ein antiquiertes, hölzernes Gestell, darüber der schwarze Satinbezug. Und ein schwarzes Netz, welches das Bett wie ein Spinnennetz überspannte. Ein Spinnennetz. Sie fühlte sich auf einmal selbst gefangen. Hilflos. Eingesponnen. Plötzliche Panik überkam sie. Warum hatte Klaus vorhin die Wohnungstür verriegelt? Hatte er sie einschließen wollen? Wie kam sie hier weg?

Sie überlegte krampfhaft, wie sie sich verhalten sollte, als auf einmal das Handy in ihrer Hosentasche klingelte. Hektisch kramte sie es hervor. Sie würde jetzt auf jeden Fall annehmen. Selbst auf die Gefahr hin, dass es Tasch wäre.

„Ja?" Ihre Stimme war zittrig.

„Vincent Jakobs hier." Heike überlegte knapp. Vincent Jakobs. Wie konnte sie das nutzen? „Tut mir leid, dass ich Sie auf dem Handy anrufe. Ich habe es mehrfach bei Ihnen zu Hause probiert. Ihre Mitbewohnerin war dann so nett – "

„Herr Jakobs, Sie rufen genau richtig an. Ich habe hochinteressante Entdeckungen gemacht, die ich Ihnen unbedingt zeigen möchte. Es geht um diese Steinbruchgeschichte."

„Genau deswegen rufe ich an – "

„Na, sehen Sie! Haben Sie vielleicht eine halbe Stunde Zeit? Jetzt sofort? Ja, es müsste sofort sein. Heimkerweg 86. Klingeln Sie bei *Zacharias*. Aber beeilen Sie sich!"

Heike nahm aus den Augenwinkeln zur Kenntnis, dass der Z-mann wortlos das Zimmer verließ.

49

Ich hatte ja schon viel gesehen, aber das hier – das war …

Ich wusste gar nicht, wo ich zuerst hinschauen sollte, die ganze Wohnung ein einziges Museum: Schnabelschuhe, aufwendig gearbeitete Umhänge, altertümliche Handschuhe, Hüte in verschiedensten Formen und Farben, verbeulte Feuertöpfe …

das Ganze hineindekoriert in eine Fülle schwarzer Tücher, die Decke und Wände abspannten.

Ein Mittelalter-Freak ohne Zweifel. Aber ein sehr wortkarger und nicht gerade freundlicher Mittelalter-Freak. Dafür war Heike Jablonski umso überschwenglicher.

„Herr Jakobs, wie schön, dass Sie sich noch aufgemacht haben!"

So kannte ich die Zeitungsredakteurin gar nicht. Sie war irgendwie förmlich, überdreht, angespannt.

„Jaja", ich sah mich weiter um.

„Toll, nicht wahr, die ganzen Sachen, die hier hängen. Habe ich Sie überhaupt schon vorgestellt? Das ist Klaus Zacharias, Fotograf bei unserer Zeitung und ein guter Freund. Das ist Vincent Jakobs." Einen Moment lang suchte Jablonski nach einer passenden Umschreibung, dann ließ sie es bleiben. Ich wollte dem Fotografen die Hand geben, doch der hatte sich schon grummelnd weggedreht. Irgendetwas war hier im Busch. Ich sparte mir daher auch jede Bemerkung bezüglich der Wohnungseinrichtung.

„Wir haben uns ja kürzlich am Telefon über den Steinbruch-Unfall unterhalten", begann Heike Jablonski, die sich offenbar entschieden hatte, ihren Kollegen im Weiteren zu ignorieren. „Mein Kollege hat damals Fotos gemacht, die Sie vielleicht interessieren."

„Fotos?" Ich war natürlich interessiert. Mir war jedoch nicht ganz klar, warum ich deshalb unbedingt in diese Wohnung hatte kommen sollen.

„Wenn Sie einen Blick darauf werfen möchten", Heike Jablonski führte mich ein Zimmer weiter. Wieder eine abgedunkelte Gruft, in der es Unmengen zu gucken gab. Allerdings war auch ein Computer zu sehen, der nicht ganz ins Bild passte. Heike schloss hinter mir die Tür. Plötzlich war ihr Gehabe verschwunden. Sie lehnte sich mit dem Rücken gegen die Tür und atmete tief durch.

„Danke, dass Sie gekommen sind!", brachte sie mit gepresster Stimme hervor.

„Was ist los?"

„Leise!" Heike deutete auf die Tür. „Ich habe plötzlich Panik gekriegt. Wegen Klaus. Ich dachte auf einmal, er könnte dieser Z-mann sein. Wahrscheinlich ist das ja Quatsch, aber – "

„Der Z-mann?"

„Ich erkläre Ihnen das später. Ich habe jetzt nur einen Wunsch: dass wir *gemeinsam* diese Wohnung verlassen."

„Jetzt sofort?"

„Vielleicht schauen Sie sich tatsächlich eben die Bilder an. Sie sind schon geladen."

Ich klickte mich durch die Aufnahmen. Auf einigen waren die Notfallfahrzeuge zu erkennen, bei anderen war einfach das Gelände großräumig fotografiert worden.

„Ich weiß nicht, worauf man achten muss", sagte ich ehrlicherweise. „Ich weiß ja nicht mal, wie sich dieser Unfall genau zugetragen hat. Können wir ein paar Ausdrucke machen?"

„Keine Ahnung!" Sie wandte sich um, dann entschied sie, dass sie keine Lust hatte, zu ihrem Kollegen zu gehen und ihn um Erlaubnis zu bitten.

„Machen Sie einfach!"

Ein großer Laserdrucker war vorhanden. Angestellt war er auch. Ich suchte eine Auswahl von Fotos aus und druckte sie aus. Die Qualität war überraschend gut, der Drucker ausnehmend leise.

„Das reicht, meine ich."

„Dann gehen wir jetzt!" Heike sprach die ganze Zeit im Flüsterton. Wollte sie sich jetzt aus der Wohnung hinausschleichen? Sie öffnete die Tür.

„Klaus?" Nein, an Schleichen dachte sie offenbar nicht. „Wir wären dann so weit."

Ein Grummeln war zu hören.

„Ich danke dir, Klaus, du hast mir sehr geholfen!" Heike sprach ins Blaue hinein. Schließlich kam der Kollege doch in den Flur. Er hatte eine Banane in der Hand. Ich hatte keine Ahnung, was der Z-mann war, aber es musste etwas denkbar Harmloses sein.

„Danke noch mal, Klaus, und Tschüß!"

Ich hob ebenfalls grüßend die Hand. Klaus nickte schlechtgelaunt.

Dann verließ ich hinter Heike Jablonski die Wohnung.

50

Die Nacht wurde ziemlich lang. Als Heike Jablonski mir in ihrer
Wohnung den Ausdruck der Dreckschleuder-Datei zeigte, haute
es mich schlicht aus den Schuhen. Hier stand Schwarz auf Weiß,
womit Thorsten Hillebrandt sich vor seinem Tod beschäftigt
hatte: Er schien hinter dem Unfall im Steinbruch viel mehr zu
vermuten. Leider ließ sich den dürftigen Notizen nicht entnehmen, was genau man seiner Meinung nach zu vertuschen versucht hatte. Wenn es allerdings stimmte, dass den Sprengers in
Mecklenburg-Vorpommern eine gute Abfindung gezahlt worden war, dann musste man annehmen, dass es mehr als Anteil-
nahme gewesen war, die das veranlasst hatte. Ein schlechtes Gewissen – oder der Versuch, jemanden zum Schweigen zu
bringen. Heike vermutete, dass Henning Grothaus in den Fall involviert war – der PR-Mann, der versucht hatte, Tasch zu erreichen, aber schnell aufgelegt hatte, als jemand anders den Hörer
abgenommen hatte. Henning Grothaus. Unser Mann aus dem
Steinbruch. Ich hatte ihn auf der Silberhochzeit kennengelernt
– mein Beinah-Ehemann. Und wahrscheinlich der *SSBmann*.

„Auf jeden Fall müssen wir uns jetzt an die Polizei wenden",
erklärte ich Heike. „Mein Freund ist Mitglied der Ermittlungsgruppe. Ich bin ihm schuldig, dass ich sofort Bescheid gebe."

„In Ordnung", stimmte Heike zu. „Wenn in der Redaktion
nicht bekannt wird, dass die Informationen von mir kommen.
Ach, ist auch egal. Es hat sowieso die Hälfte der Leute mitgekriegt, unsere Sekretärin Gisela – Tasch – Klaus ... Morgen mache ich frei. Und dann sehe ich mal weiter."

Ich nickte und fuhr endlich nach Hause. Zwölf Uhr. Selbst
Max hatte sein Handy jetzt ausgestellt. Ich quatschte ihm das
Wichtigste auf die Mailbox und blieb noch etwas im Wohnzim-
mer sitzen, als plötzlich Alexa im Türrahmen stand.

„Was war denn los?" Sie hatte schon geschlafen und rieb sich die Augen.

Ich berichtete von Heike Jablonskis Entdeckungen, von der mittelalterlich ausgestatteten Wohnung – von allem.

Es war halb eins, als wir gemeinsam noch einmal die Fotos durchschauten.

„Ich finde sie nicht so ergiebig", gab ich zu.

„Man müsste das alles einordnen können", gab Alexa zu bedenken, „die Stelle, wo der Unfall stattfand. Durfte dort überhaupt abgekippt werden? Oder war es dort zu gefährlich?"

„Der Unfall ist untersucht worden", erklärte ich, „von der Polizei – von der Berufsgenossenschaft – was weiß ich. Wenn dort etwas im Argen gelegen hätte, wäre das mit Sicherheit herausgekommen."

„Aber warum hat dieser Hillebrandt sich dann dafür interessiert?"

„Genau das ist die Frage!" Eine Frage, auf die ich in dieser Nacht keine Antwort mehr finden wollte. So langsam fiel die Spannung von mir ab. Ich wurde todmüde. Alexa dagegen studierte noch immer die Fotos.

„Ein Auto", sagte sie plötzlich.

„Ja, die sieht man immer öfter in letzter Zeit!" Ich wollte ins Bett.

„Es ist einmal hier zu sehen, auf der Straße – und dann noch einmal hier, auf diesem Weg."

„Was für ein Auto?"

„Ein größeres. Ein Lieferwagen."

Ich griff mir die Fotos.

„Das sind immerhin öffentliche Wege", erklärte ich.

„Schon, aber ich bin ziemlich sicher, dass das Auto in beiden Fällen steht. Auf dem einen steht es deutlich auf dem Grasstreifen neben dem Weg, auf dem anderen scheint es, als würden die Bremslichter leuchten. Außerdem müsste hier das Auto verdammt weit rechts fahren. Stimmt aber nicht. Das steht. Ganz sicher."

„Na, wenn schon", seufzte ich. „Was heißt das? Da hat halt jemand gehalten."

„Zweimal? In unmittelbarer Nähe des Unfallgeschehens?"

„Ja, gerade!", erklärte ich. „Ein Gaffer! Was meinst du, was nach dem Mord in Lentrop los war. Eine Traube von Menschen nachts auf der Straße. Mich wundert, dass da nicht noch viel mehr Autos stehen."

„Eben!", sagte Alexa. „Der Unfall war auf dem Firmengelände. Gut, man konnte sehen, dass Polizei und Notarztwagen aufs Gelände fahren, aber dann war auch schon Schicht. Die Straße ist nicht sehr befahren. Der Unfall hat eigentlich überhaupt kein Aufsehen erregt."

„Mag sein!"

„Außerdem ist das hier ein Firmenwagen. Ein Handwerker oder ein Monteur hat keine Zeit, stundenlang an der Straße zu stehen und ein- und ausfahrende Notarztwagen zu betrachten."

„Was vermutest du?"

Alexa sah mich bestimmt an. „Dass hier jemand wusste, was passiert ist, und deshalb gezielt nachgeschaut hat."

„Du meinst, da ist jemand über den Unfall informiert worden – und schaut nach. Und damit könnte es interessant sein, wer der Fahrer dieses Wagens ist."

Alexa antwortete nicht. Sie stand auf und suchte in den Schubladen unseres Esszimmerschranks herum. Kurze Zeit später kam sie mit einer Lupe zurück, die wir für gelegentliche Splitteroperationen bei den Kindern benutzten.

Das Nummernschild war deutlich zu klein, um irgendetwas lesen zu können. Mit der Firmenaufschrift auf dem Auto sah es schon besser aus. Nach einer Viertelstunde hatten wir Bruchstücke der Firmenaufschrift entziffert.

ALVA war das erste Teilchen unseres Puzzles, ILTI...UT ein zweites.

Danach taten uns beiden die Augen weh.

„Am Computer kann man die Stelle vergrößern", gab ich zu bedenken. „Lass uns bis morgen warten! Dann dürfte es kein Problem sein, die Schrift herauszubekommen."

Alexa war einverstanden.

Im Bett war ich nach kurzer Zeit eingeschlafen.

Es muss gegen drei Uhr gewesen sein, als ich plötzlich wild wachgerüttelt wurde.

„Ich hab noch mal nachgeguckt", sagte meine Frau in mein Koma hinein. „Wir haben uns an einer Stelle vertan. Es heißt nicht ILTI...UT. Es heißt FILTHAUT. Und dann kann ich mir auch das erste Wort erschließen: GALVANIK FILTHAUT."

„Aha!" Mehr kriegte ich beim besten Willen nicht heraus.

Alexa legte sich zufrieden hin. „Jetzt kann ich endlich schlafen!"

Das war schön für sie. Ich selbst tat bis zum Morgen kein Auge mehr zu.

51

Keine Schlagzeile über mich! Mich überkam große Erleichterung, nachdem ich die Zeitung durchgeblättert hatte. Vorhoff hatte gar nicht geschrieben. Die Zentralredaktion schien ihm tatsächlich einen Maulkorb verpasst zu haben. Zum Mordfall war ein Artikel von einem *lese* zu finden, der Simones Rückkehr zum Thema hatte. Recht allgemein wurde berichtet, Simone habe sich nach der Entdeckung der Leiche in einer Art Schockzustand bei einem Bekannten verkrochen, sei aber jetzt nach Hause zurückgekehrt, von wo aus sie vielleicht zur Aufklärung des Falls beitragen könne. Simones Mutter wurde nicht erwähnt. Die Ermittlungen hätten noch zu keinem konkreten Ergebnis geführt, so wurde berichtet.

Noch vor der Schule rief ich bei Max an. Er hatte meine abendlichen Ergebnisse bereits abgehört. Jetzt erzählte ich ihm, was die Entdeckung des Galvanik-Wagens bei mir ausgelöst hatte.

„Was genau ist eigentlich Galvanik?" erkundigte sich Max, der seit langem endlich mal ausgeschlafen wirkte.

„Vereinfacht gesagt: Metallbeschichtung", erklärte ich. „Verchromung, Verzinkung metallener Gegenstände. Schrauben, Wasserhähne. Alles Mögliche."

„Und was genau siehst du da für einen Zusammenhang zwischen Hillebrandt, dem Unfall im Steinbruch und diesem Galvanik-Wagen?"

„Es ist alles noch sehr vage", betonte ich, „aber ich hatte heute Nacht ein paar Stunden Zeit, darüber nachzudenken. Vielleicht erinnerst du dich? Simone hat erzählt, Thorsten habe in ihrem Chemiebuch gelesen. Das heißt, er interessierte sich für chemische Prozesse. Chemische Prozesse, wie sie vielleicht auch in der Galvano-Technik vorkommen."

„Halt!", sagte Max. Er sagte es ganz ruhig. „PFT."

„PFT?"

„Thorsten Hillebrandt hat sich, als er bei seiner Familie zu Hause war, nach dem PFT-Fall erkundigt. Vielleicht erinnerst du dich. Der Fall ging durch die Presse."

„Das ist kein Zufall", sagte ich vorsichtig und doch ein wenig aufgeregt. „Thorsten Hillebrandt interessierte sich für den PFT-Skandal, bei dem chemische Schadstoffe ins Grundwasser gelangten!"

„Wobei ich nicht glaube, dass es eine direkte Verbindung gibt", warf Max ein, „eher in der Weise, dass Hillebrandt sich nach Umweltkriminalität erkundigte, weil er sich selbst auf einer heißen Spur wähnte."

„Chemische Prozesse", assoziierte ich, „Altlasten. Sondermüll. Die Dreckschleuder-Dateien. Ein LKW-Fahrer, der vor allen anderen eine Extra-Tour macht. Der tödliche Unfall bei der Abkippung. Ein Manager, der das zu verheimlichen versucht. Ein Mord an dem Journalisten, der diesen unschönen Zusammenhang herausgefunden hat. Das passt!"

Max schwieg. Er ließ das alles auf sich wirken.

„Vieles passt", sagte er schließlich. „Aber eines passt nicht. Die Waffe."

Ich sackte in mich zusammen.

„Stimmt", gab ich zu. „Aber vielleicht", flackerte es kurze Zeit später in mir auf, „vielleicht ist sie Frau Reinold gestohlen worden. Und anschließend wieder in ihrer Tonne entsorgt worden."

„Frau Reinold hat nichts von einem Einbruch erzählt. Außerdem fehlt da jeder Zusammenhang. Woher sollte die Galvanik-Steinbruch-Connection wissen, dass und wo Frau Reinold einen Revolver versteckt hat?"

Dazu fiel mir auf Anhieb leider auch nicht viel ein.

„Musst du eigentlich gar nicht in die Schule?"

Ich blickte auf die Uhr. Viertel vor acht. Das wurde knapp.

„Schon. Aber eins noch: Seid ihr bei Frau Reinold irgendwie weitergekommen? Passt eine der Spuren, die ihr nicht zuordnen konntet?"

„Nein, leider nicht." Max hörte sich plötzlich denkbar schlechtgelaunt an. „Und meine Vermutung, Frau Reinold könnte Thorsten Hillebrandt auch persönlich gekannt haben, hat sich bislang auch nicht bestätigt."

„Was meinst du mit „gekannt haben"?"

„Naja, die beiden sind etwa gleich alt. Eifersucht und Rache schienen mir stärkere Motive als der Schutz der eigenen Tochter. Aber ist leider nicht."

„Und was habt ihr weiter vor?"

„Deine Erkenntnisse sind schon interessant. Wir knöpfen uns als Erstes diese Heike Jablonski vor", erläuterte mein Freund. „Ich meine, stell dir das mal vor, die Frau hält ermittlungstechnisch wichtige Informationen zurück. Und dann werden wir natürlich dieser Galvanik-Sache nachgehen. Wir haben nachher eine Besprechung. Dort werde ich deine Überlegungen einbringen."

„Ich verzichte netterweise auf jedes Honorar."

„Auch auf den Anpfiff, wenn es sich als null und nichtig erweist?"

„Auch das", erwiderte ich, „auch das. Und schont mir Heike Jablonski", schmiss ich hinterher. „Die Frau ist in Ordnung, auch wenn sie gelegentlich Informationen verheimlicht."

52

Heike wollte nicht ans Telefon gehen. Sie wusste, dass es in jedem Fall Ärger bedeutete. Entweder die Redaktion. Oder schon wieder die Polizei. Sie wusste nicht, mit wem sie weniger gern sprechen wollte.

Das Klingeln hörte nach dem sechsten Mal auf. Zum Glück.

Den ganzen Morgen über hatte sie eine Frage beschäftigt: Warum hatte Tasch den Artikel kleingehalten? Was verband ihren Chef mit Grothaus? Freundschaft? Loyalität? Oder hatte er sich das etwa bezahlen lassen? Die letzte Möglichkeit war Heike eben erst gekommen, weil sie so abwegig, so unvorstellbar war. Tasch und Geld passten nicht zusammen. Der gemütliche, warmherzige Chefredakteur machte sich nicht die Bohne aus Geld. Er war jemand, der mit Begriffen wie Überstundenausgleich, Weihnachtsgeld und Spesenvergütung überhaupt nichts anfangen konnte. Er lebte zusammen mit seiner Frau in einem schlichten Häuschen am Waldrand, das sie sich vor Urzeiten selbst umgebaut hatten. Teure Urlaube konnte sie sich bei ihm überhaupt nicht vorstellen. Tasch war glücklich, wenn in der Redaktion alles reibungslos lief, er sich nicht mit der Zentrale herumärgern musste und der SV Brechlingsen seine Spiele gewann. Sein Fußballverein war tatsächlich das Einzige, was Tasch Magenbeschwerden verursachen konnte.

Wieder das Telefon. Diesmal stand Heike auf. Wenn es die Polizei war, würde sie sich nicht ewig totstellen können. Sie blickte aufs Display. 02392 Eine Vorwahl, die sie nicht kannte. Sie zögerte einen Moment, dann hob sie ab.

„Ja?"

„Wenniges. Sie haben bei mir angerufen?"

Heike stutzte. „Ich wüsste jetzt nicht – "

„Sie haben mir auf den Anrufbeantworter gesprochen. Ob ich mich bei Ihnen zurückmelden könnte?"

„Ach, Wenniges!" Jetzt endlich schaltete Heike. „Tut mir leid, ich wusste gerade nicht – "

„Worum ging's denn?"

„Ja, worum ging's … Sagt Ihnen der Name Thorsten Hillebrandt etwas?"

„Thorsten, natürlich. Wir haben zusammen Abi gemacht."

„Dann wissen Sie vielleicht auch, dass Thorsten – ", es fiel Heike schwer, es auszusprechen, „ – dass Thorsten ermordet worden ist?"

Stille am anderen Ende der Leitung. Er hatte es nicht gewusst.

„Thorsten – ermordet?" Die Worte kamen stockend.

„Tut mir leid, dass ich Sie damit konfrontieren muss."

„Ich war ein paar Tage nicht da", stotterte der junge Mann am anderen Ende der Leitung. „Sonst hätte ich es vielleicht mitbekommen. Es hätte mich doch bestimmt jemand verständigt. Jemand aus der Stufe."

„Haben Sie Thorsten gut gekannt?"

„Nein – ja – wie soll ich sagen – er hat sich letzten Donnerstag noch bei mir gemeldet. Davor hatten wir lange Zeit fast überhaupt keinen Kontakt. Nur auf einem Stufentreffen haben wir uns mal gesehen, aber letzte Woche hat er mich angerufen. Da haben wir dann länger telefoniert."

„Das erklärt seine Notizen", sagte Heike. Sie überlegte kurz. „Ich bin eine – eine Kollegin von Thorsten, und wir haben Ihren Namen in einer Liste gefunden."

Holger Wenniges sagte nichts. Er war noch immer ziemlich geschockt.

„Darf ich fragen, warum Thorsten Sie angerufen hat?"

„Er hat sich erkundigt – so in Sachen Umweltschutz."

„Haben Sie beruflich mit Umweltschutz zu tun?"

„Ich habe Umwelttechnik studiert und arbeite jetzt am Naturschutzzentrum in Werdohl." Holger Wenniges hatte sich noch nicht wieder gefangen. Seine Stimme klang hohl, abwesend, als gingen ihm tausend Sachen gleichzeitig durch den Kopf.

„Und wonach hat sich Thorsten erkundigt?"

„Nach Entsorgungsvorschriften für bestimmte chemische Substanzen."

„Was für Substanzen?"

„Substanzen, die in galvanischen Prozessen anfallen."

„Galvanische Prozesse?"

„Das sind Verfahren, bei denen Metall veredelt wird. Ich habe mit Thorsten über Chromsäure gesprochen – oder besser über die Schlämme, die beim Einsatz von Chrombädern anfallen."

„Aha." Heike verstand kein Wort.

„$Chrom^{6+}$, Sulfat, Barium, Blei …"

„Hat Thorsten erklärt, warum er das wissen wollte?"

„Ich habe ihn natürlich gefragt, aber er hat sich sehr bedeckt gehalten. Zum jetzigen Zeitpunkt wolle er das noch nicht ausbreiten und so."

„Worum ging es noch in Ihrem Gespräch?"

„Thorsten hat mich gefragt, ob wir Bodenproben analysieren können. Wir selbst machen das allerdings nicht. Ich habe ihm daraufhin angeboten, etwaige Bodenproben an ein Labor weiterzuleiten, mit dem wir eng zusammenarbeiten."

„Ist es dazu schon gekommen?"

„Nein, Thorsten wollte sich melden. Das hat er bislang nicht getan." Holger Wenniges stutzte. Er merkte, dass sein Satz befremdlich klingen musste, jetzt, da Thorsten tot war.

„Weiß man denn schon etwas über den Mord? Ich meine, wer Thorsten umgebracht hat?"

„Nein, leider nicht", Heike dachte nach. „Aber das, was Sie mir erzählt haben, würde ich gern an die Polizei weiterleiten. Es kann sein, dass man sich dann bei Ihnen meldet und dieselben Fragen stellt, die ich Ihnen soeben gestellt habe. Ist das in Ordnung für Sie?"

„Natürlich!"

„Dann danke ich Ihnen vorerst."

„Ist schon okay."

Heike legte auf.

Eine Weile saß sie einfach nur da und ließ sich durch den Kopf gehen, was sie gehört hatte. Es war alles so unglaublich. Unglaublich, und vielleicht auch gefährlich.

Schließlich griff sie nach ihrer Tasse Kaffe, die noch vom Frühstück bereitstand. Er war kalt. Heike schüttelte sich. Dann nahm sie sich die Zeitung, die ihre Mitbewohnerin auf dem Esstisch hatte liegen lassen. Unkonzentriert blätterte sie bis zu ihrer eigenen Seite durch. Man merkte, dass sie am Vortag nur flüchtig gearbeitet hatte. Nichts Aktuelles, nur Artikel, die auf Halde gelegen hatten und die sie gestern im Eiltempo zusammengeflickt hatte. Der Umbau des Jugendzentrums, eine Winterwanderung des *Sauerländischen Gebirgsvereins* mit dem Förster, der Artikel über den Kunstrasen beim SV Brechlingsen. Hier blieb Heikes Blick hängen. Sie las nachdenklich durch, was

sie selbst geschrieben hatte. 150.000 Euro waren über Sponsorengelder finanziert worden. Die Summe war nicht näher aufge-
schlüsselt, sie hatte sie übernommen, ohne zu fragen, wer ganz
genau dahintersteckte. Plötzlich kam Heike ein Gedanke, der für
ein Kribbeln in ihrem Magen sorgte. Sie überlegte kurz, was zu
tun war. Dann wählte sie die Nummer der Sportredaktion. Olli
war am Apparat.

„Heija", sagte er überrascht, „ich dachte, du arbeitest gar nicht.
Klaus hat eben im Treppenhaus sowas gesagt."

„Tu ich auch nicht, ich brauche nur eine Information", sie
merkte selbst, dass ihre Stimme kühl und geschäftsmäßig
klang. „Der Kunstrasen des SV Brechlingsen wurde mit 150.000
Euro gesponsert. Wer steckt dahinter?"

„Der SV Brechlingsen", Olli zog seine Antwort in die Länge.
„Die Summe lässt sich aufsplitten in einerseits Sponsorengelder,
andererseits haben die ja auch Aktionen gemacht – so mit Par-
zellen kaufen und so."

„Wer ist der Hauptsponsor?" Heike hatte keine Lust, sich an-
zuhören, dass man Waffeln verkauft hatte, um zwei Quadratme-
ter Rasen zu finanzieren.

„Die größte Summe kommt von den *Sauerländer Steinbrüchen*. 50.000 Euro. Die engagieren sich ja immer in Brechlingsen. Beim Spielplatz haben die auch 3.000 gespendet –"

Heike hörte schon nicht mehr zu.

Endlich wusste sie, wie es gelaufen war. Die *Sauerländer Steinbrüche* hatten dem SV Brechlingsen stolze 50.000 Euro gespendet.
Tasch hatte nicht selbst profitiert. Aber sein Verein.

53

„Simone! Wie geht's?" Es war halb drei. Ich war gerade aus der
Schule gekommen, als Alexa mich ans Telefon rief.

„So lala. Ich wollte nur sagen, dass ich jetzt umziehe. Sie hatten mich ja gebeten, Ihnen dann Bescheid zu sagen. Bärbel muss
gleich los, nach Heidelberg. Sie bringt mich vorher eben bei Isa
vorbei."

„Wer ist Isa?"

„Meine Ersatzoma. Eine Freundin meiner verstorbenen Groß-mutter, mit der Mama und ich regelmäßig Kontakt haben. Sie lebt allein und hat das ganze Wochenende Zeit für mich." Si-mone sagte das ein wenig überzogen. Ich hörte heraus, dass sie es übertrieben fand, wie sehr man sie beaufsichtigte.

„Können Sie mir die Adresse sagen?"

„Wollen Sie zu Besuch kommen?"

„Es ist mir einfach lieber."

„Isa Meurer. An der Vogelrute 73 ..."

„Das heißt, sie wohnt gar nicht so weit weg."

„Genau, ich dachte, das ist Ihnen ganz lieb. Dann können Sie jede Stunde einmal vorbeischauen und sehen, wie es mir geht."

„Laden Sie mich nicht ein. Sie würden es nachher bereuen!"

„Das glaube ich auch."

„Wie ist die Telefonnummer?"

„391768. Vorwahl brauchen Sie ja nicht."

„Hab ich schon kapiert."

„Dann ist es ja gut. So, ich muss jetzt packen. Bis dann!"

Es tat verdammt gut, Simone wieder derartig schnoddern zu hören.

54

Max war von Marlenes Strategie überrascht. Er wusste nicht, was sie dazu veranlasst hatte.

Vielleicht war es Frust. Sie hatte sich jetzt 24 Stunden mit Si-mones Mutter herumgeschlagen und kein Geständnis bekom-men. Dann neigte man manchmal zu Überreaktionen.

Als ihr Auto zusammen mit zwei Streifenwagen auf den Hof fuhr, machte das sofort Eindruck. Ein Gabelstaplerfahrer, der gerade einen Lastzug ablud, blieb vor Schreck stehen und starrte den Konvoi hemmungslos an. Max sah sich um. Das Ge-lände war größer, als er es sich vorgestellt hatte. Überall standen Drahtboxen mit Metallteilen herum. Außerdem Container. Drei riesige Rolltore offenbarten einen Blick ins Innere des Betriebs. Allerdings war es so dunkel drinnen, dass man kaum etwas erkennen konnte.

„Dann wollen wir mal", sagte Marlene und stieg mit Schwung aus dem Auto.

Max sah, dass Ina seinen Blick im Rückspiegel suchte. So unter Spannung hatte auch sie die Chefin selten erlebt.

Am Empfang sah man ihr Aufgebot mit großen Augen an. Kein Wunder – acht Leute, vier davon in Uniform.

„Wir würden gern mit Herrn Filthaut sprechen!" Marlenes Ton ließ keinen Widerspruch zu.

„Herr Filthaut. Der ist – der ist jedenfalls nicht in seinem Büro."

Die ältere Dame bekam jetzt Verstärkung von hinten. Eine junge Frau – und zwar eine verdammt hübsche junge Frau.

„Sie möchten meinen Mann sprechen?" Damit das schon mal klar war. Sie war die Chefin.

„Kriminalpolizei. Oberste", Marlene hielt ihren Dienstausweis hin. „Ihr Mann ist der Geschäftsführer?"

„Genau! Worum geht's?"

„Das würden wir dann lieber direkt mit ihm besprechen."

Die Damen Filthaut und Oberste tauschten Blicke, die eine kleine Machtprobe offenbarten. Max machte sich nicht die Mühe darüber nachzudenken, wer dabei überlegen sein würde.

„Mein Mann ist gerade beschäftigt. Ich weiß nicht, ob ich ihn überhaupt – "

„Damit wir uns richtig verstehen: Wir ermitteln in einem Mord. Wenn ich mich nicht in zwei Minuten Ihrem Mann gegenübersehe, komme ich mit einem Durchsuchungsbeschluss der Staatsanwaltschaft wieder. Und Ihren Mann nehmen wir zum Verhör gleich mit aufs Revier."

Max schluckte. Marlene musste wirklich verdammt wenig Schlaf gehabt haben.

„Nun, wir leben ja zum Glück nicht in einem Polizeistaat", oh la, Max hatte die junge Geschäftsführerin unterschätzt, „aber natürlich schaue ich gern, ob mein Mann Zeit für Sie hat." Sie drehte so gekonnt ab, dass Marlene keine Zeit für eine weitere

Bemerkung blieb. Max sah aus den Augenwinkeln, dass Ina dezent grinste.

Carsten Filthaut war nur halb so souverän wie seine Frau. Wenngleich die ihn bestimmt sofort eingestielt hatte.

„Die Polizei", sagte er mit großen Augen. „Ich hoffe, Sie haben nicht zu lange gewartet."

„Herr Filthaut, wir hätten da ein paar Fragen an Sie, vielleicht gibt es einen Raum, in dem wir uns ungestört unterhalten können?"

„Natürlich!" Carsten Filthaut wirkte sehr bemüht. Seine Frau hinter ihm zeigte immer noch ihre verschlossene Miene.

„Schatz, vielleicht kochst du uns einen Kaffee?"

Es gab eine Art Konferenzraum – nichts Besonderes, ein paar Tische, künstliche Blumen auf einem Deckchen. Hier wurden Kunden empfangen, schätzte Max. Oder Vertreter.

„Ich habe schon viel erlebt", sagte Filthaut lächelnd, als alle Platz genommen hatten, „aber Besuch von der Polizei hatten wir ehrlich gesagt noch nie."

Max musterte Filthaut. Keine vierzig, schätzte er. Eigentlich ein sympathischer Mensch. Seine dunkelbraunen Augen hatten etwas Verbindendes, Warmes.

„Wir ermitteln im Mordfall Thorsten Hillebrandt", erklärte Marlene. Sie hatte sich etwas beruhigt. Dazu trug vielleicht bei, dass Frau Filthaut Kaffeekochen war.

„Ich habe davon gelesen", erklärte der Galvaniker. Auch bei ihm hatte sich die Nervosität etwas gelegt.

„Das heißt, Sie kannten Thorsten Hillebrandt nicht persönlich?"

„Nein, überhaupt nicht."

„Er hat sich bei Ihnen nicht vorgestellt? Fragen gestellt?"

„Nein, warum sollte er? Wenn ich richtig gehört habe, war er bei der Zeitung."

„Was ist mit Henning Grothaus?"

Eine Reaktion in den Augen. Max hatte sie deutlich gesehen. Marlene offenbar auch. Sie saß da wie ein Luchs.

„Sie meinen den Henning Grothaus, der für die Kalkwerke arbeitet?"

„Den meine ich."

„Herrn Grothaus kenne ich. Wir sind zusammen beim Unternehmerstammtisch. Warum?"

„Herr Filthaut, bei der Untersuchung des tödlichen Unfalls im Borketal-Steinbruch im Juli letzten Jahres ist uns eines Ihrer Firmenautos aufgefallen."

„Moment mal!" Filthaut wirkte irritiert. „Ich dachte, Sie ermitteln in diesem Mordfall."

„Manchmal hängen Dinge zusammen, von denen man es anfangs nicht glaubt!" Marlenes Stimme war überaus fest.

„Und inwiefern ist da jetzt – eines unserer Autos –?"

„Ein Transporter mit Ihrem Logo wurde mehrfach in der Nähe des Tatorts gesehen", Marlene wandte sich ihren Kollegen zu. „Wer hat das Kennzeichen?"

Ina beugte sich vor. „Hier!" Sie legte einen Zettel auf den Tisch. Filthaut nahm ihn in die Hand.

„Ja, das ist unser Auto!", sagte er.

„Daran bestand auch kein Zweifel", Marlenes Stimme war schneidend. „Viel mehr würde uns interessieren, warum es sich über längere Zeit in der Nähe des Tatorts aufhielt."

„Sie sprechen immer von Tatort", sagte Carsten Filthaut. „Wenn ich mich recht entsinne, ist dort ein LKW abgerutscht. Ein tragischer Unfall."

„Da haben Sie recht. Allerdings", Marlene machte eine rhetorische Pause, „allerdings machen wir uns derzeit Gedanken, was der LKW an besagtem Tag abgekippt hat."

Wieder flackerte es in Carsten Filthauts Augen. Der Mann wurde hektisch. Marlene hatte ihn an der richtigen Stelle gepackt.

„Ich möchte wissen, wer sich mit dem Auto am 6. Juli zur Unfallzeit am Steinbruch aufgehalten hat."

„Ich weiß gar nicht, wie ich das herausfinden soll", Filthaut stotterte beinah. „Das ist ja wirklich schon Ewigkeiten her. Fahrtenbücher führen wir nur – "

Plötzlich polterte Frau Filthaut herein. Sie trug ein Tablett in der Hand. Ihr langer, lockerer Zopf hing ihr jetzt nach vorne über die Schulter.

„Steffie!" Carsten Filthauts Stimme klang gepresst. „Die Herr-schaften interessiert, warum sich eines unserer Autos im ver-gangenen Sommer in der Nähe der Steinbrüche aufgehalten hat." Seine Rede klang wie ein versteckter Hilferuf. „An dem Tag, als der Unfall passierte. Vielleicht erinnerst du dich. Ein LKW ist abgerutscht und in die Tiefe gestürzt."

Steffie Filthaut hatte das Tablett auf den Tisch gestellt und ver-teilte die Tassen. „Ich erinnere mich gut", sagte sie hohl, „ich habe nämlich selbst das Auto gefahren."

Stille im Raum. Damit hatte niemand gerechnet. Offenbar auch nicht ihr Mann. Es dauerte einen Moment, bis er sich von der Antwort erholt hatte.

„Du selbst – ? Du bist selbst mit dem Auto am Steinbruch ge-wesen?" Filthaut wusste offenbar nicht, ob er darüber erleichtert sein sollte oder entsetzt.

„Ja, ich meine auch, ich hätte es damals erzählt. Ich habe von einer Firma ein paar Probescharniere geholt. Auf dem Rückweg dann war am Steinbruch ein Tohuwabohu. Polizei, Krankenwa-gen. Man merkte sofort, dass da etwas Schlimmes passiert ist. Um ehrlich zu sein – ich bin herangefahren, um zu sehen, was los ist." Frau Filthaut hatte jetzt alle Kaffeetassen verteilt.

„Man nennt das *gaffen*", murmelte Ina.

Marlene sagte gar nichts. Sie hatte alles erwartet. Aber nicht das. Frau Filthaut begann die Tassen mit Kaffee zu füllen. Schließlich war es Ina, die die nächste Frage stellte.

„Hatten Sie denn ein persönliches Interesse, als Sie anhielten und das Geschehen verfolgten?"

„Ein persönliches Interesse?" Frau Filthaut schlug gekonnt die Augen auf. „Ich weiß nicht ganz genau, wie Sie das meinen. Un-sere einzige persönliche Verbindung zum Steinbruch ist Hen-ning Grothaus. Mein Mann ist mit ihm ganz gut bekannt. Ja, mag sein, dass ich deswegen ein besonderes Interesse hatte – dass ich dachte, oh Gott, was ist denn beim Henning in der Firma passiert?"

Beim Henning in der Firma. Spätestens jetzt war allen Anwe-senden klar, dass Steffie Filthaut eine begnadete Schauspielerin war. Allerdings eine, die nicht leicht zu packen war.

„Herr Filthaut, wir interessieren uns für die Entsorgung in Ihrer Firma", Max hatte das Gefühl, das Kampffeld wechseln zu müssen. „Wenn wir richtig informiert sind, wird in Ihrem Betrieb verchromt und verzinkt?"

„Ja, das stimmt." Carsten Filthaut rutschte auf seinem Stuhl herum. „Wir sind ein Lohngalvanik-Betrieb. Das bedeutet, dass wir nicht selbst Metallteile herstellen, sondern nur die Produkte anderer Firmen oberflächentechnisch veredeln." Carsten Filthaut wurde sicherer, während er von seinem Betrieb erzählte. „In der Regel holen wir das Material bei unseren Kunden ab, bearbeiten es hier und liefern es dann wieder aus. Deshalb betreiben wir auch einen recht großen Fuhrpark." Steffie Filthaut hatte inzwischen alle mit Kaffee versorgt. Die Kollegen bedienten sich jetzt selbst mit Zucker und Milch. Max versuchte trotzdem, das Gespräch am Laufen zu halten.

„Wie viele Personen beschäftigen Sie?"

„Knapp 35." Steffie Filthaut wusste offenbar nicht, wo sie sich aufhalten sollte, da alle Stühle besetzt waren. Sie lehnte sich daher an einen halbhohen Schrank und stand damit sprichwörtlich ihrem Gatten zur Seite.

„Sie verchromen und verzinken. Was fällt dabei an Altlasten an?"

„An Altlasten …", Carsten Filthaut ließ sich Zeit mit der Antwort. „Vorwiegend Schwermetalle."

„Was bedeutet das? Wie werden die entsorgt?"

„Sie werden gebunden und in pulverisierter Form in die Entsorgung gegeben."

„Ist das teuer?"

„Wie man's nimmt. Ein Container 500 Euro. Ungefähr"

„Schwermetalle", sagte Max. „Ist das alles?"

„Ich wüsste jetzt nicht, was sonst – "

„Was ist mit Chrom^{6+}?" Es war Ina, die diese Frage abgeschossen hatte.

„Chrom^{6+}?" Filthaut wurde augenblicklich nervös.

„Sie haben gesagt, hier würde verchromt. Fällt dann nicht auch Chrom^{6+} an?"

Max sah seine Kollegin erstaunt an. Seit wann hatte Ina Ahnung von Chemie?

„Also, Chrom^{6+}… Chrom^{6+} wird bei uns in aufwendigen Prozessen reduziert zu Chrom^{3+}, so dass – "

„Was heißt aufwendig?" Ina hatte sich festgebissen. Aber sie schien richtig zu liegen. Carsten Filthaut sah aus, als ob er ein Problem hätte.

„Naja, dem Chrombad werden bestimmte chemische Stoffe beigefügt, der ph-Wert verändert … Am Ende bleibt ein Schlamm, der – "

„Wir tun alles, um den hohen Umweltauflagen gerecht zu werden", unterbrach ihn seine Frau.

„Wie viel dieses Schlammes fällt im Jahr an?" erkundigte sich Marlene. „Und was kostet Sie das?"

„Das weiß ich jetzt nicht so genau", Filthaut druckste herum. „Außerdem ist das ja in jedem Jahr anders."

„Können Sie uns das heraussuchen?"

„Also, da wüsste ich jetzt gar nicht – "

„Herr Filthaut, ich kann die Bitte auch anders formulieren!" In Marlenes Augen funkelte es.

„Wir stellen gerade die Buchhaltung um", mischte sich seine Frau ein, „ein einziges Chaos. Es ist unmöglich, jetzt im Einzelnen nachzuschauen, was wie entsorgt worden ist und wie teuer das war."

„Wunderbar, dann machen wir das anders!" Marlene stand auf und schob geräuschvoll ihren Stuhl nach hinten. „Ich kann Ihnen versprechen, ich werde nicht ruhen, bis ich von jedem Milligramm Chrom weiß, das in diese Firma hinein- und wieder hinausgegangen ist. Wir werden im Borketal Bodenproben nehmen. Und wenn sich herausstellt, dass Sie Ihren Sondermüll kostengünstig in einem Steinbruch entsorgt haben, dann ziehen Sie sich warm an. Dann können Sie nämlich nicht nur wegen Umweltkriminalität Ihren Betrieb dichtmachen, sondern sich gleichzeitig auf eine Mordermittlung einstellen."

Marlene verließ den Raum. Die Kollegen schlossen sich an, was Max an eine Polonaise denken ließ. Eine Polizistenpolonaise.

Filthaut saß bleich auf seinem Stuhl. Selbst seine Frau wirkte eingeschüchtert und ziemlich benommen.

Als sie draußen waren, wandte Max sich als Erstes an Ina.

„Woher kennst du dich mit Chrom^{6+} aus?"

„Männer", seufzte sie. „Ihr guckt die falschen Filme. Kennst du nicht *Erin Brockovich*, den Film mit Julia Roberts? Da geht es um Chrom^{6+}, die ganze Zeit. Chrom^{6+} ist hochgiftig und sauteuer in der Entsorgung. Im Film hat ein Energieunternehmen das Grundwasser eines ganzen Landstrichs verseucht."

„Aha", sagte Max.

Er ging tatsächlich viel zu selten ins Kino.

55

„Deine Tochter hat eben angerufen", Simone löffelte lustlos in einem Joghurt. Isa fuhr herum.

„Kann es sein, dass sie es nicht so toll findet, dass ich bei dir bin? Sie war ganz erstaunt – und irgendwie – nicht gerade erfreut."

„Ach, weißt du", Isa fuhr sich durchs Haar. „Sie hat viel um die Ohren. Die Kinder. Die Firma. Kann sein, dass sie einfach schlecht drauf war. Hat sie was gesagt? Ob ich zurückrufen soll?"

„Ich soll dir sagen, es wäre der Teufel los in der Firma. Sie würde sich gleich noch mal melden."

„Der Teufel los?" Isa schaute besorgt. „Das hat sie gesagt?"

„Du sagst ja selbst, sie hat viel zu tun."

Isa schwieg. Es ging ihr nicht gut. Simone fragte sich schon die ganze Zeit, ob es gut gewesen war hierherzukommen.

„Warum hast du für Mama gelogen?"

Egal, wie es Isa ging. Irgendwann musste es heraus. Sie wollte wissen, was da gelaufen war.

Isa setzte sich zu ihr an den Küchentisch und rieb sich die Schläfen.

„Ach Simone", sagte sie. „Am Anfang war ich mir wirklich nicht sicher, wann genau deine Mutter gefahren ist. Ich hatte nicht auf die Uhr geguckt. Als deine Mutter dann sagte, sie habe bei der Polizei angeben müssen, wo sie sich aufgehalten habe, und ich bestätigen sollte, dass sie bis zehn Uhr hier gewesen sei, hab ich gedacht, kein Problem, stimmt ja auch so. Erst im Nachhinein ist mir aufgegangen, dass es so nicht gewesen sein kann. Ich hab nämlich nachher noch Fernsehen geschaut, eine Sendung, die erst um halb zehn begann. Und da hatte ich schon gespült und aufgeräumt und die ganze Küche gemacht."

„Das heißt, du hast der Polizei bei der ersten Befragung eine Uhrzeit bestätigt, die du gar nicht für dich überprüft hattest?"

„Gott – ja." Isa schloss die Augen. „Ich wollte natürlich deiner Mutter auch helfen. Schließlich war für mich völlig klar, dass sie mit diesem Mordfall nichts zu tun haben konnte. Dass sie aber unter Umständen für die Polizei zu den Verdächtigen gehört."

„Und das glaubst du jetzt nicht mehr? Dass sie unschuldig ist, meine ich jetzt."

„Doch – nein – ich weiß es nicht", Isa seufzte. „Wie auch immer. Mir ist nur inzwischen klar, dass sie noch viel mehr reingeritten wird, wenn ich eine falsche Angabe mache. Das kommt sowieso heraus."

Simone sah Isa ernst an. „Hat sie dir von unserem Streit erzählt – am Freitagabend?"

„Ja, hat sie. Sie war wütend, weil du ihr die Beziehung so lange verheimlicht hast. Und sie war besorgt wegen des Altersunterschieds. Ehrlich gesagt – das kann ich verstehen."

„Was kannst du verstehen?" Simone verschränkte trotzig die Arme.

Isa sah sie verzweifelt an. „Weißt du, eine Mutter", sagte sie dann, „eine Mutter will immer, dass es ihren Kindern gutgeht. Dass sie glücklich und sorgenfrei leben. Simone, du bist noch so jung! Warum hast du dich nur eingelassen auf diese Geschichte mit Thorsten?"

„Jetzt fang du nicht auch noch an!" Simone stand auf. Die Tränen standen ihr in den Augen. Sie ging aus dem Zimmer und knallte die Tür zu. Dass Isa es wagte, ihr Vorwürfe zu machen! Dass überhaupt alle sich ein Urteil darüber erlaubten, mit wem sie zusammen sein sollte und mit wem nicht. Wütend stapfte Simone ins Gästezimmer, als sie plötzlich in Socken auf etwas Scharfes trat. Sie rieb sich ihren Zeh und hielt Ausschau, was sie erwischt haben könnte. Wahrscheinlich ein Legostein von Isas Enkeln.

Es war kein Legostein. Es war ein Stück Plastik, das irgendwo herausgebrochen war. Vier, fünf Zentimeter lang und zulaufend wie ein sehr spitzes Dreieck. Extrem hart, scharfkantig und von einem auffallenden Rot. Simone starrte darauf. Sie kannte die Farbe. Der Schutzdeckel von Thorstens Laptop hatte diese Farbe gehabt. Sie schluckte und befühlte erneut das herausgesplitterte Stück. Es gab keinen Zweifel! Was sie in der Hand hielt, hatte einmal zu Thorstens Laptop gehört.

56

„Die Katastrophe", wisperte Carsten, „die wollen die ganze Firma auseinandernehmen. Die ahnen, was im Juli passiert ist. Henning, du kannst es dir nicht schlimm genug vorstellen! Die wollen Bodenproben nehmen! Ich meine, du hast den Bruch zwar komplett anfüllen lassen, aber ich fürchte, das reicht nicht! Es gibt Geräte, mit denen man unglaublich tief bohren kann. Zur Not baggern die auch den ganzen Bruch wieder aus. Und dann haben die uns! Henning, das ist kein Spaß, die ermitteln in Sachen Mord!"

Es war lange still am anderen Ende der Leitung.

Dann war eine Stimme zu hören, die so kalt klang, dass Carsten sie kaum seinem Freund zuordnen konnte. „Ich fürchte, Sie haben sich verwählt."

„Henning! Jetzt mach keinen Scheiß, du hängst genauso drin wie ich."

„Ich weiß nicht, wovon Sie sprechen! Falls Sie sich auf den tragischen Unfall auf unserem Firmengelände beziehen, dann kann ich nach Ihrer Rede nur ahnen, dass Sie mit unserem Fahrer Maik Sprenger gemeinsame Sache gemacht haben. Ich kann Ihnen versprechen, unsere Firma wird sich von illegalen Transaktionen jedweder Art aufs Schärfste distanzieren."

„Das ist nicht dein Ernst, Henning, du kannst nicht ernsthaft glauben – "

Carsten stockte. Henning Grothaus hatte die Verbindung bereits unterbrochen.

57

Wir saßen gerade beim Abendessen, als das Telefon klingelte. Paul hatte soeben mit dem Messer in sein Butterbrot geritzt, Marie erzählte mit vollem Mund von Berners neuem Kaninchen und dass es noch keinen Namen hatte. Allein die Erwähnung der Berners hatte bei mir schon zu einem Magengrummeln geführt. Daher beteiligte ich mich auch nicht an der Suche nach einem Namen.

„Lillifee", schlug Marie vor.

„Bob", entgegnete Paul, wahrscheinlich in Hinblick auf den berühmten Baumeister dieses Namens. Wenn man genau hinsah, konnte man auch erahnen, dass er versucht hatte, seinem Brot Bobs Aussehen zu verleihen.

„Wir müssten erst einmal wissen, ob es ein männliches oder ein weibliches Tier ist", erklärte Alexa.

„Wie wäre es mit *Gabel*?" mischte ich mich jetzt doch ein. „Zumindest ein würdiger *Löffel*-Nachfolger. Außerdem weitgehend geschlechtsneutral."

Leider konnte ich die positive Resonanz auf meinen Vorschlag nicht abwarten, da das Telefon klingelte.

„Ich geh schon", murmelte ich und ging ins Nachbarzimmer hinüber.

„Herr Jakobs!" Simones Stimme. Gepresst. Panisch. Verzweifelt. Mir lief es kalt den Rücken hinunter. „Ich brauche Ihre Hilfe! Sofort!"

„Was ist los?"

„Ich habe gerade ein Stück von Thorstens Laptop gefunden. Es sieht aus wie eine Scherbe, ist aber aus Plastik."

„Wie bitte? Wo?"

„Hier bei Isa. Auf dem Fußboden. Im Gästezimmer."

„Sind Sie sicher? Ich meine – wenn es nur ein Stück ist, dann kann es auch von einem anderen Gerät stammen. Vielleicht gar nicht von einem Laptop, sondern – "

„Nein!" Simones Stimme ließ keinen Widerspruch zu. „Thorstens Laptop hatte eine rote Klappe. Die Farbe ist unverwechselbar! Was ich hier in der Hand halte, stammt von seinem Gerät."

Ich überlegte einen Moment.

„Haben Sie Ihrer Gastgeberin von dem Fund erzählt?", stellte ich klar.

„Nein", entfuhr es Simone, „– weil – weil ich Angst habe, dass Isa – also, Isa ist nun mal eine gute Freundin von Mama. Sie hat Mama zunächst das Alibi gegeben. Vielleicht hängt sie mit drin."

„Moment!" Ich fiel aus allen Wolken. „Sie wohnen bei der Freundin, die Ihrer Mutter das Alibi gegeben hat?"

„Ja, ist das ein Problem? Ich meine – grundsätzlich – Isa ist doch – sie ist wie eine Oma für mich – sie hat mir doch auch diese Stelle besorgt – bei der Zeitung."

„Sie hat was?" Ich traute meinen Ohren nicht.

„Sie ist Sekretärin beim *Säuerländer*. Aber nicht hier in Lentrop."

„Isa Meurer", flüsterte ich. „Gisela." Heike Jablonski hatte den Namen genannt. Thorsten musste vor seiner Lentroper Zeit mit ihr zusammengearbeitet haben.

„Was soll ich denn jetzt tun?" Simone holte mich in die Gegenwart zurück. „Ich sitze hier im Gästezimmer und weiß nicht, was ich machen soll."

Hektisch dachte ich nach. „Ist diese Gisela Meurer im Haus?"

„Ich weiß nicht. Zumindest höre ich sie nicht. Vielleicht ist sie bei ihrer Tochter. Die haben Stress in ihrem Galvanikbetrieb."

„Halt!", brüllte ich. Mir brach der Schweiß aus. „Wer hat da einen Galvanikbetrieb?"

„Isas Schwiegersohn. Ich habe da mal Ferienarbeit gemacht, als – "

„Wie heißt er?"

„Steffies Mann? Carsten – wieso? Carsten Filthaut!"

„Simone, Sie verriegeln die Tür. Sie geben keinen Mucks von sich. Sie lassen niemanden an sich herankommen. Verstehen Sie mich? In ein paar Minuten bin ich bei Ihnen."

„Aber – "

„Nichts aber, Sie machen das einfach!"

58

„Du bleibst zu Hause!", hatte Max gesagt. Ich dachte nicht daran. Ich raste zu Simone. Zu der Adresse, die Simone mir angegeben hatte.

Bis Max' Kollegen da waren, das dauerte einfach zu lang. Unterwegs schoss mir durch den Kopf, wie es gelaufen sein könnte. Der Galvaniker Filthaut hatte seine Chemikalien zum Steinbruch gebracht. Es war noch nicht klar, wie genau das vor sich gegangen war. Vielleicht hatte er am späten Abend seine Ladungen zum Aushub gekippt. Dazu brauchte er nur einen Schlüssel für die Schranke. Das war nicht allzu schwer. Am nächsten Morgen war dann Sprenger früher als üblich gekommen und hatte zu laden begonnen, damit keinem der anderen Arbeiter auffallen konnte, dass etwas dazugekommen war. Vielleicht sah Filthauts Sondermüll anders aus als der übliche Aushub, vielleicht hatte er ihn auch unter normales Erdreich gemischt. Keine Ahnung. Unklar war auch, wie oft Filthaut die Sache durchgezogen hatte. Ob außer Sprenger noch andere vom Kalkwerk mitbeteiligt waren. Klar war nur, dass an einem Morgen im Juli dabei ein Unfall passiert war. Ein ganz normaler Unfall vielleicht. Aber ein Unfall, durch den das ganze Verbrechen dahinter aufzufliegen drohte – und der deshalb kleingekocht wurde. Das sprach dafür, dass auch PR-Mann Henning Grothaus beteiligt war. Auf jeden Fall waren Filthaut und Partner sehr erfolgreich gewesen mit ihrer Vertuschungsaktion. Bis dann ein unbedeutender Lokalredakteur zu graben begonnen hatte. Weil er das Gefühl gehabt hatte, dass sein früherer Chef zu lau war, dass er den Fall nicht ordentlich recherchiert hatte. Vielleicht hatte Hillebrandt auch einfach nur einen guten Riecher gehabt. Ein exzellenter Journalist eben.

Ich suchte im Vorbeifahren die Häuser nach ihren Hausnummern ab. Nummer 65, Nummer 67, 71, 73.

Im Licht der Straßenlaternen nahm ich ein kleines, unscheinbares Haus wahr. Winziges Zäunchen, adretter Vorgarten, Gardinchen in den Fenstern. Hier hatte es sich jemand schön gemacht. Die Frau, die herausbekommen hatte, wofür Thorsten

Hillebrandt sich interessierte. Die ihren Schwiegersohn darauf angesetzt hatte ... ihre Tochter ... oder vielleicht selbst das Schicksal in die Hand genommen hatte.

Im Haus brannte Licht, aber es wirkte von außen sehr ruhig. Kein Fernsehgeflacker, keine Bewegung im Fenster. Vorsichtig schlich ich ums Haus und spähte hinein. Eine Küche. Leer. Ein Wohnzimmer. Ebenfalls leer. Dann ein Zimmer mit heruntergelassenen Rolläden. Ich hatte Simone gesagt, sie solle sich verbarrikadieren.

„Simone?" Dann etwas lauter: „Simone?" Ich klopfte gegen die Rolläden.

„Hallo?" Eine verschreckte Stimme. „Sind Sie das, Herr Jakobs?"

„Ja!"

Die Rolläden rumpelten nach oben.

Simone mit rotgeweinten Augen. Sie riss das Fenster auf, kletterte auf die Fensterbank, sprang mir in die Arme. Und weinte. Weinte, wie man nur weinen kann, wenn man 17 Jahre alt ist und viel zu viel in wenigen Tagen erlebt hat.

„Ist ja gut", versuchte ich mich. Jetzt fehlte nur, dass Ansgar Vorhoff mit seiner Kamera aus dem Gebüsch sprang.

„Mir tut das so leid", schluchzte Simone. „Mit tut das so leid mit meiner Mama. Dass ich sie verdächtigt habe. Ich glaube nämlich, dass sie Thorsten gar nicht umgebracht hat."

„Das glaube ich auch."

„Eben hat Gisela etwas gesagt", Simone schluchzte, rieb sich die Nase und wischte über die verweinten Augen, „eben hat Isa gesagt, Mütter wollten immer, dass es ihren Kindern gutgeht, dass sie glücklich und sorgenfrei leben. Ich glaube jetzt, dass Isa ... wegen des Steinbruchs .. und des Chemiebuchs ... und des Galvanikbetriebs ... stimmt das?"

„Ich glaube, ja."

Simone heulte wieder los. „Und ich habe meine eigene Mutter verdächtigt."

„Hat sie euch besucht?" Das wollte ich unbedingt wissen. „Gisela Meurer? Hat sie euch besucht in der letzten Zeit."

Simone schniefte. „Sie kommt öfter – zuletzt – sie war am Donnerstag da."

213

„Und war sie allein im Haus?"

„Warum?"

„Sag schon: War sie allein? Hatte sie Gelegenheit, den Revolver zu nehmen?"

Simone vergaß fast zu weinen. „Wir waren beide da, Mama und ich. Bis Mama mich dann zum Tennis gebracht hat."

Simone heulte wieder los.

„Ist ja gut!", versuchte ich sie zu beruhigen, als in meiner Hosentasche plötzlich das Handy vibrierte.

„Moment mal!" Ich machte mich von Simone frei.

„Ja?"

„Hier ist Max! Wir fahren zum Galvanikbetrieb. Da ist was passiert. Sind wohl alle Beteiligten da. Auch Gisela Meurer. Ich meine nur – wegen deiner Schülerin jetzt. Es kommen zwei Streifenbeamte zu dem Haus, das du genannt hast. Aber vielleicht guckst du mal, wie es dem Mädchen geht."

„Mach ich", antwortete ich und unterbrach die Verbindung.

59

Der Körper baumelte an einem Balken in vier Metern Höhe. Carsten Filthaut hatte sich in seinem eigenen Betrieb das Leben genommen.

Als Ina, Max und Marlene ankamen, hatte noch niemand etwas unternommen. Zwei Arbeiter standen da, völlig betäubt. Seine Frau, die Schwiegermutter und zwei Streifenbeamte.

„Wir wussten nicht", sagte einer der Polizisten, „ob wir ihn da herunterholen sollen. Wegen der Spurensicherung."

Max' Blick fiel auf eine Leiter, die auf dem Boden lag. Carsten Filthaut musste sie, als er sich in die Schlinge hatte fallen lassen, weggedrückt haben. Er hatte alles hinter sich zurückgelassen. Seine Kinder. Seine Frau. Viele ungeklärte Fragen.

Max hatte eben mit den Geschäftsführern mehrerer Galvano-Betriebe gesprochen. Carsten Filthaut hatte vor zwei Jahren erhebliche finanzielle Probleme gehabt. Sein Hauptkunde war ihm abgesprungen. Damit waren ihm fast zwei Drittel des Umsatzes weggebrochen. In seiner Not hatte Filthaut seinen Galvanikkollegen angeboten, ihr Chrombad mitzuentsorgen. Schließlich hatte er zwei Jahre zuvor eine hochmoderne technische Anlage installiert. Einige hatten sich darauf eingelassen – man ließ sich nicht im Regen stehen, auch wenn man im Wettbewerb stand. Callie sollte wenigstens auf diesem Wege Verluste ausgleichen können. Keiner hatte geahnt, wie er die Substanzen entsorgte. Dass er seine Anlage nur selten nutzte und somit die hohen Personal- und Sachkosten sparte. Dass er die Summen, die er den Kollegen in Rechnung stellte, zu fast hundert Prozent für sich verbuchen konnte. Rechnete man einmal ab, was er an Maik Sprenger bezahlt hatte – und womöglich auch noch an Grothaus.

„Sie sind schuld daran!", wurde Max plötzlich von Steffie Filthaut aus seinen Gedanken gerissen. Sie funkelte Marlene und ihn hasserfüllt an.

„Dass er einen Grund hatte, sich umzubringen?", parierte Marlene.

Frau Filthaut sank zusammen. Ihre Mutter legte ihr den Arm um die Schultern.

„Wir schaffen das schon", tröstete sie ihre Tochter, „glaub mir, wir kriegen die Mädchen auch ohne ihn groß. Frank war leider ein sehr schwacher Mann."

„Und Sie sind eine starke Frau?", konnte Max sich nicht zurückhalten. „Weil Sie die Dinge angepackt haben? Weil Sie Thorsten Hillebrandt aus dem Weg geräumt haben?"

„Ich weiß nicht, wovon Sie sprechen", giftete Gisela Meurer zurück. „Ich weiß nur, dass es ein Fehler war, Carsten von Katja Reinolds Waffe zu erzählen."

Max betrachtete die Frau. Er wusste, dass sie log. Dass Carsten Filthaut es niemals selbst getan hatte. Den Müll abkippen – ja. Aber einen Menschen umbringen – nein. Gisela Meurer dagegen war mit allen Wassern gewaschen. Offensichtlich versuchte sie, im Nachhinein ihrem Schwiegersohn den Mord in die Schuhe zu schieben.

„Wenn Ihre DNA am Tatort nachgewiesen wird, werden Sie Schwierigkeiten haben, das zu erklären." Ina blitzte Gisela Meurer an.

„Es wäre ein Wunder, wenn sich meine DNA nicht am Tatort befände", konterte die Redaktionssekretärin, ohne sie anzuschauen, „da ich am vorigen Donnerstag noch in der Redaktion in Lentrop war, um für meinen Chef etwas abzuholen."

Max war von Gisela Meurers Dreistigkeit schlichtweg beeindruckt.

Ina noch nicht: „Wie schön! Dabei werden Sie ausreichend Gelegenheit gehabt haben, nach Thorsten Hillebrandts Diensten zu schauen – oder haben Sie ihn selber gefragt, wann er für den Spätdienst eingeteilt ist?"

Gisela Meurer war kein bisschen beeindruckt. Sie streichelte ihrer Tochter sanft über die Schulter. Jetzt war es Max, der sich nicht mehr zurückhalten konnte.

„Haben Sie auch eine Erklärung für das Bruchstück aus Thorsten Hillebrandts Laptop, das Simone Reinold vorhin in Ihrer Wohnung entdeckt hat?"

Jetzt fuhr Gisela Meurer herum. Sie wollte etwas sagen, öffnete den Mund, am Ende kam kein Wort heraus.

Marlene blickte Max und Ina vielsagend an. Dann wandte sie sich offensiv Gisela Meurer zu. „Ich würde sagen, wir gehen dann mal."

Langsam zog Gisela Meurer den Arm von ihrer Tochter zurück. Steffie Filthaut starrte ihren Mann immer noch ausdruckslos an. Ihren Mann in vier Metern Höhe.

„Manchmal möchte man die Uhr einfach zurückdrehen", flüsterte sie leise.

60

Zwar lag ich am folgenden Freitagabend wieder mit Alexa im Bett, aber es war nicht so frotzelig wie sonst. Wir hatten uns die Zeitungen der vergangenen Woche geholt und lasen uns gegenseitig vor, wie die Lokalblätter den Abschluss der Mordermittlung aufbereitet hatten. Vorhoff hatte sich dabei selbst übertroffen:

„*Dass Thorsten Hillebrandt Opfer seiner selbstlosen journalistischen Aufdeckungsarbeit geworden sein könnte*", hieß es an einer Stelle seines Berichts, *„wurde vom Sauerländer Anzeiger ja schon seit Tagen vermutet."*

„Der Kerl schafft es doch immer wieder, die Dinge zu verdrehen", moserte Alexa.

„Und hat damit das letzte Wort", fügte ich bitter hinzu.

Alexa kuschelte sich an mich. „Heute aber nicht", flüsterte sie mir ins Ohr. „Heute habe ich das letzte Wort."

„Meinst du, die Kinder schlafen schon?", entgegnete ich.

„Bestimmt!" Alexa küsste mich auf eine Art, die mich die letzte Woche mit einem Schlag vergessen ließ. Ich schob gerade mit einer Hand die Zeitungen beiseite, als plötzlich das Telefon klingelte. Alexa und ich schreckten gleichzeitig hoch.

„Wir gehen nicht dran!", sagte ich.

„Dann sind gleich die Kinder wach", schimpfte Alexa.

Ich robbte mich zum Telefon und knurrte hinein.

„Heike Jablonski", hörte ich eine aufgekratzte Stimme. „Ich wollte nur noch mal – mit Ihnen sprechen. Für mich ist das alles fast unwirklich – wie soll ich sagen – ich habe jahrelang mit den Leuten zusammengearbeitet. Und jetzt? Mein Chef hat sich wegen ein paar Quadratmetern Kunstrasen weichkochen lassen", ich verstand kein Wort, wollte das Gespräch aber nicht unnötig in die Länge ziehen, „und Gisela – unsere Gisela! – hat Thorsten auf dem Gewissen. Übrigens – wissen Sie, was ich glaube, wie Gisela überhaupt von der Recherche etwas mitbekommen hat?"

Alexa streichelte meinen Rücken auf atemberaubende Weise. Das lenkte mich irgendwie ab. „Nein, außerdem würde ich im Moment lieber – "

„Ich glaube, er hat sie gefragt. Auf seiner Liste stand doch *Gisela fragen*. Ich denke, das hat er gemacht, ohne zu wissen, dass Giselas eigener Schwiegersohn involviert war."

„Kann sein, aber vielleicht sollten wir das Thema ein andermal weiterbesprechen." Alexa bedeckte gerade meinen Nacken mit Küssen. Wenngleich ich es bei anderen Gelegenheiten oft abstritt – in diesem Moment hätte ich unterschrieben, dass Männer sich nur einer Sache widmen konnten.

Heike Jablonski hatte meinen Einwand leider überhört. „Ich bin ganz sicher, dass Thorsten das entscheidende Detail noch gefehlt hat – nämlich der Name des Galvanikbetriebs. Ich weiß mittlerweile, dass er zwei, drei Arbeiter aus dem Steinbruch befragt hat. Einer hat ihm gesteckt, dass er mal einen Lastwagen etwas hat abkippen sehen. Er wusste, dass es ein Chemiebetrieb war, aber er hatte sich nicht den Namen gemerkt. Thorsten hat also noch den Übeltäter gesucht. Womöglich hat er Gisela gefragt, gerade weil ihr Sohn aus dem Gewerbe war."

Alexa war inzwischen zu niederen Regionen übergegangen. Nur mit Mühe konnte ich mir eine Bemerkung abringen. „Das ist gut möglich, und dennoch halte ich es für besser, dass wir morgen, in aller Ruhe – "

„Dass Gisela bereit war, ihre Freundin zu opfern. Unglaublich! Meine Erkundigungen müssen sie nervös gemacht haben. Ich nehme an, deshalb hat sie Frau Reinolds Alibi platzen lassen und den Revolver in ihrer Gelben Tonne verstaut. Im Übrigen hat ein Nachbar der Reinolds in der Nacht von Mittwoch auf Donnerstag Giselas Auto in der Straße gesehen. Er hat draußen geraucht und sich über das Auto gewundert, weil nur kurz jemand hielt, raussprang und gleich wieder weg war. Für mich ist es ja – Moment, da klopft es gerade in der Leitung. Warten Sie mal, eine Nummer aus Brilon – das wird doch nicht – das ist bestimmt Wolfgang, Thorstens Bruder. Meinen Sie, ich sollte – ?"

„Sie sollten auf jeden Fall!", brachte ich atemlos heraus.

Gut möglich, dass Heike es nicht mehr mitbekommen hatte. Alexa hatte bereits den Stecker aus der Telefonbox gezogen.

„Heute habe ich das letzte Wort", murmelte sie ein weiteres Mal und drehte mich um.

Wortlos stimmte ich zu.

Selbst als Walter bellte, weil er von vergrabenen Kaninchen geträumt hatte, taten wir so, als hätten wir gar nichts gehört.

Kathrin Heinrichs im Blatt-Verlag:

Vincent Jakobs' 1. Fall:

Ausflug ins Grüne

ISBN 978-3-934327-00-9   9,20 EURO

Es ist schon verrückt. Zunächst bekommt Kölschtrinker Vincent Jakobs diese Stelle als Lehrer. An einer katholischen Privatschule. In einer sauerländischen Kleinstadt. Und gerade beginnt er, das gemütliche Städtchen und seine illustren Gestalten zu schätzen, da muss er feststellen, dass sein Vorgänger auf nicht ganz undramatische Art und Weise zu Tode gekommen ist …

Vincent Jakobs' 2. Fall:

Der König geht tot

ISBN 978-3-934327-01-6   9,20 EURO

Sauerländische Schützenfeste sind mordsgefährlich! Diese Erfahrung muss auch Junglehrer Vincent Jakobs machen, als er einen Blick hinter die Kulissen wirft. Das Festmotto „Glaube, Sitte, Heimat" haben sich offensichtlich nicht alle Grünröcke auf ihre Schützenfahne geschrieben …

Kathrin Heinrichs im Blatt-Verlag:

Vincent Jakobs' 3. Fall:
Bauernsalat
ISBN 978-3-934327-02-3   9,20 EURO

Ex-Kölner Vincent Jakobs entdeckt das Landleben der besonderen Art: Bauer Schulte-Vielhaber wurde von der Leiter gestürzt. Natürlich kann Vincent seine Nase nicht aus Schweinestall und Heuschober heraushalten und muss feststellen, dass die Lösung des Falls tief unter dem Misthaufen der Vergangenheit verborgen liegt …

Vincent Jakobs' 4. Fall:
Krank für zwei
ISBN 978-3-934327-04-7   9,20 EURO

Vincent Jakobs ist krank. So krank, dass er in einem sauerländischen Provinz-Krankenhaus operiert werden soll. Dumm nur, dass am Tage seiner OP der Chefarzt der Chirurgie tot aufgefunden wird. Zwischen Insulinflaschen und Urinproben entpuppt sich die Mördersuche als gar nicht so einfach. Am Ende ist Vincent zwar seinen Blinddarm los, aber um eine Erkenntnis reicher: Nicht hinter jedem weißen Kittel verbirgt sich auch ein reines Gewissen …

Kathrin Heinrichs im Blatt-Verlag:

Vincent Jakobs' 5. Fall:

Sau tot

ISBN 978-3-934327-05-4   9,20 EURO

Als Vincent Jakobs an einer Treibjagd teilnimmt, macht er eine grausige Entdeckung: Unter einem Hochsitz mit der Parole „Jäger sind Mörder" liegt eine Leiche. Die Tat militanter Jagdgegner oder eine geschickte Inszenierung? Um den Fall zu lösen, muss sich Vincent diesmal ganz schön durchs sauerländische Unterholz schlagen …

Vincent Jakobs' 6. Fall:

Totenläuten

ISBN 978-3-934327-06-1   9,20 EURO

Mord kommt auch in besten Kirchenkreisen vor: Das glaubt Vincent Jakobs spätestens, als ein Mitglied des Kirchenvorstandes tot im Glockenturm entdeckt wird. Und schon bald tun sich unter den Weihrauchschwaden der Pfarrgemeinde weitere Abgründe auf …

Kathrin Heinrichs im Blatt-Verlag:

Nelly und das Leben
Süß-saure Geschichten

ISBN 978-3-934327-03-0   8,80 EURO

Warum zwei rosa Streifen
das Leben verändern können.

Warum in Krabbelgruppen
gelegentlich ein Mord passiert.

Warum Besuche im Spaßbad
nicht wirklich spaßig sind.

Warum die erste Tupperparty
ein Wendepunkt im Leben ist.

Nellys Leben ist voller Fragen.
Und Nellys Geschichten sind voller Antworten.

Kathrin Heinrichs im Blatt-Verlag:

Nelly und das Leben geht weiter
Neue süß-saure Geschichten

ISBN 978-3-934327-07-8   8,80 EURO

Es sind weiterhin die großen Fragen des Alltags,
die Nellys Leben bestimmen:

Wie ein Schafwollpullover
das große Glück verhindern kann.

Warum man gelegentlich in einem T-Shirt
Größe XS steckenbleibt.

Wieso manche Weihnachtsbäume
noch beim Abholen peinlich sind.

Nelly schlägt sich durch.
Und macht dabei immer wieder die Erfahrung:

Das Leben ist hart.
Aber manchmal auch lustig.

Mehr über Kathrin Heinrichs im Internet unter:
www.Kathrin-Heinrichs.de